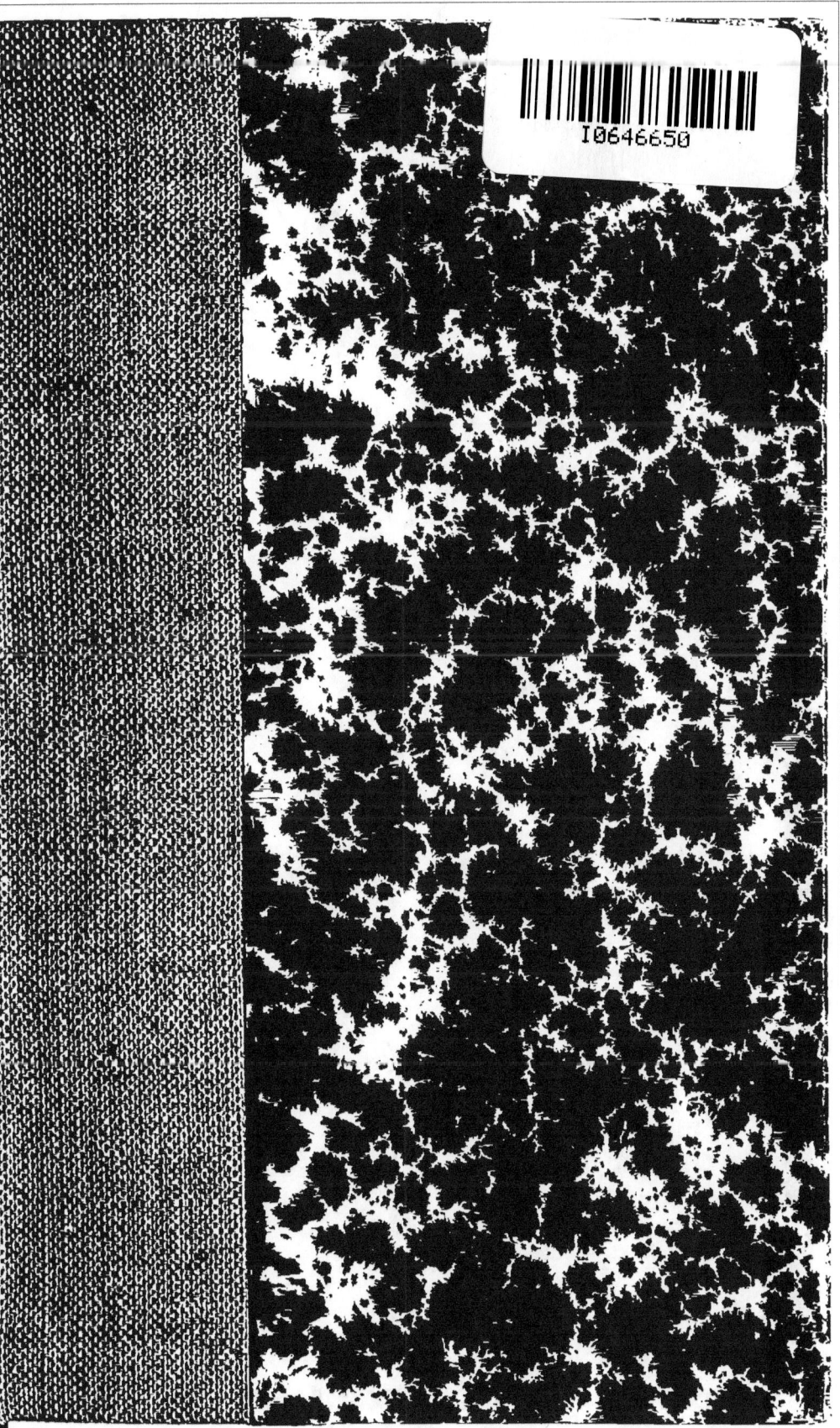

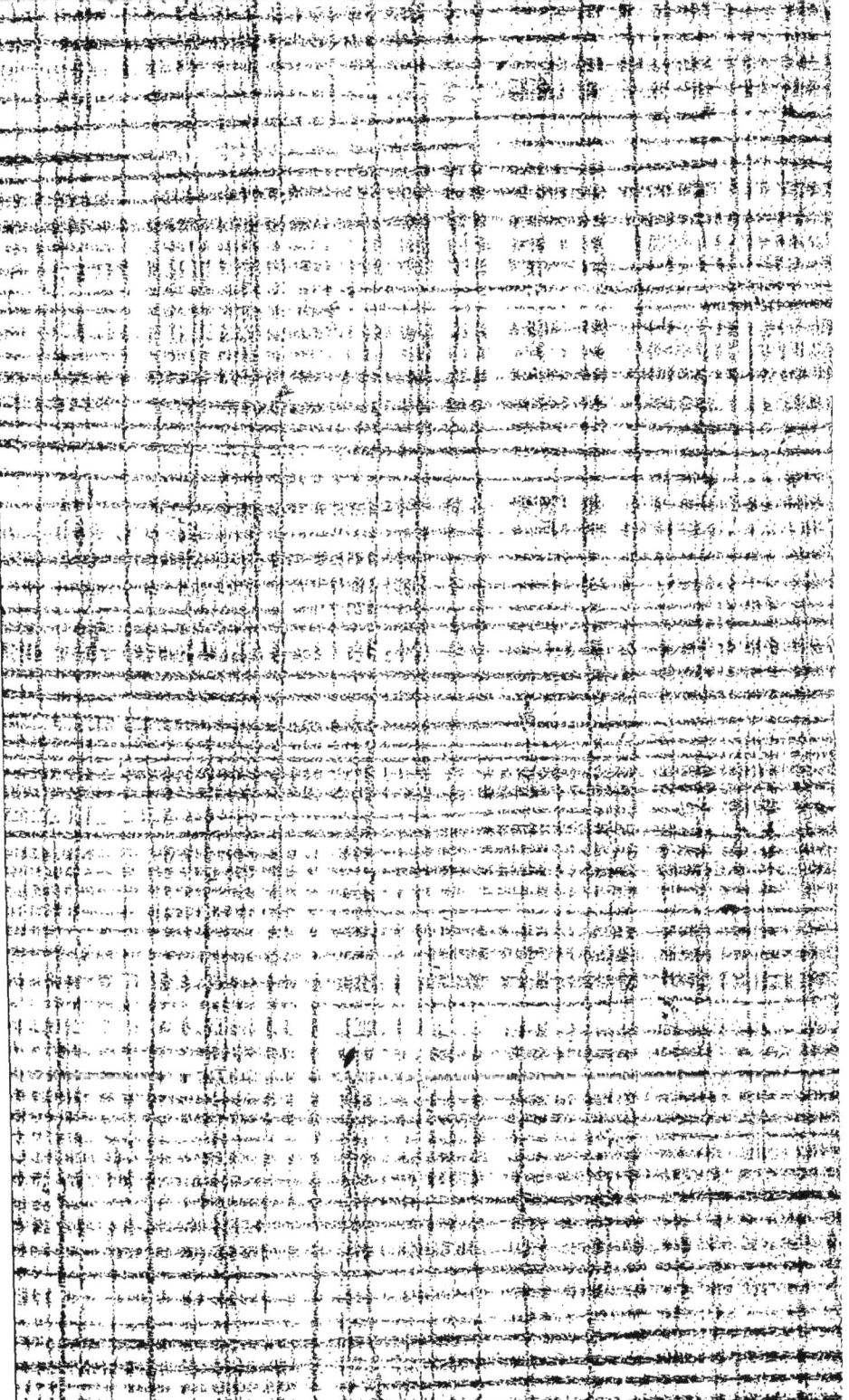

MÉMOIRES

D'UN

ENFANT PAUVRE

PAR

LÉON NOBLE

PARIS

G. TÉQUI, LIBRAIRE-ÉDITEUR

DE L'ŒUVRE DE SAINT-MICHEL

6, rue de Mézières, 6

1876

MÉMOIRES D'UN ENFANT PAUVRE

PARIS-AUTEUIL

IMPRIMERIE DES APPRENTIS CATHOLIQUES. — ROUSSEL,
40, rue La Fontaine, 40.

COLLECTION SAINT-MICHEL

MÉMOIRES

D'UN

ENFANT PAUVRE

PAR

LÉON NOBLE

PARIS

G. TÉQUI, LIBRAIRE-ÉDITEUR

DE L'ŒUVRE DE SAINT-MICHEL

6, rue de Mézières, 6

1876

PRÉFACE

C'est à vous, ma vénérée Mère, que j'offre ces souvenirs d'un passé qui nous est commun : ils vous appartiennent à tous égards ; l'histoire de l'enfant pauvre est aussi celle de la Mère, et si, après vingt années de travail et de privations, il commence à pouvoir dire ce que vous avez souffert ensemble, son cœur lui indique trop clairement à qui il le doit, pour qu'il puisse consacrer ce récit à un autre qu'à vous.

Travailler, souffrir, c'était notre vie, et nous n'avions même pas la consolation d'unir nos travaux et nos souffrances... Existence obscure, lutte patiente d'une pauvre femme contre le malheur, dévoûment et abnégation de tous les jours, que le monde n'a pas connus et que j'aurais dû lui taire peut-être !... Mais non, la vue du bien est salutaire, et de tous ceux qui parcourront ces lignes, nul, j'ose me le promettre, ne refusera un sentiment de sympathie à la Mère se dévouant dans un long veuvage à l'éducation de son enfant. Peut-être même le spectacle de cette pauvreté et de ces souffrances, trop souvent ignorées de ceux qui pourraient les soulager, inspirera-t-il à quelque âme généreuse la pensée de chercher autour d'elle une infortune à consoler : quelle plus douce récompense pouvons-nous tous deux attendre de. Dieu ?

MÉMOIRES D'UN ENFANT PAUVRE

> « Il n'y a que deux futurs
> » que l'homme puisse pro-
> » noncer sans crainte de se
> » tromper : Je souffrirai et je
> » mourrai. »
>
> (Mme SWETCHINE.)

PREMIÈRE PARTIE

LE VILLAGE

LA MAISON PATERNELLE.

Dans un village du département de la Haute-Saône, sur le bord d'une de ces grandes routes qui sillonnent aujourd'hui la France, s'élevait, il y a tantôt vingt ans, une maison dont l'aspect à la fois modeste et riant ne pouvait manquer d'attirer les regards du voyageur. Chère petite maison, nid paternel, dont le pauvre oiseau dut s'envoler bien jeune !...

Je la vois encore ! quatre murs tout blancs miroitant au soleil ; une belle treille les couvrait en partie,

toujours chargée, aux jours d'automne, de grosses
grappes, que je ne laissais mûrir qu'à grand'peine !
Sur le seuil, un tronc d'arbre creusé servant d'auge,
dans lequel, le soir, au retour des champs,
venaient s'abreuver les bœufs de mon père, ces
grands bœufs blancs ou fauves, au regard songeur,
qui léchaient ma petite main quand j'allais leur donner
le sel... Ici la grange où s'entassaient, à l'été, aux
chants joyeux des moissonneurs, les bottes de ce foin
qui sent si bon, et de lourdes gerbes de blé, la nourriture des hommes et celle des animaux. Plus loin,
les étables, où je comptais de nombreux amis, depuis
le petit veau et le poulain jusqu'à leurs mères. A
droite, quelques marches conduisant au four, l'endroit
privilégié, qui ne s'ouvrait jamais sans qu'un frisson
de plaisir courût dans mes veines, car c'était de là
que, tous les quinze jours, je voyais sortir ma mère,
dont les bras pliaient sous le poids des immenses
galettes ou des appétissantes tartes qu'elle faisait
si bien. Avec quelle attention nous suivions alors
ses moindres mouvements, ma sœur et moi !...

La maison n'était pas grande ; mais elle suffisait
amplement aux quatre existences qu'elle abritait.
On y entrait par la cuisine, servant naturellement
de salle à manger. Dans cette première pièce, tout
luisait, tout brillait, depuis le carreau jusqu'aux
belles assiettes peintes qui s'étageaient sur le buffet
en noyer; une main diligente, celle de ma mère,
passait partout. Près de la cuisine, la chambre de
nos parents, simple et propre, puis la nôtre, moins

grande, il est vrai, mais plus gaie, réjouie au matin
par le soleil levant, remplie le soir des senteurs
embaumées que la brise nous apportait du jardin
et des prés. Deux petits lits blancs et coquets, trois
ou quatre images de saints suspendues au mur, un
crucifix, devant lequel nous nous agenouillions au
réveil, ma sœur et moi, et le soir avant de nous
endormir, quelques jouets, puis le grand ornement,
le plus beau : de l'unique fenêtre que j'ai tant de
fois essayé de franchir pour aller visiter les pruniers
du jardin, le regard se fixait sur le plus gracieux
horizon de verdure et de feuillage. Au loin d'abord,
puis tout proche, serpentait le ruisseau, au milieu
des prés toujours verts ; à droite, et se confondant
avec les nuages, un gros buisson à forme étrange,
dans lequel, jusqu'à sept ans bien comptés, j'ai
toujours vu en frémissant un ours monstrueux
chargé de garder les bois ! et au delà, des arbres,
des arbres et encore des arbres,

> ... Verte retraite des oiseaux bocagers,

perdus dans le ciel bleu... et c'était tout... C'était
assez pour moi et pour bien d'autres. On vivait si
tranquille et si heureux dans ce petit coin de nature !
Ni villes, ni chemins de fer, ni gaz ; mais du silence,
de la fraîcheur au bord des eaux limpides, l'air des
grandes plaines, du soleil, de bonnes bêtes et de
braves gens. En faut-il plus pour être heureux ?
Autrefois on soutenait que non là-bas, et peut-être
n'avait-on pas tort.

1.

MON PÈRE.

Mes souvenirs sont peu nombreux : l'enfant qui
grandit sous l'œil de sa mère, à côté d'un frère ou
d'une sœur, au foyer qui l'a vu naître, n'oublie pas,
ne peut pas oublier. Chaque soir, il reçoit les
chauds baisers des siens; chaque jour, il revoit
l'arbre auquel il a cueilli le fruit encore vert,
le jardin, les champs, les bois; tous les amis de son
premier âge vivent, grandissent avec lui et pour lui.
Si les années ou un malheur enlèvent l'un d'eux à
sa naïve tendresse, si la branche casse sous le poids
de ses fruits, si le ruisseau grossi par les neiges dé-
borde et menace le foyer qui l'abrite, c'est encore
un souvenir, souvenir d'une première douleur,
et plus tard, quand des froissements plus douloureux lui révèleront le secret de la vie et le prix auquel Dieu nous la donne, ses yeux, interrogeant le
passé pour y retrouver les joies disparues, rever-
ront, non sans le charme secret qui s'attache à ce qui
n'est plus, ces larmes enfantines, premières douleurs,
je le répète, mais douleurs d'un jour, bientôt oubliées
sous les caresses d'une mère ou les consolations
d'une sœur. Je n'ai pas de ces souvenirs doux et
tristes, plus doux que tristes. Le soir, quand je
m'assieds dans ma chambre solitaire ou que j'erre
à l'ombre des grands arbres, j'essaye de refaire

mon existence d'enfant; mais je n'y parviens qu'avec peine. Un voile de tristesse et d'isolement me dérobe ce qui n'est plus, et, comme les années pluvieuses et sombres, je n'ai pas eu de printemps. Cependant, quelques images bien chères sont restées gravées dans mon cœur et elles y vivront toujours. C'est d'abord la douce et bienveillante figure de mon père. Je le vois avec sa haute taille, que les rudes travaux des champs avaient légèrement voûtée, m'ouvrant ses bras, me dévorant de caresses. Je courais au-devant de lui, lorsqu'il revenait, le soir, conduisant ses bœufs : « Papa, lui disais-je après l'avoir embrassé, mets-moi donc à cheval sur *Folo*. » Lui me prenait en souriant, me plaçait sur le dos du pacifique animal, qui continuait sa marche lente et sûre, tandis que les bras paternels me soutenaient. Comme j'étais fier alors !... Nous nous disputions mutuellement, ma sœur et moi, les genoux paternels, et c'est en souriant que nos lèvres se rencontraient sur le visage de notre père ou de notre mère. J'étais le plus jeune d'ailleurs, et ma sœur me reconnaissait sans conteste tous les droits du Benjamin. A moi de m'accrocher le premier au cou de notre père lorsqu'il revenait de voyage ; à moi de fouiller dans ses larges poches pour y chercher ce que je savais s'y trouver à notre adresse.

Notre père ne savait rien nous refuser ; il était bon, trop bon peut-être, pour nous, et sans l'affection, non moins vive, mais plus éclairée, de notre mère, nos caprices eussent dégénéré en tyrannie véritable.

Il avait été si aimé lui-même qu'il trouvait tout naturel d'aimer beaucoup. Dernier-né de sa famille, objet de soins tout particuliers, longtemps ma grand'mère l'avait gardé près d'elle, et lorsqu'il fallut l'envoyer à la ville, elle ne céda qu'à une sorte de contrainte. Cette tendresse, un peu aveugle, ne gâta point le cœur de mon père ; mais elle le priva des salutaires leçons qui développent l'intelligence de l'enfant, forment sa volonté, le rendent ainsi maître de sa vie et en font un homme. La situation était si belle alors qu'on ne songeait point à le rendre capable de se créer à lui-même sa place ici-bas. Le grand-père était riche, les fils seraient certainement à leur aise, et mon père, jeté au milieu d'enfants dont les parents exerçaient des professions libérales ou vivaient de leurs rentes, ne se trouvait pas hors de sa sphère. On en jugeait ainsi. L'avenir déjoua cruellement ces calculs de la tendresse maternelle. Incendie, pertes de bestiaux, malheurs de toute sorte fondirent sur la maison, et quand le grand-père mourut, quand les deux frères en vinrent au partage, ils se virent réduits l'un et l'autre à la condition d'humbles cultivateurs. Mon père accepta cette situation avec courage, et, vaillamment secondé par ma mère, il résolut de lutter, afin de vivre et d'assurer un avenir aux deux petits êtres que le bon Dieu lui donna. Il prit lui-même le manche de la charrue, et s'astreignit aux rudes labeurs qu'on lui avait à peu près laissé ignorer. Rudes en effet étaient ces labeurs ! Nous n'avions,

il est vrai, que dix journaux de terre (1) à chaque
saison; mais à cette culture, qui n'eût pas suffi pour
l'entretien de la maison, mon père joignait des transports de matériaux, fers pour les usines, bois, sable, et
aussi quelques échanges ou ventes de bestiaux, opé-
rations qu'il menait d'ordinaire assez habilement.
Il en résultait pour lui des absences fréquentes.
Quand le voyage devait être de courte durée, il
m'emmenait. Quel bonheur alors de monter dans
le chariot, d'exciter la bonne jument pommelée et
de la voir courir! Aux côtes, je descendais, je courais de côté et d'autre, cueillant la fraise ou la noi-
sette, suppliant mon père de me faire un fouet pour
accélérer le pas de la jument, l'accablant de questions, chaque fois qu'un objet nouveau frappait mes
regards... Je me souviens encore de ces petits voyages, qui faisaient époque dans mon existence; je me
rappelle mon admiration naïve et mon effroi lorsque
nous arrivions à quelqu'une des usines auxquelles
mon père portait du fer. La vue de ces vastes bâti-
ments tout noircis par les torrents de fumée qui
s'échappaient nuit et jour de hautes cheminées, me
terrifiait, et ce n'était pas sans peine que je consen-
tais à quitter le chariot pour y pénétrer. Le spectacle
qui s'offrait alors à mes regards était peu fait pour di-
minuer ma terreur : d'énormes brasiers, autour desquels des hommes en chemise et la figure noire s'agitaient comme des démons; de tous côtés, à la lueur

(1) Étendue de terre qu'on peut labourer en dix jours.

sinistre de ces feux d'enfer, j'apercevais les cyclopés armés de formidables marteaux, qu'ils levaient et laissaient retomber régulièrement sur l'enclume, d'où jaillissaient des myriades d'étincelles brillantes. Plusieurs fois, je distinguai aussi des êtres moins grands, sorte de gnomes, qui couraient dans ces antres immenses et que mon père m'assurait être des enfants comme moi. Pauvres petits! ce n'est pas pour eux que le soleil brille et que les prés verdoyent!.. Ordinairement mon père partait seul, et nous restions avec notre mère. Que d'inquiétudes alors! En hiver, c'étaient les loups dont nous redoutions l'attaque pour notre cher voyageur, les loups, qui, poussés par la faim, venaient flairer nos bœufs jusque près de l'étable, et dont je reconnaissais les traces dans le jardin; les brigands, qui, à certaines époques, faisaient terriblement parler d'eux; les rivières à traverser, et mille autres dangers, que l'imagination de notre mère multipliait et grossissait encore, lorsqu'à l'heure fixée pour le retour, nul ne paraissait. Parfois, ces dangers n'étaient que trop réels, et je me souviens de la terreur que nous éprouvâmes un jour, ma sœur et moi, en voyant revenir notre père tout mouillé. Voici ce qu'il nous raconta. Il se rendait à la foire de J., petite ville voisine du bourg. Pour y arriver il fallait traverser une rivière profonde et rapide. Cette traversée se faisait sur ce qu'on appelait *la barque*. Or la barque n'était qu'un assemblage grossier de troncs d'arbres, reliés entre eux avec des cordes; un gros câble attaché à

un pieu au milieu du courant servait à maintenir la
direction. Hommes et animaux passaient la rivière
sur cette barque. On parlait bien de temps à autre
de quelques accidents; les prudents ne hasardaient
pas la traversée quand le vent soufflait; mais,
après tout, il fallait passer, et on passait sur la
barque, afin de s'épargner les trois lieues qui séparaient du pont le plus proche. Ce jour-là, hommes,
bœufs et chevaux affluaient sur la rive, et quand
mon père arriva, la barque se trouvait pleine.

L'heure pressait, il voulut passer. Le vieux batelier
n'était pas très-rassuré; car, au moindre mouvement
des hommes ou des animaux, la barque s'inclinait
d'une manière inquiétante à droite ou à gauche : « Ma
foi ! disait-il, nous sommes trop de monde : tenez !
vaudrait mieux faire deux voyages. » Quelques-uns
partageaient ses appréhensions; mais nul ne voulait
attendre le second voyage. La corde est déliée : le
lourd radeau glisse lentement, retenu par la main
vigoureuse du pilote. Tout alla bien jusqu'au milieu
de la rivière, et on espérait atteindre la rive sans
accident, lorsqu'un bœuf, effrayé sans doute par la
vue et le bruit de l'eau, fit un brusque mouvement.
La barque s'incline du côté de l'animal; les hommes
se portent tous instinctivement de l'autre, qui cède
sous leur poids. Hommes et bêtes roulent pêle-mêle
dans la rivière, et sont d'abord entraînés par le courant. Fort heureusement, plusieurs savaient nager :
on s'aide, on se soutient, on laisse périr les bêtes
pour sauver les hommes, et, après une demi-heure

d'efforts, on réussit à ramener tout le monde sur la rive. Deux bœufs et un cheval disparurent; mais les passagers étaient sauvés et remerciaient le Ciel d'en être quittes à si bon marché. Mon père, renonçant à la foire pour ce jour-là, vint se réchauffer dans le lit bien bassiné que lui prépara ma mère, heureuse de le voir échappé à ce terrible danger.

Une autre fois, la Providence le tira d'un péril plus redoutable encore. Il revenait d'une petite ville voisine et portait sur lui une somme assez ronde, deux mille francs, qu'il avait empruntés afin d'achever le payement de notre maison. La route était belle à travers les bois, le jour peu avancé, partant nulle crainte de s'égarer. Mon père chemina donc paisiblement jusqu'à un ravin assez profond, qu'il devait traverser pour gagner la plaine. Le ravin avait mauvaise réputation. Les bonnes femmes du village le disaient hanté par des spectres, — crédulité exploitée avec gros profits par maint brigand. L'aspect du lieu expliquait d'ailleurs ces contes de la superstition, si elle ne les justifiait pas. A cet endroit, en effet, la route s'enfonçait subitement entre deux escarpements presque à pic formés par d'énormes rochers entassés les uns sur les autres. De grands sapins, dont les racines se perdaient entre les fentes des rocs, formaient un bois épais et sombre que le soleil n'éclairait jamais. Les oiseaux eux-mêmes fuyaient l'horreur de cette solitude sauvage, dont le silence n'était interrompu que par le croassement lugubre de quelque corbeau solitaire ou par le sinistre coup

de sifflet du brigand signalant à sa bande l'arrivée
du voyageur imprudent. Parvenus à cette gorge
sauvage, les hommes pressaient instinctivement le
pas, les femmes se signaient, et toute conversation
était suspendue ; personne n'eût osé s'y hasarder
la nuit venue. Mon père n'ajoutait qu'une foi médio-
cre aux récits effrayants qui se transmettaient depuis
plusieurs générations sur ce lieu ; ses courses fréquentes à travers la Franche-Comté l'avaient d'ailleurs aguerri contre les dangers qui peuvent menacer
le voyageur isolé, et le bâton noueux dont il était armé
lui eût problablement fait oublier toute crainte, sans
les deux mille francs qu'il portait sur lui. Mais deux
mille francs sont un gros appât pour les bandits
réduits à se contenter ordinairement des quinze ou
vingt gros sous trouvés dans les poches des paysans,
et il n'était nullement impossible que dans un village,
c'est-à-dire dans un lieu ou tout s'ébruite et se sait,
les honnêtes habitants du ravin n'eussent appris le
vrai motif du voyage de mon père. Frappé de cette
pensée, il se mit à marcher plus vivement, jetant à
la dérobée un regard à droite ou à gauche. Jamais
la route ne lui avait paru si longue, le ravin si
profond, les rochers si sombres. Ses yeux, plongeant
à travers l'obscurité de la futaie, cherchaient l'ennemi
caché, se fixaient avec épouvante sur le buisson
auquel l'éloignement prêtait une forme étrange, et
dans le bruissement du noir feuillage ou le craque-
ment des branches mortes sous les pieds de quelque
daim effrayé, il lui semblait entendre le murmure

de voix humaines ou le grincement du fusil qu'armait le brigand. Parfois il s'arrêtait, ému, hésitant; mais il se reprochait bientôt à lui-même ses vaines appréhensions, se remettait en route et pressait davantage le pas. Tout à coup, deux hommes à figure sinistre, armés eux aussi de bâtons ferrés, surgissent; une roche les avait dérobés à mon père. A cette vue, toute prudence l'abandonne, et, ne songeant qu'aux malheurs qui eussent résulté pour nous de la perte de son argent, il s'élance à travers le ravin, prend un sentier à peine accessible aux chèvres, bondit de roche en roche, s'aidant tantôt de son bâton, tantôt d'une branche de sapin. « Arrête, s'écria l'un des bandits, arrête, ou bien!.... » Mon père n'en entendit pas davantage : ce mot terrible, répété par les échos du ravin, lui donne des ailes; il précipite sa course, saute les rocs, glisse à travers les sapins avec une rapidité vertigineuse. « Si je puis atteindre la forêt, pensait-il, je suis sauvé, car la maison du garde doit être proche! » Les brigands, de leur côté, n'avaient point abandonné la poursuite; ils ne voulaient pas renoncer à une proie dont ils connaissaient probablement l'importance; les lieux d'ailleurs leur étaient familiers, et cet avantage allait probablement décider en leur faveur l'issue de cette course effrayante, lorsqu'un coup de fusil retentit subitement à travers les bois. Les deux bandits étonnés s'arrêtèrent, le regard fixé vers le point d'où le coup était parti. Mon père aussi s'était arrêté: pâle, haletant, les mains et la figure déchirées par

les ronces, épuisé et incapable de continuer sa fuite,
effrayé aussi par l'explosion, qui pouvait annoncer
l'arrivée d'un ennemi nouveau, il tomba au pied
d'un chêne, en recommandant son âme à Dieu. Un
homme parut presque aussitôt, tenant d'une main
son fusil et de l'autre un superbe faucon, qu'il venait
d'abattre. A sa vue, les brigands disparurent précipitamment; ils avaient reconnu un des gardes de
la forêt : mon père était sauvé. « Tiens! monsieur
X., s'écria le garde, s'approchant et reconnaissant
celui auquel son intervention avait été si utile, tiens!
c'est vous !... Mais qu'avez-vous donc? continua-t-il,
à la vue de ce visage pâle et de ce corps tremblant
encore d'émotion et de fatigue. — Ce n'est rien,
répondit mon père avec effort, cela va passer.....
Mais n'avez-vous rien aperçu de ce côté du ravin ?
— J'ai vu le taillis s'agiter..... Quelque chevreuil
sans doute effrayé par mon coup de fusil, ou bien...
vous avez été poursuivi, ajouta-t-il vivement. —
Oui, par deux hommes armés de bâtons. — Ah!
les bandits ! toujours eux ! Mais je veux perdre ma
réputation de premier tireur du canton, si je ne leur
loge à chacun une balle dans la tête, dès qu'ils se
trouveront à la portée qu'une honnête carabine
peut atteindre. Pour le moment, reprit-il avec un
peu plus de calme, il n'y a rien à faire ; les renards
sont rentrés dans leur terrier, et d'ailleurs je ne
puis vous abandonner. Vous vous reposerez un peu
chez moi, et je vous conduirai jusqu'à la route. »
Mon père accepta avec joie la proposition du garde,

et, soutenu par lui, gagna la maisonnette, qui n'était
point éloignée. Après avoir pris quelques rafraî-
chissements et s'être reposé une demi-heure, il se
leva, et reprit, cette fois en compagnie du garde, la
route du village, où il arriva sans autre accident.
Ma mère, tremblante et joyeuse à la fois, mit dans
la main du brave forestier une pièce de dix francs,
qu'il dut accepter malgré sa résistance.

Ainsi s'écoulait la vie de mon père, toute semblable d'ailleurs à celle des petits cultivateurs ses
voisins.

Intelligent, instruit, comme on disait au village,
jouissant en outre de relations honorables, grâce au
respect qu'on portait au nom de mon grand-père,
il devait réussir, et il aurait, en effet, réussi, s'il eût
été formé de bonne heure aux travaux des champs,
et s'il se fût un peu plus défié des hommes. Sa santé
d'une part, sa trop grande bonté de l'autre, furent les
causes de nos malheurs. Il fallait se trouver partout
et en tout temps, supporter la pluie, la neige, le
vent, la faim, la soif, — on ne peut être cultiva-
teur qu'à ces conditions. Mon père voulut l'être. Il
lutta pendant dix années contre les germes d'une
maladie de poitrine, dont les symptômes, invisibles
pour ma sœur et pour moi, n'échappaient point
aux regards attristés de notre mère. Il lutta aussi,
mais plus faiblement, et sans l'habileté que donne
l'expérience, contre la malignité d'un frère, les subti-
lités des hommes d'affaires tout-puissants au village,
contre le malheur enfin, qui nous visita autant et

plus que d'autres, ravageant les étables, détruisant les récoltes!.... Pauvre père ! nul ne lui tendit la main, nul ne fit pour lui ce que le grand-père avait fait pour tant d'autres. Des anciens amis, de tous ceux qui s'asseyaient dans le passé à la table toujours amplement servie, les uns en le voyant tomber peu à peu, souriaient de ce sourire niais et méchant qu'on voit parfois au village ; d'autres passaient silencieux ; trois ou quatre donnèrent quelques paroles de compassion, et ce fut tout.

MA MÈRE.

L'âme de la maison était notre mère. Dieu, en nous refusant la fortune et en nous privant par des pertes successives de la modeste aisance qui nous eût procuré le bonheur, nous avait donné en elle un trésor incomparable. Sainte femme, martyr du travail et de l'amour maternel, dont je ne puis évoquer le souvenir sans que mon cœur tressaille et se sente invinciblement porté à remercier le ciel de l'avoir placée près de nous. Quand cette vénérable figure, amaigrie par quarante années de luttes et de privations, m'apparaît, belle encore de cette beauté que la noblesse de l'âme et la générosité du cœur répandent sur le visage de l'homme, je me sens saisi de respect, d'admiration et d'amour ; les sentiments se pressent dans mon cœur, et je savoure avec une inépuisable satisfaction le bonheur de me sentir aimé et protégé par cette âme qui n'a vécu que pour moi, et qui, à l'heure présente, donnerait encore pour son enfant, avec la simplicité de l'héroïsme qui s'ignore lui-même, les restes d'une vie qui n'a été qu'une longue immolation.

Souffrance, dévouement, oubli de soi, ces mots ne résument qu'imparfaitement la vie de ma mère. Elle aussi connut peu ces joies du foyer dont la privation m'a été sensible. Enfant d'une famille pauvre, elle dut quitter de bonne heure le toit paternel et entrer dans la maison de mon grand-père. Vive, forte, courageuse, elle ne tarda pas à plaire dans ce milieu où tous, serviteurs et maîtres, partageaient les mêmes travaux, s'asseyaient à la même table et ne formaient qu'une même famille.» Il fallait la voir à l'ouvrage! me disait un vieux cuirassier qui avait servi dans la maison, et avec cela *propre comme un sou* (1), gaie, rieuse, ne comptant jamais ses heures de travail, toujours prête à aider l'un, à remplacer l'autre. « Mon grand-père l'aima bientôt comme sa propre fille, et quand le second de ses fils, un grand et beau jeune homme alors, songeant à se marier, vint, la rougeur au front, lui confier le pur et invincible attrait qui l'inclinait vers l'orpheline, il lui prit la main et la mit sans hésiter dans celle de la jeune et belle enfant. Le mariage fut résolu. Nul ne pouvait raisonnablement en contester la convenance ; car les bras de ma mère et son cœur surtout valaient plusieurs fois les quelques billets de mille francs qui devaient former le modeste héritage de mon père. Toutefois, et dans le sein même de la famille, il y eut des murmures; mon oncle ne pardonna pas ce qu'il regardait comme une mésalliance. Il en résulta d'abord une certaine froideur entre les deux frères, puis bientôt un éloignement systématique et une hostilité réelle de la part de mon oncle, hostilité qui devait éclater dans le partage des biens et dans

(1) Expression du village.

plusieurs autres circonstances, où mon père, grâce
à sa bonté trop facile, consentit à jouer le rôle de
dupe. Ce fut la mort de mon grand-père qui acheva
de rompre toute relation entre les deux frères. La
maison paternelle devint la propriété de l'aîné, et
mes parents achetèrent celle qui devait nous servir
de berceau, à ma sœur et à moi. C'est alors et à
partir du moment où elle se vit fermière, que se déployèrent l'activité de ma mère et les merveilleuses
ressources qu'elle puisait dans son énergie. Mon père
soignait sa petite culture, il aimait sa charrue ; mais,
comme je l'ai dit déjà, il n'était pas fait pour ces
rudes travaux. Ma mère, au contraire, élevée à la
robuste et saine école de la pauvreté, accoutumée aux
champs, envisagea sans crainte la double tâche
que lui imposait l'état de mon père. Toujours levée
à quatre heures, elle avait préparé le déjeuner, dis-
tribué le travail aux domestiques, fait donner le
foin ou l'avoine aux bêtes et remué toute la maison
avant que mon père eût quitté son lit. Ma sœur
naquit, puis moi. Dieu sait avec quel bonheur furent accueillis les deux enfants qui ajoutaient encore
aux travaux de la jeune femme. Un sourire de nos
lèvres, une caresse de nos petites mains payaient
toutes ses sueurs et lui donnaient un nouveau
courage. Elle faisait face à tout. Un jour elle cuisait,
car en ce temps-là on cuisait encore au village,
et il n'y avait de boulanger qu'à la ville ; elle courait du four à ses enfants et de ses enfants au four,
trouvant toujours le temps de les embrasser entre

deux fournées. Les serviteurs revenaient des champs, las et affamées. Ils n'attendaient pas la soupe ; elle était toujours prête. Ils repartaient bientôt, et quand l'ouvrage pressait, notre mère laissait là son linge, sa cuisine, ses vaches et même ses enfants : — eh oui ! il le faut bien au village ! Mais que d'inquiétudes, que de précautions, que de recommandations à sa chère Augustine, afin qu'elle veillât sur son gros espiègle de frère ! Et comme elle était heureuse au retour ! Avec quel bonheur elle nous embrassait ! Les autres rentraient pour se reposer, elle pour travailler encore, préparer le souper, traire ses vaches, soigner une bête malade, faire coucher ses enfants. Et le lendemain, c'était la même chose, et toujours ainsi. Toujours ! je me trompe, il y avait un dimanche alors, et au village on le respectait. Ce jour-là, bêtes et hommes se reposaient. On nous mettait, à ma sœur et à moi, de beaux habits, qui nous rendaient tout fiers ; ma mère revêtait elle-même le frais costume qui seyait si bien à sa jeunesse, et tous ensemble, père, mère, enfants, domestiques, à l'exception de celui qui gardait la maison, se rendaient à l'église, toujours comble. Je la vois encore, cette gentille église, coquettement perchée sur le coteau. Les hommes debout sous le clocher, les femme dans la nef, assises et recueillies, le vieux pasteur à l'autel ou dans la chaire, disant à tous : « Mes enfants, mes enfants ! » On revenait, on se mêlait, parents, amis, voisins, les mères entourées de leurs enfants, fières de se les

montrer. On riait, on causait, on dînait gaiement;
on donnait un coup d'œil aux bêtes, et quand Vêpres sonnaient, on reprenait non moins gaiement,
hommes et femmes, le chemin de l'église. Il y
avait bien une auberge au village ; mais jamais,
au grand jamais, dit ma mère, on n'eût ouvert
l'auberge pendant les offices.

Quand tout était terminé, on se réunissait sous les
tilleuls : les enfants couraient sous l'œil des mères ;
les hommes causaient des récoltes, et, en se pro-
menant, arrivaient parfois, sans y penser, à la porte
de l'auberge, s'y asseyaient à la dérobée, au moment
où les femmes ne regardaient pas, puis revenaient
applaudir aux beaux coups des gars qui jouaient aux
boules. On rentrait, on soupait, on se couchait. Le
lendemain, on se levait reposé et on reprenait, sans
se plaindre, le manche de la charrue ou de la fau-
cille. Ainsi se passait le dimanche au village, « et
ma foi, monsieur! disent les patriarches au voyageur qui les écoute, le blé n'en poussait pas moins
bien, et les bœufs n'en étaient que plus vigoureux ! »

Celle qui se reposait le moins dans les jours où
tous se reposaient, était encore ma mère. A la ville,
on peut jouir d'un repos complet ; à la campagne, on
ne le peut. Les bêtes mangent et les vaches se traient,
même le dimanche. Jamais elle ne s'en plaignit :
un regard jeté sur mon père souffrant, sur nous
qui avions tant besoin d'elle, était son repos et sa
plus douce jouissance. Seulement le soir, alors que
tout dormait autour de nous, elle aimait à rester

quelques instants avec ses enfants, à épier l'éveil de ces petites âmes qui lui étaient confiées, à entendre nos propos enfantins, à recevoir nos caresses et à nous apprendre elle-même les prières qu'elle savait. Jamais elle n'eût laissé à une étrangère, pas même à une parente, le soin de nous habiller ou de nous coucher, et, malgré les occupations si multipliées auxquelles elle devait suffire, elle-même présidait à notre petite toilette Elle mettait son orgueil de mère à avoir des enfants toujours proprement mis ; elle ne voulait pas qu'en cela nous fussions inférieurs à aucun enfant du village. Sévère quand nous le méritions, sa tendresse ne l'empêchait pas de nous faire subir ces corrections salutaires qui, lorsqu'elles ne sont ni multipliées ni exagérées, forment, quoi qu'on en dise aujourd'hui, un excellent corollaire aux exhortations et aux reproches adressés à l'enfant.

Elle ne songeait qu'à nous, ne voyait que nous, et le plus bel éloge qu'on pût lui faire, la plus agréable parole qui pût lui être adressée par les amis, les étrangers ou même les pauvres qui s'asseyaient parfois à notre table, était celle-ci : « Oh ! les beaux enfants que vous avez ! » Quand elle nous menait à l'église, frais, propres, rouges comme les roses de notre jardin, nous tenant tous deux par la main, et que les regards se fixaient sur nous, un sourire de bonheur illuminait son visage aimé, ses yeux se fixaient sur nous avec une indéfinissable expression de joie, et, ses lèvres obéissant à l'impulsion du

cœur, elle se baissait pour nous embrasser! Pures
et légitimes satisfactions! Quelle mère ne les connaît et ne les savoure comme la plus précieuse récompense que Dieu puisse lui accorder?

. . . .

MA SŒUR.

Elle se nommait Augustine. Ma mère l'aimait beaucoup, plus que moi, si j'en crois mes souvenirs ; mais je le lui pardonne volontiers. C'est en
donnant le jour à ma sœur qu'elle avait connu les
premières joies de la maternité ; elle ne songeait
point encore à moi et déjà les sourires de la chère
petite l'avaient payée de son affection et de ses soins.
Puis, elle se retrouvait tout entière dans cette gracieuse enfant, vive et aimante comme elle-même,
charitable au pauvre qui frappait à notre porte, douce
et affectueuse pour tous. « Ma chère Augustine, »
dit encore ma mère avec un accent qui me va au
cœur. Il semble que l'image de son enfant lui soit
toujours présente, qu'elle lise dans ses grands yeux,
qui regardaient si doucement, qu'elle admire les
flots de cheveux bruns qui tombaient sur ses épaules ! Elle était si douce, si affectueuse ! si légitimes
les espérances qu'elle faisait concevoir !... Quand je
naquis, elle me reçut avec bonheur. Elle ne
m'envia pas les caresses dont je lui ravissais une
partie ; mais, heureuse de pouvoir aider nos parents
en quelque chose, elle s'institua ma seconde mère,
et si elle n'eut pas toute l'autorité que comportait
son rôle, elle en eut du moins toute la tendresse. Ce
fut d'elle autant que de ma mère, que j'appris à

2.

balbutier les premiers mots si doux aux oreilles
d'un père ou d'une mère. Aux jours où, petit enfant
couché dans mon berceau, les murs de notre chambre, quelques images naïves, le visage aimé de ma
mère, l'affectueuse figure de mon père formaient
tout mon horizon, elle m'apparut comme la céleste
personnification de cet ange gardien au radieux visage, aux blanches ailes dont elle me parla dès que
mon âme se fut éveillée. Il m'est resté d'elle, de ses
traits, une de ces impressions indéfinissables et profondes à la fois qui durent autant que la vie... Nous
ne nous quittions jamais. Quand nos parents partaient pour la plaine, ils la constituaient ma gar-
dienne. Elle s'acquittait de ses délicates fonctions
le mieux qu'elle pouvait, et, certes, sa tâche n'était
pas facile. Le gros garçon réjoui que j'étais ne rê-
vait qu'excursions au jardin, à l'étable, au grenier,
touchait à tout, renversait tout et ne récoltait partout que bosses, déchirures ou pis encore, au grand
désespoir de la petite mère, responsable par-devant
la grande. J'allais parfois jusqu'à la révolte ! Je me
souviens qu'un jour je refusai catégoriquement de
me démettre d'un clou dont j'avais fait la conquête.
Ma sœur insista ; je le mis dans ma bouche pour le
soustraire à ses recherches, et... on dit que je
l'avalai. Ma sœur jeta les hauts cris, me fit desser-
rer les dents : pas de clou. Nos parents, au retour,
apprirent l'histoire : on me crut perdu. Ma mère
courut de tous côtés, anxieuse, interrogea les voisins, appela un médecin et ne se rassura que

trois ou quatre jours après, lorsqu'elle me vit les jambes aussi alertes, les joues aussi roses et l'appétit aussi ferme que par le passé.

Souvent j'entraînais Augustine. « Notre mère l'a défendu, disait-elle. — Mais non, je te dis, elle n'a pas défendu d'aller au jardin. » Fripon d'enfant ! c'est qu'au jardin, le long de la haie, il y avait cinq beaux arbres chargés de ces prunes noires et longues appelées couatches au pays ; je les surveillais depuis longtemps, je les supposais mûres, et c'est ce qui me rendait si persuasif. La petite sœur finissait par céder ; elle m'aimait tant ! Nous franchissions le seuil de la porte, et j'avais l'art de diriger la promenade du côté des pruniers tentateurs. Quelques exclamations m'échappaient ! D'abord c'était l'admiration, qui se changeait bientôt en convoitise ardente. Augustine objectait l'acidité des fruits, l'impossibilité de les atteindre. « Attends ! » et me voilà ramassant tous les cailloux que je puis trouver. Mais la vigueur de mon bras n'était point à la hauteur de ma gourmandise ; mes pierres n'arrivaient même pas aux branches. Je ne perdais pas courage, et me mettais à fureter. Bien vite j'implorais l'assistance de ma sœur pour arracher une de ces gaules qu'on enfonce en terre afin de soutenir les haricots ; et nous voilà tous deux, épaule contre épaule, pied contre pied, unissant fraternellement nos efforts, que la victoire finissait toujours par couronner. Parfois, son effet immédiat était de m'envoyer à trois ou quatre pas en arrière, parce

que nous n'avions pas calculé l'effort. Mais je me
relevais promptement, sans songer à la boue qui,
le soir, devait m'attirer les réprimandes maternelles, peut-être autre chose, et, tout triomphant,
plein d'une impatiente avidité, je frappais les branches avec frénésie, toujours aidé par la petite sœur.
Elle n'était pas très-rassurée sur les suites de l'expé-
dition ; la vue de mon pantalon couvert de boue
la faisait songer ! Mais comment résister aux prières
du petit frère qui trouvait les prunes si bonnes ?

Ainsi s'écoulait notre enfance, nos parents d'un
côté, et nous d'un autre. Il le fallait, car les travaux
des champs ne se peuvent remettre. Le temps menace, — il y a du foin ici, du blé par là, — si on ne
se hâte, l'orage éclate, le ruisseau grossit et em-
porte tout. C'est le pain de chaque jour qui dis-
paraît ainsi, pain des hommes ou des animaux, le
résultat est le même pour le pauvre laboureur,
qui voit ses espérance anéanties et qui se demande
avec anxiété comment se passera l'hiver, cet hiver
si long, pendant lequel la terre ne donne rien à
l'homme, qui n'en mange pas moins... Parfois, quand
le temps était beau et le champ pas trop éloigné,
nos parents nous emmenaient, — petits voyages que
je préférais de beaucoup à toutes les excursions
dans l'intérieur de la maison. J'aimais le grand air
et le *bon soleil du bon Dieu,* comme l'appelait
notre mère, et c'est avec bonheur que je me rou-
lais sur les meules de foin ou que je m'asseyais
avec les faneurs à l'ombre des pommiers, pour goû-

ter. C'était surtout pendant les fréquentes absences de mon père, que notre mère aimait à nous prendre avec elle, et nous la suivions avec une joie très-vive. Folâtrer sur la route, descendre dans les fossés pour y cueillir des fleurs ou des fraises, chasser le papillon, aider ou plutôt gêner les faneurs, autant de plaisirs ardemment désirés, savourés avec toute l'impétueuse avidité du jeune âge.

La charrette remplie, on songeait au retour. Mais nous étions fatigués, et nos petits pieds ne pouvaient affronter la longueur de la route. Le garçon de ferme nous prenait alors successivement dans ses bras robustes et nous juchait au haut de la charrette, au milieu de la luzerne. Notre mère nous regardait avec inquiétude ; car le jour était sur son déclin et la charrette assez chargée. Pendant tout le trajet, ses yeux ne nous quittaient pas : ses enfants, c'était sa fortune à elle ; bœufs, charrette, luzerne, elle eût tout donné de grand cœur, pour nous éviter le moindre accident. J'entends toujours sa voix pleine d'une tendresse inquiète : « Ne bougez pas, mes enfants, vous tomberiez ! Restez bien tranquilles, mes chers petits ! » Il n'y avait aucun danger : les deux grands bœufs auxquels j'allais souvent donner le sel semblaient comprendre qu'ils portaient un trésor, ils suivaient la route sans s'écarter d'une ligne. Parfois, ils relevaient la tête et aspiraient bruyamment un air plus frais, en poussant quelques mugissements prolongés ; nous longions alors le grand étang dont les eaux tranquilles et trompeuses se perdaient dans l'obscurité du soir. Notre mère éprouvait un frisson, car plusieurs enfants s'y étaient noyés. Elle piquait vivement les bœufs, qui baissaient la tête et pesaient avec force sur le joug. Une demi-heure après, la charrette arrivait devant la maison ; notre mère nous recevait dans ses bras, et nous embrassait avec autant de tendresse que si nous eussions échappé à un grand danger.

Un jour, les craintes maternelles furent plus fondées. Nous sortions de dîner. « N., dit ma mère en s'adressant à mon père, il y a du foin dans la pièce de l'autre côté du ru ; il est bon à rentrer, je crois qu'il faut y aller aujourd'hui. — Vous avez raison, répondit mon père, un orage peut venir. — Et les enfants ? — Nous les emmènerons, le temps est beau et le trajet assez court. » Nous acceptâmes avec bonheur, ma sœur et moi ; courir dans la prairie était un plaisir toujours nouveau pour nous. Il y avait deux routes pour atteindre le pré : l'une, plus longue, à travers le village et par le pont, l'autre à travers champs, et qui aboutissait à un gué. « Prenons au plus court, » dit mon père, et, sur quelques paroles de ma mère, qui manifestait de l'inquiétude : « Soyez donc tranquille, ma chère amie, ajouta-t-il, le gué est sûr, l'eau peu profonde, et le fond de gravier très-résistant. » Sur cette assurance, nous partons à travers champs, et nous arrivons bientôt au passage redouté. A ce moment, une anxiété visible se peignit sur le visage de ma mère, qui nous tenait tous deux près d'elle. « Piquez

vos bœufs, N., dit-elle à mon père, piquez-les fortement! » La recommandation était superflue ; car
mon père connaissait bien son attelage, le plus
beau, le plus fort qu'on pût trouver dans les étables
du village. Les braves bêtes, après avoir flairé l'eau
avec inquiétude, y entrèrent résolûment, excitées par
l'aiguillon et pressant sur le joug, de leurs têtes
vigoureuses. Tout à coup, ma mère jeta un cri :
les roues du chariot s'enfonçaient. La couche de
gravier avait trompé mon père : le passage, guéa-
ble en temps ordinaire, était devenu impraticable
à la suite des pluies et d'une crue subite, qui y
avaient amoncelé d'épaisses couches de limon.
« Sauvez les enfants et laissez périr les bœufs! »
s'écria ma mère. Mon père sauta sur le dos de l'une
des bêtes, qui s'enfonçaient de plus en plus dans la
vase, nous prit successivement des mains de notre
mère, et, comme le ru n'était pas très-large, il
parvint à nous déposer sains et saufs de l'autre
côté, puis il courut aider ma mère à descendre.
« Ils sont sauvés ! s'écria-t-elle en nous embrassant,
il n'y a pas de malheur! » Elle nous fit alors asseoir
sur l'herbe, nous défendit expressément de nous
approcher du ruisseau, et retourna aider mon père
à dételer ses bœufs. Délivrés du joug, ceux-ci
cherchèrent à se dégager du lit de vase dans
lequel ils avaient enfoncé jusqu'au poitrail : l'un,
plus vigoureux, y réussit après d'énergiques efforts ;
l'autre ne put y parvenir. Ma mère se désespérait, et
mon père cherchait un moyen d'aider l'animal à

se soulever, quand la Providence vint à notre
secours. Du village, dont le gué n'était pas éloigné,
un homme vit un bœuf qui paissait en liberté dans
la prairie : étonné, et pensant que l'animal s'était
échappé, il se dirigea de notre côté. Mon père
lui conta brièvement ce qui s'était passé. Cet
homme courut aussitôt au village et en revint bientôt
avec une douzaine d'hommes et une quinzaine de
femmes. On parvint à glisser une forte planche
sous le ventre du bœuf embourbé, et la lourde
masse fut enlevée sous l'effort de trente bras
vigoureux. Tout était sauvé!..... Que de fois ma
mère m'a rappelé le chariot embourbé! « Vous
pleuriez tous deux, dit-elle. Mon Dieu! que j'ai
eu peur pour vous, mes pauvres enfants! »

MOI !

C'est dans ce milieu béni, entouré de ces trois affections qui se disputaient le droit de me rendre heureux, que se passèrent les premières années de ma vie. Elles n'eurent rien d'extraordinaire et furent remplies, comme celles de tout enfant auquel Dieu n'a pas refusé un foyer et une famille, de ces joies quotidiennes savourées avec l'ardeur du jeune âge et l'inexpérience d'un cœur qui ne se croit d'autre devoir que celui de battre vivement et d'aimer ce qui s'offre à lui. J'aspirais à pleins poumons l'air pur de nos campagnes, sans me demander si d'autres souffles plus froids ne passeraient point un jour sur ma tête blonde ; je me baignais dans le soleil ; je jouissais de la verdure de nos prairies, de la limpidité de nos ruisseaux, du silence et de la fraîcheur de nos bois !... Heureux jours !

Souvent encore, je rêve à la petite maison aux blanches murailles : j'en parcours avec la légèreté de mes jambes de six ans toutes les différentes parties ; je retrouve dans le jardin la trace de mes pas ; il me semble qu'Augustine répond à mon appel ; nous nous baissons tous deux pour ramasser le fruit tombé ; nous folâtrons, au milieu de ces arbres dont chacun a son histoire ; nous rions, nous nous

3

embrassons. Tout à coup nous prêtons l'oreille, une voix aimée s'est fait entendre : un même cri s'échappe de nos lèvres, en un instant nous sommes dans les bras de notre mère...... Puis, la scène change : aux tièdes brises du printemps et aux joyeux rayons d'un soleil de mai ont succédé les brumes de l'hiver ; un vent glacé souffle avec la violence de l'ouragan ; il soulève en épais tourbillons la neige qui couvre la terre, et les craquements sinistres des pins de la montagne, mêlés aux hurlements des loups affamés, glacent d'effroi ceux qui attendent le voyageur. Ils sont là, tous trois, dans la chambre basse, silencieux et tremblants, à la lueur du feu qui brûle dans la grande cheminée. Parfois, la mère jette un regard ému sur ses petits enfants, et quand une rafale plus forte ébranle sur ses gonds la porte mal jointe, un frisson fait trembler tout son corps ; elle se signe dévotement, en songeant à l'abandon dans lequel se trouveraient les chers petits êtres qui sont devant elle, si le voyageur absent ne rentrait plus. Rassurée par la pensée de la Providence maternelle qui veille sur tous, elle se rassied, toujours silencieuse, mais moins triste, prêtant l'oreille aux bruits de l'ouragan. Soudain le trot rapide d'un cheval s'est fait entendre : une voiture s'arrête à la porte de la petite maison. C'est lui ! En un instant nous sommes tous dans ses bras, et nous nous disputons, ma sœur et moi, le bonheur de l'embrasser et de secouer la neige qui couvre ses vêtements, pendant que notre mère le force de prendre sa place au foyer, et va elle-même dételer la bonne jument, qui, laissée devant la porte, rappelle par de petits hennissements d'impatience qu'à elle sont dus les premiers soins. L'animal pansé, installé dans sa chaude écurie et devant un râtelier bien garni, nous nous asseyons nous-mêmes à la table, sur laquelle fume une odorante soupe aux choux. On mange, on cause, on rit, on questionne le voyageur, et on tremble encore quand on l'entend raconter qu'au milieu du bois, un grand loup s'est mis à suivre le chariot et que la jument, épouvantée par ses hurlements, a failli se précipiter dans le ravin. Nos jeunes et vigoureux appétits avaient bientôt débarrassé la table, et, tandis que ma sœur aidait ma mère à remettre tout en ordre dans la cuisine, je grimpais sur les genoux paternels, je tournais et retournais toutes les poches, puis, rassemblant subitement tout ce qu'il pouvait y avoir de courage dans mon cœur de six ans, j'exposais à mon père, avec une imperturbable confiance dans la légitimité de mes prétentions, la demande qui me trottait depuis tantôt quinze jours dans la tête… « Un cheval ! Tu veux un cheval ! » Il se mettait à rire, et moi… à pleurer. J'avais une passion très-vive pour les chevaux, les chiens et le fusil. Mes larmes touchaient le bon père : il m'attirait à lui, m'embrassait et me promettait alors ce que je lui demandais. La promesse séchait mes larmes, et j'en attendais patiemment la réalisation pendant quinze jours. Les quinze jours s'écoulaient, et

le cheval n'arrivait pas. Nouvelles instances, nouvelles promesses, hélas! aussi, nouveau délai ! Je ne
dormais plus, et quand ma sœur, affligée de mon air
chagrin, s'approchait pour me consoler et m'inviter
à jouer : « Laisse-moi tranquille », lui disais-je brusquement. A son tour, ma mère s'inquiétait, et son
ingénieuse tendresse lui suggérait bientôt l'idée
d'une transaction entre mes ambitieuses prétentions
et les promesses évasives de mon père. Un soir, en
rentrant à la maison, j'y trouvais un joli petit chien
de chasse, qui bondissait après son jeune maître,
sans l'avoir jamais vu. Ce n'était pas encore un
cheval, mais j'en approchais. La connaissance
ainsi faite devenait bientôt chaude amitié. Nous
n'avions qu'un lit à nous deux, et, quelques jours
plus tard, je reconnaissais à mon petit ami le droit
incontestable de dévorer les trois quarts de mon
déjeuner, de me lécher la figure, de déchirer mes
draps, etc.. ; à condition que lui-même fût toujours
disposé à se laisser tyranniser et à se plier à tous
les caprices du petit despote, dont l'autorité, je dois
l'avouer, eût semblé intolérable à tout autre être,
qu'à un chien. L'idée de cheval me trottant toujours
par la tête, le rôle de la pauvre petite bête était
tout tracé. Il me fallait alors harnais et voiture, et
je ne laissais aucun repos à mes parents. « Eh bien !
me disait mon père, pour se débarrasser de mes
importunités croissantes, va trouver le père Pierre
et dis-lui de te faire une voiture. » Cinq minutes
après, la commande était transmise. Le vieux

charron m'écoutait gravement. « Comment est-ce
que tu la veux, ta voiture, mon petit ? — Je la veux
très-grande, père Pierre. — Mais qu'est-ce que tu
veux en faire ? — C'est pour atteler mon cheval et
me mettre dedans. — Ton cheval ! — Eh oui !...
c'est-à-dire mon chien; mais ça ne fait rien que
ça soit un chien, il court presque aussi vite que le
grand poulain de papa ! — Allons ! je te ferai ta
voiture, mon petit. — Bien vite, n'est-ce pas, père
Pierre ? — Oui, oui, bien vite. — Ah ! je vous remercie, je vous aimerai beaucoup ! » Et me voila parti,
heureux comme la laitière ! Par malheur, le père
Pierre n'allait pas aussi vite qu'il l'avait promis.
Les jours se passaient, et le chariot ne se faisait
pas. Inquiet, je guettais le vieux charron, et chaque
fois que je l'apercevais, je lui criais de toutes mes
forces : « Bonjour ! père Pierre, est-ce que mon
chariot sera bientôt fini ? » Le bonhomme souriait
et me répondait invariablement : « Oui, oui, bientôt,
mon garçon, bientôt ! » Je retournais alors vers ma
mère et je la tourmentais pour qu'elle me fît des
harnais ! Que de persévérance il me fallait déployer !
Hercule, je me le persuade, n'en dépensa pas plus
pour les douze travaux qui lui valurent sa demi-
immortalité que moi dans la conquête de mon
humble chariot ! Car c'était une véritable conquête
à faire ! J'en souris encore de bonheur ! Enfin ma
mère cédait, j'avais mes harnais et bientôt après
la voiture elle-même arrivait. Je ne la trouvais pas
aussi grande que je l'aurais désiré, je ne pouvais

même m'y asseoir, mais enfin c'était une voiture !...
Restait à l'atteler. Ce n'était pas chose facile. Mon
cheval ne comprenait pas du tout ce jeu-là. Il
enchevêtrait mes harnais avec ses petites pattes,
se roulait par terre en poussant des hurlements,
auxquels j'opposais vainement la plus stoïque
insensibilité... Je voulais y arriver, j'y arrivais.
La pauvre petite bête devenait prisonnière dans les
brancards. Puis, comme une voiture vide ne signifiait
rien à mes yeux, je chargeais ma voiture, et si bien
que j'avais peine à la traîner moi-même. Quand je
voulais mettre le tout en marche, le cheval, qui décidément ne se sentait pas fait pour ce genre d'exercice, se jetait de côté et d'autre, redoublait ses hurlements les plus lamentables. Je suais à grosses
gouttes !

Un beau jour, mon chien disparut; l'avait-on volé,
s'était-il perdu ? Je n'en sus jamais rien, mais j'en
eus le cœur gros. Impossible désormais de manger
le déjeuner ou le dîner dont il avait toujours la meilleure part. Le matin, plus de petit chien pour sauter
sur mon lit, égarer mes affaires ou les déchirer ;
aux heures de liberté, plus de petit chien pour
courir dans la prairie ou à travers les bois. J'inté-
ressai tous mes amis à son sort. Le cordonnier, le
charron, Basile le berger, tous me promirent de
demander, de chercher, de trouver. Hélas! ils ne
trouvèrent pas. Je redevins triste, très-triste, et je
ne sais jusqu'où m'aurait poussé cette mélancolie
noire, si, un soir, mon père ne m'eût annoncé, d'un air

mystérieux, un événement qui me fit bondir de joie :
la jument allait avoir un poulain, et ce poulain, qui
posséderait certainement toutes les qualités de sa
mère et courrait plus rapidement que le grand, son
aîné, m'était promis. Tous mes amis surent bientôt
la nouvelle ; mon chien, mon pauvre chien fut oublié.
Je racontais mon bonheur à tout venant, et si une
chose m'étonnait, c'était que le village entier ne par-
tageât pas ma joie. Je m'informais gravement et
minutieusement auprès de mon père et de ma mère
de ce que peut manger un poulain ; je faisais des
provisions de sucre à rassasier tous les poulains du
village, et chaque matin j'adressais persévéramment
à mon père la question suivante : « Bonjour, papa, le
poulain est-il venu ? — Pas encore, mon enfant, mais
il viendra, prends patience, demain peut-être !...» Le
jour heureux arriva. Je me précipitai dans l'écurie.
La jument était couchée ; auprès d'elle... le plus charmant petit animal que j'eusse vu de ma vie. Ses membres étaient bien frêles encore, il se soutenait à peine,
quand mon père le fit lever ; mais sa tête me parut
si gentille, l'étoile de son front si blanche, son œil
si éveillé !... Je m'approchai doucement, la main
tendue... il se serra près de sa mère. Je m'avançai
encore, mais avec un air si doux, des manières si
séduisantes, un visage si ami, qu'il se laissa caresser, embrasser ! .....

Hélas ! le lendemain, mon petit poulain tombait
malade, il ne pouvait même pas teter sa mère. Je
lui portai du lait, je le fis boire moi-même, je l'embras-

sai, lui prodiguai les noms les plus tendres, promettant que s'il voulait se guérir, je lui donnerais la
moitié de tout ce qu'on me donnerait à moi-même.
La pauvre petite bête semblait me comprendre, elle
inclinait doucement la tête vers mes mains, et me
rendait mes caresses à sa manière. Tout fut inutile.
Le malheur arriva. Cette fois ce fut du désespoir.
Je ne pouvais quitter le corps de mon poulain ;
quand on voulut l'enlever, je jetai des cris déchirants,
et il fallut m'arracher de force à ce spectacle. On
m'enferma dans la maison, où je restai pleurant,
une longue journée.

L'ÉCOLE.

J'ai rappelé le calme et la simplicité de la vie que nous menions, ma sœur et moi, au foyer domestique. Nous jouissions de ce bonheur présent, sans souci d'un avenir qui ne pouvait nous préoccuper. Nos parents y songeaient pour nous, et, comme leur situation était loin d'être assurée, ils pensèrent de bonne heure à nous procurer les bienfaits de l'éducation qu'on peut recevoir au village, et à nous soumettre, dès l'âge le plus tendre, à la grande et sainte loi du travail. Ma sœur y fut soumise la première, et ma mère la confia sans crainte aux soins des bonnes sœurs. Mon tour arriva bientôt : à tort ou à raison, ma mère voulait que je devinsse un savant, et quatre printemps à peine avaient passé sur mon jeune front que je comptais parmi les élèves du très-redouté père Priquet. Petit, maigre, sévère dans sa chaire, solennel au lutrin, dont il était l'honneur et le principal soutien, bon et complaisant pour tous en dehors de ses fonctions, un des hommes enfin les plus importants de la commune, tel m'apparut le père Priquet. Chargé d'apprendre à lire, à écrire et à calculer à une quarantaine de marmots aux joues rebondies, qui, la plupart du temps, se montraient complétement insensibles aux charmes des bâtons et des lettres, le brave homme s'en désolait, et

3.

quand sa logique était à bout, il faisait appel à certain morceau de cuir dont l'apparition avait le singulier privilége de faire taire toutes les langues et de rendre souples comme de petits saints les plus mutins de la troupe. L'instrument redouté remis en place, les langues se déliaient de nouveau, les pieds reprenaient leur élasticité première, et le manége durait jusqu'à l'heure, impatiemment attendue, où la cage s'ouvrait. Parfois, le tapage devenait révolte, et le pauvre maître fulminait vainement du haut de sa chaire, vainement sa voix redoublait d'intensité et son bras de vigueur ! Alors, du fond de sa cuisine, où elle surveillait les mets destinés à son digne époux avec une sollicitude pour le moins égale à celle qu'il nous prodiguait à nous-mêmes, accourait madame Priquet. C'était le *Deus ex machina,* et il manquait rarement son effet. L'œil en feu, les poings fièrement appuyés sur les hanches, la bouche superbe d'indignation, elle nous lançait un *garnements !* qui nous pétrifiait. L'apparition d'une Méduse n'eût pas mieux fait. Ainsi soutenu, le père Priquet reprenait courage, et, d'ailleurs jaloux d'avoir la part principale à la victoire, il prenait sa gamme la plus haute. Mme Priquet y joignait les notes les plus criardes de son fausset strident, et le terrible duo entonné sur le mode *garnements !* se poursuivait bien longtemps après que toute velléité de résistance avait cessé de notre part, et jusqu'à épuisement du couple indigné. Pauvre père Priquet ! Sa tâche était vraiment rude ! Que de

labeurs pour faire pénétrer dans nos cerveaux rebelles la science des chiffres et des lettres ! Que de rap-
pels à l'ordre il lui fallait infliger pour fixer l'attention
du bruyant et remuant auditoire ! Quelle vigilance
aussi pour préserver de nos ravages les pruniers et
les pommiers de son jardin, ses beaux pommiers surtout, pliant sous le poids de leurs fruits dorés, dont le
parfum tentateur venait jusqu'au milieu de l'école
allumer nos ardentes convoitises !.. « Ah ! Mme Priquet ! Mme Priquet ! disait le pauvre homme à sa
vénérable compagne, non moins désolée que lui,
lorsqu'au jour de la cueillette, il rangeait dans son
cellier la maigre récolte échappée au pillage, vit-on
jamais pareils garnements ! Vîtes-vous jamais semblable dévastation ! — Hélas ! oui, l'année dernière,
répondait avec un gros soupir Mme Priquet. — Oui,
oui, l'année dernière !.. De si belles pommes !.. Ah les
gredins ! — Ah ! les gredins ! répétait en chœur le digne
couple. — Garnements ! va ! concluait le bonhomme,
d'un ton de rage concentrée, si je tenais ceux qui !.. »
Mais il ne *tenait pas ceux qui....* pas plus que ses
pommes, le cher homme, et il dut descendre dans la
tombe avec la désolante conviction de n'avoir pas
fait, pendant ses vingt à trente années de profes-
sorat, une récolte complète. Pauvre père Priquet...
Mais aussi les pommes étaient si bonnes !

Par nature, j'affectionnais peu le tapage, et,
comme ma taille et les années me rangeaient
presque dans la catégorie des bébés, je ne me mêlais
pas aux complots perfides tramés par mes camarades

et toujours dirigés avec une infernale persévérance,
contre le pauvre père Priquet. Toutefois, et peut-être
parce que je ne pouvais prendre part aux bruyants
divertissements de l'école, les bancs ne me plaisaient
pas. J'aimais le grand air, le sentier qui court le
long du ruisseau à travers la prairie, le bruit mono-
tone du marteau sur la faux, lorsqu'à l'heure du
repas, le faucheur s'assied à l'ombre des pommiers,
la chanson des faneurs ou du petit berger, l'immensité des plaines et le silence des bois. D'ailleurs,
outre ma passion pour les chevaux et les chiens,
j'en avais deux autres : j'étais né chasseur et pêcheur. Tirer un coup de fusil me semblait un plaisir
digne des dieux, et on ne saurait imaginer à combien
d'expédients et de ruses j'eus recours pour me procurer cette satisfaction. Mais je rencontrais sur ce
chapitre des résistances plus grandes encore que
sur l'article cheval ou chien. Mon père n'encourageait pas du tout mes instincts belliqueux, et, bien
qu'il lui en coutât de me refuser quelque chose, il
m'arrêtait tout net quand j'entamais le chapitre qui
me tenait tant à cœur. Pour ma mère, il n'y avait
pas à y songer ; au mot de fusil, elle me croyait
déjà mort. Restait Augustine : je tentais de la gagner
et de l'intéresser au succès du projet que j'avais
formé ; mais elle s'y refusait impitoyablement, et
menaçait même de me dénoncer, si je ne lui promet-
tais de renoncer à tout essai de ce genre. Je lui
montrais le poing et je m'enfuyais. Réduit à
mes propres ressources, irrité plus encore que

découragé par les obstacles que je rencontrais de toutes parts, je ne m'abandonnais pas moi-même.

« Faire un canon? disait à un conscrit stupéfait le vieux sergent de sa compagnie, faire un canon? C'est pas malin : premièrement on prend un trou... — Faire un fusil, me disais-je à peu près dans les mêmes termes, c'est pas difficile : il ne faut qu'un creux. » Et me voilà à la recherche d'un creux. Une touffe de sureau me tirait d'embarras, et, joyeux alors, je me mettais à charger ce fusil d'un nouveau genre avec du petit plomb, précieuse conquête qui ne me coûtait pas le moindre péché véniel, car je l'avais adroitement obtenu d'un ancien garçon de ferme de mon père, un jour qu'il était venu au village faire quelques emplettes pour son maître. Ainsi armé, je me mettais en campagne, décidé à exterminer tous les moineaux du village, contre lesquels je nourrissais un profond ressentiment depuis le jour où j'avais inutilement employé pour m'emparer de quelques-uns d'entre eux le moyen classique, vous savez, le... grain de sel auquel notre âge, j'en rougis encore, se laisse si facilement prendre, plus facilement, hélas! que les moineaux! Une chose me manquait cependant, du feu! Impossible de soustraire une allumette sous l'œil vigilant de ma mère. Aussi impossible d'en acheter une boîte; car on m'avait nettement déclaré que pour prétendre au sou du dimanche, il fallait sept ans révolus. Grand embarras! Je m'en allais par le village, mon fusil

à la main, jetant un regard furtif à toutes les fenêtres des maisons de mes amis — j'en avais alors ! —
et m'exposant aux questions indiscrètes de ceux
que je rencontrais ou à choses plus désagréables encore. « Qu'est-ce donc que tu tiens dans ta
main, mon garçon ? me disait l'épicier, gros homme
important de la commune, devant lequel je passais
le bras tendu. C'est-il une *espérience* chimique que
tu veux faire ? ajoutait-il avec un gros rire, qui faisait osciller les deux ou trois étages de son ventre.
— Non, c'est pour m'amuser. » Et je m'éloignais piqué,
laissant l'épicier, tout fier de sa spirituelle apostrophe, tourner ses pouces sur son abdomen. Je me
glissais enfin chez une bonne vieille qui n'y voyait
plus très-clair, et pendant qu'elle allait me chercher
une pomme dans son jardin, je m'emparais de quelques morceaux de braise, sans me soucier de la
brûlure, et je me sauvais précipitamment. « Ça va
partir, ça va partir ! » me disais-je. — Mon cœur
battait à se rompre dans ma poitrine. C'était de la
joie et une certaine appréhension. Un premier coup
de fusil, songez donc ! Mais ça ne partait pas encore.
« Bon ! pensais-je, les charbons ne sont pas sur le
plomb, » — et je rapprochais les charbons, étendant
ma main droite le plus loin possible de mes yeux, que
je couvrais de ma main gauche. Il m'arriva de rester
cinq bonnes minutes dans cette posture significative,
me disant toujours : « Ça va partir, ça part, » et
ça ne partait pas. J'ouvrais enfin les yeux de lassi-
tude, je regardais avec précaution : les charbons

brûlaient toujours. « Ça ne veux pas partir, » disais-je avec un gros soupir, et bien près de pleurer. Je me procurais d'autres charbons, je remettais du plomb, la journée y passait. Hélas ! ça ne partait pas..... Et le soir, en me couchant, je jetais un coup d'œil d'envie sur le grand fusil de mon père, en me disant mélancoliquement : « Comme c'est ennuyeux que papa ne veuille pas me faire tirer avec son grand fusil, ça partirait, pour le coup ! »

Dégoûté de la chasse par cet insuccès, je me rejetais sur la pêche. Cette fois, je prenais mieux mes mesures. Augustine, qui n'avait pas aussi peur de l'eau que du fusil, parce que le ru n'était pas profond, venait à mon aide. Elle me donnait généreusement du fil et une épingle ; une gaule enlevée au jardin complétait la ligne, — et me voilà à l'œuvre. D'abord cela m'intéressait prodigieusement : je voyais les poissons passer et repasser autour de mon épingle... « Il s'en prendra bien un, » pensais-je ; mais il ne s'en prenait pas même un, et bientôt mes bras fatigués se refusaient au service que je leur demandais. J'avais aussi peu de chance que pour le fusil. Il devait se passer du temps avant que j'apprisse que pour tirer un coup de fusil, il faut de la poudre, et que pour prendre un poisson, il faut un appât.

LES FÊTES AU VILLAGE.

Ces amusements m'étaient personnels; ma sœur n'y prenait aucune part, ou si elle intervenait, c'était moins pour m'aider dans la réalisation de mes dangereux projets que pour me consoler de n'avoir pas réussi. Dans ce dernier cas, sa tâche était facile: succès ou revers s'effaçaient bien vite de mon imagination, pour faire place à d'autres entreprises, aussi sérieuses que celles dont j'ai parlé, embrassées avec la même passion, oubliées avec la même insouciance. Heureux temps, où quelques heures d'école formaient l'unique point noir de mon horizon, et où je prenais, avec l'ignorance privilégiée de l'enfance, ma part de toutes les joies qui s'offraient à moi; et il y en avait tant dans cette vie simple et tranquille des champs! J'ai rappelé quelques-unes de celles que je goûtais au foyer paternel; je ne puis oublier les fêtes du village, fêtes de famille aussi, car elles en avaient la naïveté, le charme innocent. On les attendait avec impatience; on s'y préparait avec une activité joyeuse. C'était le temps, qu'on me pardonne la vulgarité de l'expression ou plutôt des détails, c'était le temps de la grande lessive. Il fallait voir les mères de familles balayer leurs maisons, les inonder, et, les manches relevées, frotter le carreau, qui, sous l'effort de leurs bras vigoureux, reprenait bientôt la couleur qu'il avait au sortir du four. Les miches dorées s'entassaient dans la huche, et, à côté des miches, les énormes galettes, que les enfants couvaient du regard jusqu'au jour tant désiré. Il arrivait enfin. Tous, jeunes et vieux, le saluaient avec bonheur. Parents, amis, accouraient des villages voisins. La fète commençait à l'Église, et c'est à Dieu qu'on offrait les prémices du repos extraordinaire; la joie du jour n'y perdait rien de sa franche expansion, elle y gagnait certainement en innocence.

Une table au retour, propre et non magnifique, présentait un repas agréable..... Mes souvenirs classiques m'égarent; dans ces grands jours, la table était somptueuse. On y voyait parfois la poule du bon roi Henri, une de ces bonnes grosses poules qui, après avoir été l'honneur du poulailler pendant plusieurs années, devenaient pour une heure celui de la table; la fermière seule n'en mangeait pas. Parfois encore, quelque gros jambon, longtemps conservé, ou enfin, mais seulement dans de très-grandes circonstances, c'est-à-dire deux ou trois fois l'année, un morceau de bœuf ou de veau, morceau de roi pour ces vigoureux estomacs, nourris ordinairement de gros lard. Le dessert pendait aux arbres, et les enfants se chargeaient de le cueillir. Le repas terminé, on se rendait sur la place, et là, tandis que les hommes devisaient entre eux ou jouaient aux quilles, vieillards, femmes, enfants entouraient la grande jeunesse, avide de se livrer à son

jeu favori, car en ce temps-là tout se faisait au
grand jour et sous l'œil des parents. Les chemins
de fer, encore à leur début, n'avaient point répandu
les goûts et les besoins factices qui font aujourd'hui
tant de ravages, et pour s'amuser, nul n'éprouvait
le besoin de substituer la nuit au jour, et la lueur
des quinquets fumeux à la saine lumière du soleil.
L'auberge du bourg ne possédait pas de salle de
bal ; c'était sur la place du village, à l'ombre des
vieux tilleuls, que garçons et jeunes filles dansaient,
au son du violon. Quels danseurs, les garçons surtout ! Appliqués pendant de longues semaines aux
travaux des champs, ils revêtaient, ces jours-là,
une redingote noire, le grand habit qui faisait
murmurer les vieux toujours fidèles à l'antique ja-
quette verte à boutons d'or, mettaient dans leurs
poches une vingtaine de gros sous, et plus le cli-
quetis du cuivre se faisait entendre aux oreilles des
spectateurs émerveillés, plus fières étaient les fillettes
et plus ardentes à se disputer le gars fortuné ! La
danse manquait peut-être de mesure et de grâce,
les danseurs mêlaient un peu tous les genres ; mais
quel entrain et quelle vigueur de jarret ! Les mères
en les voyant sentaient battre leurs cœurs, et les
enfants émerveillés disaient : « Nous danserons
comme cela un jour ! »

Autre date, les feux de joie. Les gars du village
se réunissaient, allaient au bois, et là, sans avoir
à redouter l'intervention des gardes ou des gendar-
mes, qui respectaient cet exercice d'un droit depuis

longtemps reconnu, choisissaient un jeune sapin, droit, bien branché, le coupaient et venaient le planter sur une petite colline qui dominait le bourg. Ils se répandaient ensuite de tous côtés, prenant ici une botte de paille, là un fagot ; mainte haie y passait, dont le propriétaire n'osait rien dire : il eût été offert en holocauste ! On formait ainsi un vaste bûcher. Le soir venu, tout le village s'y rendait. A un signal donné, un gars mettait le feu. La flamme s'élançait, vive et pétillante, dans la nuit noire ; alors des cris de joie sortaient de toutes ces robustes poitrines, les mains se joignaient, un immense cercle était formé, et la ronde, une ronde qui n'avait rien d'infernal ni de sabbatique, commençait et se poursuivait tant que le feu durait. A ce feu, répondaient ceux des villages voisins : de toutes les collines environnantes montaient vers le ciel des flammes brillantes, aux cris joyeux de la jeunesse. Puis, quand les foyers avaient jeté leurs dernières étincelles, tous se retiraient contents, et le lendemain, dès l'aube, la vie reprenait, sans peine et sans effort, son cours laborieux, jusqu'à la fête prochaine.

De toutes les réjouissances qui frappèrent mon imagination, et dont j'attendais avec impatience le retour annuel, nulle ne me plaisait davantage que la grande cavalcade du mardi gras. Ce jour-là, les gros chevaux de labour ne traînaient pas la charrue. Pansés et *repansés*, le poil luisant, la crinière au vent, triple avoine dans le ventre, ils oubliaient l'allure pacifique des jours de travail

pour bondir sous leurs vigoureux cavaliers. Ils
étaient fiers de parader ainsi à travers les villages, et
de joyeux hennissements annonçaient au loin que les
braves bêtes prenaient leur part de la joie commune.
Et les cavaliers! Superbement déguisés, disparaissant, eux aussi, sous des flots de rubans, qui volaient
à tout vent, on les eût pris pour les gardes de quelque sultan ou, tout au moins, de quelque pacha. Ils
couraient ainsi toute la journée, de village en village,
et le soir, un joyeux banquet réunissait les héros
du jour. On mangeait, on buvait, peut-être un peu
plus que de coutume, on chantait surtout, mais jusqu'à minuit, pas au delà : car, à minuit, commençait
le grand mercredi; le matin, en mettant la dernière
main à la toilette des gars, les mères n'avaient pas
manqué de le leur rappeler, et ils s'en souvenaient,
les braves enfants!

Il y avait pourtant des jours dans lesquels on ne
riait pas au village, les mères surtout. Quand un
vigoureux garçon approchait de sa vingtième année,
un certain malaise se répandait insensiblement dans
la famille. C'est que la conscription était là, cette
terreur des mères. On y songeait et il le fallait bien :
le père vieillissait, les autres enfants étaient jeunes
encore et toutes les femmes n'avaient pas la force
de ma mère pour tenir une charrue. Qui donc
labourerait le champ, si l'enfant tombait au sort?
Terrible question qui faisait passer de bien mauvaises
nuits aux pauvres gens! Le jour arrivait; les
conscrits se réunissaient, gais en apparence et

même turbulents, mais au fond légèrement émus et
quelques-uns le cœur gros, devant leurs vieilles
mères en larmes. « Vous ne vous attarderez pas, leur
disait-on, nous irons au-devant de vous. » Ils le pro-
mettaient et partaient, car on tirait au chef-lieu de
canton, et la route était longue. Jusqu'au soir, que de
craintes, que d'angoisses, que de cierges promis à la
Vierge, de voyages au bienheureux P. Fournier !
Le soir arrivait enfin ! On allait au-devant d'eux,
les pères sombres, les mères et les fiancées en larmes,
les enfants, qui s'étonnaient sans trop comprendre.
Ils revenaient en chantant, quelques-uns de joie, le
reste pour s'étourdir. Quand, de la colline, on les
apercevait, les mères n'y pouvaient tenir, elles
s'élançaient en avant ! Pauvres mères ! elles
connaissaient bientôt leur malheur. Alors, c'était
une scène navrante, dont tous, même les heureux
que le sort avait favorisés, prenaient leur part. Ah !
si les tueurs d'hommes étaient là pour entendre les
sanglots de la mère, voir le sombre désespoir du
vieillard, contempler la jeune fille condamnée au
veuvage sans avoir connu les joies de l'union !...
La vie semble si belle à vingt ans !.. Et tous étaient
pris, tous beaux hommes, grands et vigoureux, des
hommes enfin !... Les avoir élevés jusqu'à vingt
ans, tant de peines, tant de fatigues, et pourquoi ?
Pour les voir partir, partir vers les grandes villes,
où ils vont perdre peut-être leur jeunesse, leurs forces et leurs âmes ; — partir encore pour ces guerres
sanglantes, aller se faire troucr la poitrine sur

quelque champ ignoré, qui gardera le secret de leur mort.... « Taisons-nous » disaient les pauvres gens en voyant poindre à l'horizon le chapeau noir du gendarme. Il fallait obéir, oui, et en dévorant ses larmes encore! — Tout cela frappe moins à la ville : on s'y connaît peu ou même on ne s'y connaît pas ; on se réjouit tout seul, on pleure aussi tout seul; égoïsme ou discrétion, on vit à l'écart. Au village, c'est tout différent: on se connaît, on se jalouse parfois, on s'aime ordinairement, et devant le malheur, les petites dissensions s'effacent pour faire place à une sympathie d'autant moins suspecte qu'elle se trahit par des actes. Vie de famille, reste du vieux temps, qui avait du bon, il faut bien en convenir aujourd'hui que tout va si mal, contrairement aux promesses des nouveaux apôtres!... A les entendre, les terres devaient se labourer toutes seules, les peuples s'embrasser, les enfants rester au village! Joie, vertu, bonheur, tout cela et bien d'autres choses encore devaient fleurir sur les ruines du passé! Hélas! les ruines sont toujours là, attristant nos regards; chaque jour de nouvelles s'ajoutent aux premières ; mais les fleurs, quand donc, quand donc s'épanouiront-elles?

Oh! que les vieux avaient raison, quand, branlant la tête, ils se disaient entre eux : « Cela ne se faisait pas ainsi autrefois! On croyait à quelque chose; on avait moins, mais on riait davantage ; » oh! qu'ils avaient raison!

Je ne puis clore ce petit chapitre des fêtes sans

en rappeler une toute caractéristique et qui m'a laissé un souvenir plus vivant, parce que j'eus le bonheur, une fois dans ma vie, d'y prendre une part plus intime. Au temps de Pâques, la fabrique de l'église mettait aux enchères le droit de garder chez soi pendant toute l'année une statue représentant la sainte Vierge ou un saint en vénération dans le pays. Le retour de ces enchères était un événement considérable, et depuis le nouveau-né porté dans les bras de sa mère jusqu'au patriarche qui ne pouvait plus se traîner, tous y assistaient, fiers sous leurs habits des grands jours. Les offices terminés, on sortait sur la place de l'Église. Les gros bonnets qui allaient se prendre corps à corps se cherchaient des yeux et s'étudiaient avec ce sourire narquois particulier aux paysans, et qui dissimule tant de choses. Les femmes étaient là, ardentes, stimulant les hommes, prêtes à se déchirer entre elles, celles-ci pour triompher encore, celles-là pour réparer l'échec passé. Autour des athlètes, on devisait : l'un tenait pour le fermier, l'autre pour l'épicier.

« Ma foi, disait un vieux paysan à la tournure martiale, dragon qui avait servi sous *l'autre,* m'est avis que le gros Jean l'emportera encore : sa femme n'en ferait qu'une bouchée s'il se laissait battre.

— Est-ce que vous avez lu cela dans votre almanach, l'ancien?» reprenait d'un ton traînard un grand garçon auquel les écus de son père donnaient une certaine autorité dans les groupes. Le vieux dragon n'aimait pas qu'on lui parlât almanach ou imprimés

quelconques, car il ne savait pas lire ; aussi, à la vue
des sourires qui accueillaient la peu spirituelle
apostrophe de son interlocuteur, ôta-t-il sa pipe de
sa bouche et fit-il entendre une sorte de grogne-
ment qui n'avait rien de rassurant : « Tais ton bec,
conscrit, si tu ne veux pas que je le ferme moi-
même : ce ne serait pas la première fois qu'un
vieux dragon mettrait à l'alignement un propre à
rien de fantassin !» Le conscrit se le tint pour dit, et se
glissa prudemment à travers les groupes, pour fuir
le regard menaçant du vieux soldat. Une égale
animation régnait partout, et, bien qu'on ne recourût
pas généralement aux arguments du dragon pour
soutenir son avis, les défis s'échangeaient sur le
ton le plus haut. Enfin la lutte s'ouvre, toutes
les oreilles se tendent et bientôt, à la voix glapis-
sante du très-honoré père Priquet, qui fait avec une
solennité irréprochable les fonctions de commis-
saire-priseur, répondent les cris éclatants des en-
chérisseurs : 50 fr. — 60 fr... 80 fr. Là, il y eut un point
d'arrêt. La femme de Gros-Jean, le riche fermier, lui
jeta un regard d'indignation superbe : il y avait
toute sorte de choses dans ce regard, et sans doute
il était gros de menaces pour la tranquillité du
foyer, car le malheureux, contraint de choisir entre
le respect du bas de laine et celui de sa redoutable
moitié, fit entendre aussitôt d'une voix de tonnerre
ce chiffre éloquent : 90 fr. Cette fois le silence fut complet. Le gros Jean tira de sa poche le fameux bas.
Au fond, le pauvre homme soupirait bien un peu : 90 f.

songez donc ! Mais l'éclatant sourire de satisfaction et de triomphe qu'il lut sur le visage épanoui de sa chère moitié le récompensa amplement, et il s'estima heureux d'avoir acheté, même à ce prix, la paix du ménage.

Là ne se terminait pas la fête : la statue était portée processionnellement chez l'heureux vainqueur, placée dans la chambre la plus belle de la maison ; puis fermier, fermière, parents, amis, le gars porteur de la statue, les deux enfants de chœur qui l'avaient escortée, tous s'asseyaient, et alors commençait un de ces festins homériques comme on en fait parfois au village. Les paysans profitaient de ce jour unique pour se dédommager de leurs austérités quotidiennes, et n'épargnaient rien pour célébrer leur triomphe. Aussi la table du vainqueur plia-t-elle sous les quartiers de bœuf, de veau, de mouton, sous des volailles de toute espèce et sous un amas de grosse pâtisserie. Le festin fut vraiment splendide. Les convives y firent honneur et déployèrent un appétit digne du banquet : je ne me rappelle pas avoir jamais vu dévorer et boire de cette façon. On eût pu croire que les braves gens n'avaient pas mangé depuis quinze jours. Je parle en témoin, car j'étais l'un des deux fortunés enfants de chœur choisis pour accompagner la statue. Quelle raison avait pu me faire préférer à beaucoup d'autres ? Je n'en sais trop rien, peut-être le beau rochet brodé, présent de ma marraine, sous lequel je me pavanais, fier comme un prélat. Quoi qu'il en

4

soit, je fis honneur, pour ma petite part, au gigan-
tesque amas de viandes et de friandises qui encombrait la table.

L'HIVER. — MON AMI LE CORDONNIER.

L'hiver est le temps du repos à la campagne, et d'un repos qui se prolonge parfois des mois entiers, sans qu'il soit possible de mettre un bœuf ou un cheval dehors. Il est plus impossible encore d'y mettre un enfant; aussi jouissais-je, à cette époque de l'année, de vacances indéterminées et dont souvent je je ne savais trop que faire. Le sommeil était une ressource, et, comme ce bon

> Roi d'Yvetot
> Peu connu dans l'histoire,
> *Me* levant tard, *me* couchant tôt,
> Dormant fort bien sans gloire,

j'y consacrais régulièrement douze ou quatorze heures par jour, et la tranquillité de la maison n'y perdait rien. Mais enfin il fallait bien se lever, et alors commençaient mes voyages de la cave au grenier. L'étable avait ma première visite, car j'y comptais toujours de nombreux amis : d'abord le poulain noir, qui, entendant la porte s'ouvrir, tirait brusquement sur sa chaîne et fixait sur moi son œil si vif. Comme il était ardent et comme il courait, le grand poulain noir! Maintes fois, au milieu de la nuit, un tapage infernal retentissait dans l'écurie, un choc subit se faisait entendre : c'était la porte qui cédait, et bientôt le galop furibond de

l'impétueux animal éveillait en sursaut les habitants
du village. Alors, dans la maison, tous se levaient,
et ma mère n'était pas la dernière. « Restez, N.,
disait-elle à mon père, vous avez toussé toute la
journée, vous prendriez froid. Nous rattraperons
bien le poulain sans vous.» Quand le fougueux
animal avait galopé à son aise, sauté les haies,
renversé les barrières, fait tous les tours imaginables,
il s'arrêtait et se laissait approcher, pourvu qu'on le
fît doucement, bien doucement, en lui tendant la
main et en lui prodiguant les noms les plus cares-
sants; puis, au moment où on allait le saisir, br....
un bond, cinq ou six ruades et une course éche-
velée. — Ce spectacle m'intéressait prodigieusement,
quand j'avais la chance d'y pouvoir assister; par
malheur, cela n'arrivait que rarement; car de me
lever la nuit, je n'y pensais guère; les canons prus-
siens ne m'eussent point éveillé, et si l'incident se
produisait pendant le jour, ma mère, qui craignait
toujours quelque imprudence, m'ordonnait de rester
dans la maison. J'obéissais, mais bien à regret :
c'était si amusant de le voir galoper et tromper tout
le monde, lorsqu'on croyait le tenir !

Mes vrais amis étaient les bœufs : je les vois encore, ces grands bœufs au poil fauve, aux cornes
gigantesques, pacifiquement couchés, ruminant à
l'aise le foin, dont une poignée de sel, répandu par ma
petite main, augmentait la saveur, fixant sur moi leurs
gros yeux, recevant mes caresses; — les petits
veaux aussi, qui mangeaient avec tant de plaisir

mes tartines de lard, pendant que leurs mères me
regardaient d'un air tout reconnaissant.

Après avoir rendu visite à chacun des amis avec
lesquels je partageais fraternellement tout ce que
ma mère me donnait, je me remettais en marche.
Malheur aux outils, fouets ou instruments qui
me tombaient sous la main! Je ne respectais rien
et voulais tout connaître. Cette passion faillit me
coûter cher. Je m'avisai un jour de faire de la
menuiserie à l'aide d'une scie et d'une petite hache
que j'avais trouvées dans la grange. Je pris un
morceau de bois, et, sans savoir encore ce que j'en
ferais, je commençai à le tailler de toutes mes forces. Il
n'y eut pas d'accident tant que le morceau de bois
se tint droit, mais, à un moment donné, il s'y refusa
obstinément. Je m'anime contre l'innocent objet, je
le prends de la main gauche et j'assène un formidable coup de hachette..... Tout tomba à la fois, le
bois, le billot, la hachette et le charron. J'avais frappé
sur mon pouce. Mon sang coulait, je me crus mort,
et mes cris retentissants annoncèrent promptement
l'événement à toute la maison. Mon père, occupé dans
l'écurie, accourut précipitamment, et, me voyant
le pouce à moitié coupé, rentra tout courant dans
l'écurie, y prit une grosse toile d'araignée, la mit
sur mon pouce, et ma mère, qui s'était élancée de la
cuisine au même moment, acheva le pansement,
sans avoir le courage de me gronder, tant elle
avait eu peur! J'ai conservé une marque très-visible
de cette coupure; c'est un souvenir du passé, et je

4.

ne la regarde jamais sans éprouver un sentiment
de plaisir tout intime. Un souvenir vaut bien une
coupure!

Réduit à une main pour deux ou trois semaines,
je reçus, en outre, la défense formelle de toucher à
tout objet ressemblant de près ou de loin à une
hachette, scie ou couteau. Encore, s'il y avait eu
moins de neige, j'aurais pu convier quelque voisin
à une de ces luttes qui nous donnaient tant de
plaisir; mais tous étaient prisonniers comme moi!
Que faire en une prison, à moins de songer! Je
songeais donc, et mes rêves amenaient fatalement
quelque incident semblable à celui que je viens de
raconter. Pauvres parents! ils ne peuvent pas tout
prévoir!

Ma mère, pouvait-elle deviner, par exemple que,
la vue d'une pipe, laissée sur la cheminée par le
garçon de charrue, me donnerait, à moi, bambin de
sept ans, une envie démesurée de fumer? Pouvait-
elle supposer que, ne trouvant pas de tabac, j'ose-
rais, par une idée aussi audacieuse que bizarre,
soustraire la tabatière d'un vieux rentier qui venait
quelquefois passer la soirée chez nous, et me servir
de l'odieuse poudre noire pour bourrer tant que je
pourrais la pipe trouvée? Pouvait-elle enfin imaginer que je poursuivrais l'accomplissement de mon
inqualifiable projet, que, pour imiter jusqu'au bout
notre garçon de charrue, je mettrais un gros charbon sur la pipe, et que j'aspirerais de toutes mes
forces, au risque de rendre l'âme? Eh! non, elle ne le

pouvait pas ; seuls, mes éternuments sans nombre, que répétèrent bientôt les échos de la maison, les efforts retentissants de mon gosier pour rejeter la formidable prise que j'avais aspirée, les pleurs forcés dont la poudre maudite remplissait mes yeux, la pipe néfaste gisant à terre et la tabatière à moitié vide, eurent assez d'éloquence pour la mettre sur la voie et lui faire entrevoir, sans le secours des explications que j'étais d'ailleurs incapable de lui donner, jusqu'où une déplorable curiosité pouvait me conduire. J'en ris aujourd'hui, mais je ne riais point alors. Quinze jours durant, j'éternuai d'une manière désespérante et je toussai à briser une poitrine moins solide que la mienne ; on crut que je deviendrais poitrinaire. La pipe, principe du mal, fut systématiquement cassée, au grand désespoir du pauvre garçon de charrue, qui la *travaillait* depuis son entrée au régiment, et ma mère invita M. Cosse (ainsi se nommait le rentier) à soustraire sa tabatière à ma convoitise. C'était là un luxe de précautions tout à fait inutile ; car la vue d'une pipe me faisait faire une grimace effroyable, et l'aspect d'une tabatière suffisait pour impressionner mon nerf olfactif et déterminer chez moi une véritable quinte d'éternuments.

Rigoureusement surveillé à la maison, dès qu'on vit mon goût prononcé pour tout ce qui ne m'avait point encore passé par les mains, je mettais mes soins à me soustraire au yeux vigilants qui ne me quittaient pas. Je réussissais assez souvent à m'échapper, et, comme d'ailleurs ma mère ne m'avait point défendu de fréquenter quelques-uns de nos voisins, je rendais visite à mon ami le cordonnier.

Mon ami le cordonnier disait que je n'étais pas fier, et je le lui prouvais d'ailleurs par mes visites, qu'il recevait toujours avec plaisir, malgré les tours dont ma présence était le signe certain. Nous nous aimions beaucoup tous deux ; il m'avait vu naître, et dès que je pus me tenir sur pied, le bruit de ses joyeuse chansons m'attira promptement chez lui. Il me racontait, tout en frappant du marteau ou en cousant ses souliers, des histoires qui m'intéressaient vivement. Les loups y jouaient souvent un rôle, ces terribles loups qui peuplaient encore à cette époque les bois de la Franche-Comté, et mon ami ne partait jamais pour porter une paire de souliers dans un village voisin sans mettre à sa ceinture deux pistolets, qui me ravissaient d'admiration et dont la vue faillit un jour donner lieu à un terrible malheur.

Oubliant sa prudence accoutumée, au retour d'un de ces voyages, le cordonnier les avait déposés tout chargés sur la table. M'emparer de l'un, ajuster en riant mon ami et presser sur la gachette, fut l'affaire d'une seconde. Fort heureusement, la détente était dure, et le pistolet me fut arraché avant que j'eusse pu satisfaire les instincts belliqueux subitement réveillés dans mon âme par la vue des armes. Elles furent depuis lors prudemment soustraites à mes regards. Combien j'aurais désiré voir mon ami en faire usage contre les loups! Maintes fois je le pressai de m'emmener; mais il s'y refusa toujours. Ma mère l'eût mis en pièces, il le savait, si semblable projet eût obtenu sa coopération directe ou indirecte. Je me consolais en lui prenant ses outils, en égarant sa poix, en faussant ses tranchets, quand je parvenais à en soustraire un à sa vigilance; d'autres fois, je m'affublais de bottes gigantesques, dans lesquelles je pouvais à peine remuer, et je m'en allais tant bien que mal, en cet état, à travers la neige, sans craindre de me mouiller les pieds, mais avec la perspective de faire quatre ou cinq culbutes, qui provoquaient les éclats de rire de mon ami.

Un incident qui me revient en mémoire devait me prouver l'amitié du cordonnier. Un vieux bonhomme du village, étranger et mal endurant, le père la Prune, avait un chien. Il est bien permis d'avoir un chien! Certes oui, j'en avais un moi-même! Mais le malheur était que le maudit chien n'aimait pas les enfants. Chaque matin, il me fallait passer devant la maison du père la Prune pour aller a l'école, et chaque matin, le terrible animal était là, faisant le guet. Dès qu'il m'apercevait, il commençait à aboyer, se jetait sur moi et menaçait de me mettre en pièces. Ces attaques se renouvelèrent plusieurs fois, et le chien finit par m'inspirer un tel effroi que je n'osais plus me rendre à l'école. C'est alors que mon ami intervint. « Attends, me dit-il d'un air mystérieux, nous saurons bien le mettre à la raison. Qu'il vienne rôder par ici, et tu verras ! » Sur ce, il prend un de ses pistolets, y glisse une charge de plomb, et nous attendons. Le chien, poussé par je ne sais quelle divinité ennemie, vint précisément faire une tournée dans la partie du village que nous habitions et s'arrêta près de la porte de mon défenseur. J'étais à l'affût: bien vite je le signalai au cordonnier, qui sortit aussitôt, son pistolet à la main. Le coup partit et... le chien aussi, mais en poussant des hurlements lamentables. Pendant huit jours au moins, la malheureuse bête dut renoncer à prendre la position que les chiens prennent si volontiers; la charge avait porté *là* et produit de désastreux résultats.

L'affaire eut du retentissement. Le père la Prune parla de se plaindre; mais nous eûmes pour nous les mères de familles, toutes intéressées à la répression des délits sans nombre qu'exerçait sur l'intéressante partie de la population à laquelle j'appartenais, l'infortuné mais terrible chien. Nous triomphâmes, et, à partir de ce jour, je pus me rendre tranquillement à l'école, le chien fut rigoureusement enfermé. Pauvre bête! j'étais heureux de n'avoir plus à le redouter; mais je ne désirais certainement pas obtenir ma sécurité au prix des souffrances qu'il endura!

UN PREMIER MALHEUR.

Augustine avait atteint sa huitième année. J'ai dit ce qu'elle était pour moi, et je pourrais ajouter qu'il n'y avait qu'une voix dans tout le village pour attester les grâces de l'aimable enfant. Ma mère surtout l'aimait avec une sorte de passion. « Ma chère Augustine ! » elle mettait dans ces mots un accent, une tendresse que je me sens impuissant à exprimer : c'était caressant, maternel, doux et fort à la fois ; les yeux, les mains, le visage tout entier, la voix surtout, prenaient une expression dont le souvenir a triomphé en moi des années. Je la vois encore pressant son enfant dans ses bras, l'embrassant longuement, lentement, savourant son bonheur de mère avec cette vivacité et cette jeunesse de cœur qui caractérisent l'amour des pauvres pour leurs enfants. Rien ne lui annonçait l'horrible malheur qui nous menaçait tous dans la personne de ma sœur. La vie surabondait dans les deux petits êtres qui lui devaient l'existence : l'air pur des champs développait chaque jour leurs forces. En nous voyant courir dans la prairie, nous livrer à nos jeux du matin au soir, dévorer avec l'avidité du jeune âge les bonnes galettes qu'elle faisait toujours à notre intention lorsqu'elle cuisait, elle s'enivrait de son bonheur de mère, elle défiait la mort de lui en-

lever ses enfants. Hélas! la mort accepta le défi. Un
jour, ma sœur ne se leva pas; un engourdissement
général, précurseur d'un mal terrible, la retenait
au lit. Deux jours après, la pauvre enfant était
couverte de boutons, une fièvre ardente la brûlait.
La petite vérole, qui ravageait à ce moment le
pays et avait déjà porté le deuil dans de nombreuses
familles, se déclara. Rien ne fut épargné pour conjurer le danger : ma mère eût donné son sang pour
apaiser les horribles souffrances de notre chère
Augustine. Nuit et jour, elle était là, les yeux pleins
de larmes, le cœur déchiré, penchée sur l'enfant qui
se débattait entre la vie et la mort. Rien ne pouvait
l'arracher de ce petit lit de douleur ; elle ne voulait
ni manger ni se reposer. Son amour maternel, un
sourire de sa fille lui faisaient oublier toutes ses
fatigues. Elle craignait en s'éloignant un instant que
la mort n'enlevât son trésor. On eût dit qu'elle
la voyait planer sur cette tête si chère et qu'elle se
sentait capable de l'arrêter par ses larmes et son
désespoir. Le mal cependant faisait de rapides
progrès, rien ne pouvait en conjurer les atteintes.
« Maman, disait la pauvre enfant, que brûlait la
fièvre, j'ai soif. — Tu as soif, ma mignonne, attends
un peu, je vais te donner à boire! » Et la malheureuse
mère se détournait pour essuyer ses larmes, car le
médecin avait défendu de donner à boire à ma sœur.
« Ah! me disait ma mère, quinze ans plus tard, si
j'avais su, si j'avais pu prévoir ce qui est arrivé!...
pauvre enfant! je lui aurais donné tout ce qu'elle

demandait! Elle avait soif, je lui refusais un peu
d'eau, je la trompais, et elle est morte après avoir
souffert cette soif qui la consumait! » ..... L'horrible
perspective s'imposait chaque jour davantage ; ma
mère refusait de l'envisager, et, forte de son énergie
et de l'héroïsme du désespoir, elle ne voulait pas
l'accepter, elle luttait toujours contre la mort.
« Vous vous tuerez, ma chère amie, lui disait mon
père, prenez un peu de repos. — Oh! N., me
parler de repos! Voyez-la donc, notre pauvre
enfant! si belle, si forte, si joyeuse il y a huit jours,
et maintenant..... » A ces mots elle se penchait sur
le visage de l'enfant, déjà affreusement défigurée,
elle l'embrassait, l'appelait des noms les plus
tendres! — Il fallut enfin prendre un parti. Ma
sœur avait huit années : malgré sa douleur, ma
mère se souvenait qu'elle était chrétienne ; M. le curé
fut appelé. La vue de ma mère, plus encore que celle
de ma sœur, l'émut profondément : « Pauvre femme,
dit-il, le bon Dieu l'appelle ; laissez-le la mettre
parmi ses anges! » Il fut résolu qu'on lui ferait faire
sa première communion. Quand on lui apprit cette
grande nouvelle, la chère enfant eut un tressaillement de bonheur, un sourire éclaira son visage
contracté par la souffrance, et elle murmura doucement une prière de reconnaissance, en levant au
ciel ses beaux yeux. Puis, sa chère petite âme,
pure comme celle des anges et sanctifiée prématurément par la douleur, sembla se recueillir. Elle
voulait être tout entière à la grande action qui se

5

préparait. Oubliant ses souffrances, elle ne se
souvenait du mal qui la consumait que pour presser
le moment heureux où elle pourrait se donner à son
Dieu et lui offrir, dans sa naïve candeur, son cœur
virginal. Il arriva. J'étais présent. Jamais je
n'oublierai ce jour, jamais je n'oublierai l'impression que fit l'auguste cérémonie sur mon imagination d'enfant. Je ne comprenais qu'imparfaitement ce qui se faisait ; mais je sentais qu'il
s'agissait d'un acte solennel. Immobile et muet,
je suivais les préparatifs de cette première communion, si différente de celles que j'avais vues
déjà ; seulement, quand mes regards se portaient
sur le visage de ma sœur, ce visage naguère si
gracieux et si aimant, aujourd'hui defiguré par les
ravages du mal, mon cœur se serrait, et de grosses
larmes coulaient sur mes joues. Elle me regardait, elle
essayait encore de me sourire. Pauvre petite sœur ! je
la vois toujours ; je vois toujours cette chambre
étroite pleine de monde, ce petit lit ; elle, couchée,
oppressée, haletante, mais comprimant ses plaintes
et s'offrant tout entière, offrant sa vie et ses souffrances au bon Dieu, qui venait la visiter ; mon père,
dont une affreuse pâleur couvrait la figure, ordinairement si douce et si aimante ; ma mère, les yeux
rougis par les larmes, se faisant une visible violence
pour arrêter l'explosion de douleur qui montait de
son cœur brisé à ses lèvres ; le prêtre, grave
sous ses ornements et cependant affectueux devant l'innocente enfant ; le petit autel improvisé,

couvert de linges blancs, sur lesquels on avait
déposé le saint sacrement ; le silence religieux
qui faisait taire le désespoir de ma mère
et arrêtait mes cris ; j'entends encore cette voix
du vénérable pasteur qui s'adoucissait pour arriver
au cœur de l'enfant, et prononçait de mystérieuses
paroles, dont quelques-unes m'étaient connues déjà :
foi, espérance, amour; — le visage de ma sœur
prenant peu à peu et à mesure qu'elle entendait la
voix du prêtre, une expression de calme, d'innocence
et de bonheur que nous ne lui avions jamais vue et
qui la faisait paraître plus belle que jamais, malgré
les ravages de la maladie ; — puis le moment
suprême : le prêtre tenant à la main la petite hostie
blanche sur laquelle les yeux de ma sœur se fixaient,
avec des éclairs d'une joie angélique ; l'enfant
essayant de se soulever pour recevoir son Dieu ; le
mouvement de mon père et de ma mère pour la
soutenir, pendant que je pleurais silencieusement
dans un coin de la chambre ; l'expression de bonheur qui se répandit sur les traits de ma sœur ; les
quelques minutes de calme qui suivirent, instants
suprêmes donnés à l'enfant par son Dieu, afin qu'elle
eût le temps de se consacrer irrévocablement à lui,
et de faire le sacrifice de sa vie..... Le sacrifice !
hélas ! il fallut l'accepter, car le mal ne tarda pas
à reprendre son empire. La mort avait semblé
reculer devant Dieu, et déjà une lueur d'espoir
faisait tressaillir le cœur de ma mère — à quoi
les mères ne se rattachent-elles pas, quand le salut

de leurs enfants est en péril ? — Mais ce ne fut qu'une
lueur passagère et trompeuse : l'enfant perdit bientôt connaissance ; ses yeux, ses beaux grands yeux,
qui me regardent toujours, se voilèrent, sa bouche
ne laissa plus échapper qu'un souffle irrégulier, ses
mains se joignirent une dernière fois sur sa poitrine,
et lentement, doucement, la chère petite âme que
nous avions aimée se détacha de son corps, pour
suivre les voix célestes dont elle nous racontait les
appels, et il ne resta plus sur le lit de douleur que
des restes sans vie..... Que se passa-t-il ensuite ?
je ne m'en souviens que confusément. Je crois qu'on
m'emmena, afin de m'ôter la vue de ma sœur morte.
Ma mère resta seule avec mon père auprès de ce
petit corps, tout à l'heure torturé par la souffrance,
maintenant glacé et sans mouvement. Elle pleurait
silencieusement, puis, de temps à autre, s'approchait
du lit et semblait épier un réveil, un signe. Elle
ne pouvait croire à son malheur... « Mon Augustine,
mon enfant, réponds-moi, parle à ta pauvre
mère. Ne t'aimais-je pas assez ? Pourquoi m'as-tu
quittée ? Qu'ai-je fait au bon Dieu pour qu'il
m'afflige ainsi ! »

J'entendais ces plaintes de la chambre voisine, et
rien ne put en arrêter l'explosion navrante sur les
lèvres de la pauvre mère. Elles redoublèrent, lorsqu'arriva l'heure de la dernière séparation ; vainement mon père tenta de l'éloigner ; elle résista et
demeura là, suivant du regard le travail de ceux qui
lui dérobaient ces restes aimés. Un instant, se

larmes cessèrent de couler, un éclair brilla dans ses yeux, et, d'un mouvement passionné, elle se jeta, pour les éloigner, sur les voisines charitables qui rendaient les derniers devoirs à ma sœur... Pauvre mère ! le lien qui l'unissait à son enfant était trop puissant pour que son cœur ne se brisât pas quand la mort le rompit. Rien ne put la consoler ou lui faire oublier le coup qui l'avait frappée dans son affection la plus chère. Dix-huit années se sont écoulées ; bien d'autres malheurs ont passé sur celui-là — mort de mon père, ruine, abandon, isolement, déceptions, espérances brisées : — la plaie saigne toujours. J'évite de prononcer le nom de celle qui eût été une famille pour nous deux ; car lorsqu'il vient, malgré moi, sur mes lèvres, je vois les yeux de ma mère se mouiller, au souvenir de ce passé douloureux. Douloureux ! il le fut pour nous tous. Je me souviens du vide étrange dans lequel nous jeta cette perte, et du silence de mort qui attrista soudain la maison. Plus de vie, plus de joie, plus de bonheur. J'étais seul désormais pour ramasser le fruit tombé ; si j'essayais de monter à un arbre, je me retournais involontairement, afin de chercher l'épaule fraternelle autrefois toujours prête à me soutenir ; seul pour grandir, hélas ! et pour souffrir !..... Comme ma mère était triste sous ses habits noirs ! Elle ne parlait plus, mangeait à peine. Elle, autrefois si vive, si forte à l'ouvrage, qui suppléait si bien mon père dans les travaux des champs, devenait indifférente à tout. L'image de sa fille ne la quittait pas. Quand les longues soirées d'hiver nous réunirent pour la première fois autour du foyer, toute joie et toute animation en furent bannies. Assis autour de la cheminée, nous nous taisions ; seulement, lorsque les vents d'hiver soufflaient, en faisant craquer les grands arbres, une ombre semblait passer devant les yeux de ma mère ; on eût dit que dans les plaintes du vent elle reconnaissait une voix aimée. Oubliant qu'elle était avec nous, elle se laissait aller à sa douleur, et, animant encore les restes insensibles de son enfant, elle disait des paroles qui me rendaient tout triste : « Où es-tu, mon Augustine, ma fille ? Là-bas, sous la terre froide. Ici, il fait bon, le feu brûle dans le foyer, et la pauvre enfant n'y est pas ; elle est là-bas, elle tremble sous la terre couverte de neige !... » Puis, revenant à elle et me voyant pleurer, elle m'attirait, me prenait sur ses genoux et m'embrassait comme jamais elle ne m'avait embrassé. Craignait-elle que la mort ne frappât une seconde fois à la porte de sa demeure ? Reportait-elle sur moi l'affection qu'elle avait pour ma sœur, affection qui n'éveilla jamais en moi le moindre sentiment de jalousie ? Elle agissait très-certainement sous l'impulsion de ce double sentiment.

Le vide causé dans la maison par la mort d'Augustine se fit sentir longtemps à mes parents et à moi ; les étrangers eux-mêmes s'en apercevaient facilement. On travaillait toujours, mais sans l'activité joyeuse des premières années : plus de chants, plus de rires, partant plus de bonheur. Les enfants n'étaient plus là pour provoquer par leurs questions naïves ou leurs espiègleries les éclats de cette franche gaîté ; je dis les enfants, car, seul, je ne comptais pas, et je ne pouvais remplacer l'ange qui nous manquait à tous. Aussi quel silence et quelle tristesse dans la maison, l'hiver surtout ! Enfermés par les neiges qui couvrent la terre pendant de longs mois, et qui interrompent naturellement tous les travaux, nous attendions tristement le retour du printemps, qui ne devait pas ramener la joie parmi nous. Rien d'ailleurs ne venait interrompre la monotonie de notre existence journalière, si n'est la visite de quelque voyageur égaré ou de quelque mendiant venant demander l'hospitalité pour une nuit. Ils étaient bien reçus, le mendiant surtout. On eût craint, en le renvoyant, d'attirer sur la maison la malédiction du bon Dieu. Aussi ne se contentait-on pas de le recevoir à la porte, ainsi que cela se pratique aujourd'hui, comme si on craignait de voir son visage ; ma mère le faisait entrer, il y avait place pour lui au foyer et à la table, et quand la maison était trop petite pour qu'on lui donnât un lit, il trouvait dans l'étable une place chaude, où il reposait sans honte, parce que ce n'était pas par mépris qu'on l'y faisait coucher. Le lendemain, on coupait à la miche un bon morceau de pain, on y ajoutait un morceau de lard, et le pauvre s'en allait, bénissant la maison qui l'avait abrité des vents et de la neige. Cette conduite était traditionnelle au

village et surtout dans la famille de mon père; aussi
les malheureux connaissaient-ils la porte de notre
demeure, et venaient-ils y frapper, bien que nous
ne fussions pas riches... Un soir, il m'en souvient,
nous allions nous mettre à table ; il faisait froid,
grand froid ; la neige qui tombait depuis plusieurs
jours avait tellement encombré les chemins que je
ne pouvais plus aller à l'école. On frappa à la
porte : « Qui peut venir à cette heure et par un
temps semblable? » dit mon père. Ma mère alla
ouvrir. J'aperçus alors un grand vieillard ; il tenait
à la main un gros bâton de voyage; une besace
était jetée sur ses épaules; ses cheveux presque
blancs couvraient son cou et une partie de son
front; une longue barbe également blanche des-
cendait sur sa poitrine. A la vue de cet homme
qui redressait sa haute taille, je crus à une apparition du juif maudit dont l'histoire avait bercé mon
enfance, et je me serrai effrayé près de mon père,
espérant que ma mère allait fermer la porte; mais
elle n'en fit rien; au contraire, saisissant par la
main le vieux mendiant, car c'en était un, elle lui
adressa quelques paroles affectueuses : « Entrez,
père Martin, dit-elle, et prenez d'abord un air de
feu, car il fait froid au dehors. Nous ne sommes
pas riches, vous le savez; mais nous le sommes
assez pour empêcher les pauvres du bon Dieu de mourir de froid et de faim. — Que le ciel vous récompense, vous et tous ceux qui sont ici, » murmura le
vieillard, en s'approchant de la cheminée et en

réchauffant ses mains amaigries à la flamme du foyer. Le mendiant s'assit ensuite à table avec nous ; il occupait la place d'Augustine : c'était une consolation pour ma mère de lui donner ce que sa fille eût mangé. On causa un peu. « Comment avez-vous fait pour arriver jusqu'ici, père Martin ? dit mon père ; les routes sont impraticables, vous aviez de la neige jusqu'à la ceinture ? — C'est vrai, monsieur N., que ça n'a pas été facile ; mais je me suis dit qu'il fallait arriver à P., si je ne voulais pas avoir à faire aux loups, et me voilà, grâce à Dieu. Après tout, continua-t-il, quand j'y serais resté, le mal n'eût point été grand. Un jour ou l'autre, ça arrivera, dans un ravin, sur la route ou au coin d'un bois. Qu'est-ce que je fais sur la terre, sinon manger un pain que je ne peux plus gagner ? — On vous l'offre de bon cœur, père Martin, interrompit ma mère, et personne ne vous le reprochera jamais. — C'est vrai, Mme N., il y a encore de braves gens, Dieu merci ! qui ne refusent pas un morceau de pain au pauvre vieux et lui laissent prendre un air de feu, quand il fait froid, comme aujourd'hui ; ça console, voyez-vous, et ça montre que M. le curé n'a pas tort quand il dit que là-haut quelqu'un veille sur les pauvres et leur donne le pain de chaque jour. Mais c'est égal, mon temps est fait, je ne suis plus bon à rien qu'à embarrasser. Le bon Dieu fera une bonne œuvre en m'appelant, et personne ne s'en affligera. — Ceux qui vous connaissent s'en afflige

ront, car vous n'êtes pas un étranger dans le pays.
— Vous me dites une parole qui me fait du bien,
M. N.; quoique mendiant, on aime à penser qu'on
ne mourra pas tout à fait comme un chien et que
des chrétiens offriront une prière pour l'âme du
pauvre vieux. Mais le plus tôt sera le meilleur.
Quand on a travaillé toute sa vie et qu'on n'a pas
une pauvre petite place au soleil sur laquelle on
puisse s'asseoir en se disant : « Personne ne m'en
chassera, » c'est dur, et mieux vaut la fin... » Une
larme glissa sur les joues ridées du vieillard ; il se
leva, nous souhaita le bonsoir et alla prendre le lit
de paille et de foin que mon père lui avait fait
arranger dans l'étable. Le lendemain, de grand
matin, il était sur pied, prêt à partir. Je me levai à
la hâte, pour lui dire au revoir, car je n'en avais
plus peur, depuis que je l'avais vu pleurer. Ma
mère glissa dans sa besace les restes du repas de
la veille. Elle voulait le retenir : « Les chemins sont
difficiles, père Martin, vous n'en viendrez pas à
bout. — Que si, Mme N., répondait le vieillard en
souriant. L'hiver et moi nous nous connaissons, »
ajouta-t-il gaiement. Puis, il demanda la permission
de m'embrasser. « Oui, oui, embrassez-le, répondit ma mère avec empressement, cela porte bonheur aux enfants d'être embrassés par les pauvres
du bon Dieu. » Je lui tendis mes deux joues roses,
qu'il embrassa à plusieurs reprises, avec un petit
tremblement de tout le corps. Je lui rappelais sans
doute quelque enfant bien cher... « Vous reviendrez,

père Martin, lui criai-je, quand il fut sur la route.

— Oui, oui, me répondit-il, si Dieu le veut ! » Il ne revint pas, et depuis nous n'entendîmes plus parler de lui. Pauvre père Martin ! sans doute

> Il mourut de la mort du pauvre qui mendie,
> Dans quelque fossé du chemin.

LE DÉPART.

J'ai laissé entrevoir déjà la triste situation dans
laquelle se trouvaient mes parents, et les malheurs
qui allaient fondre sans interruption sur notre humble toit. Ce fut quelques semaines après la dernière visite du vieux mendiant que mes yeux, jusque-là complétement fermés à la réalité, commencèrent à s'ouvrir. Sept printemps avaient alors passé
sur mon jeune front, et j'ai dit avec quelle naïve et
heureuse insouciance j'en savourais les joies paisibles, en compagnie de ma sœur. Sa mort, dans laquelle je ne voulus voir longtemps qu'une absence
momentanée, fut un coup qui me frappa profondément, et, bien que, semblable dans cette circonstance
aux enfants de mon âge, j'eusse promptement repris
le cours de mes petits travaux et de mes jeux, il
m'arrivait souvent de pleurer en me répétant à moi-
même les paroles de ma mère sur notre chère Augustine, que nous ne la reverrions plus. Quelques
mots échappés à mon père dans un moment de dé-
couragement me firent bientôt soupçonner, malgré
mon jeune âge, que ce malheur n'avait été, pour
ainsi dire, qu'un signal.

Mon père, attaqué d'une maladie de poitrine, qui
minait lentement ses forces et qui finit par le conduire au tombeau, peu familiarisé d'ailleurs avec le

travail avant la mort de mon grand-père, ne pouvait s'occuper de sa petite culture avec le soin et
l'énergie nécessaires. Tout retombait sur ma mère.
La vaillante femme se multipliait, pour faire face à
tout. A la maison, aux champs, partout et toujours,
elle se montrait forte, courageuse, infatigable ; rien
ne l'arrêtait. Il fallait la voir tenant elle-même le
manche de la charrue, pendant que mon père, brisé
de fatigue et affaibli par une toux incessante, reprenait haleine. Les bœufs ne s'apercevaient guère
qu'une main de femme les dirigeait, et le sillon, un instant interrompu, s'achevait aussi droit que s'il eut été
tracé par le meilleur garçon de ferme. Mon père
était fier d'elle : « Comme vous êtes forte! » lui disait-il quelquefois avec admiration. Toujours prête
à suppléer mon père, elle s'occupait des semences,
des récoltes, de la vente et de l'achat des bestiaux, etc.
Cette vie de labeurs dura dix années, sans que son
courage faiblit un seul instant. Hélas! le malheur
était sur nous! Tantôt les blés gelaient, tantôt les
foins ne rendaient pas; un cheval se blessait, une
vache mourait, ou bien encore, mon père était in-
dignement trompé par les maquignons. Un temps
vint, je l'appris plus tard, où il fallut emprunter, et
mes parents tombèrent entre les mains d'un homme
qui les mena rapidement à la ruine complète : la
maison et les champs suffisaient tout juste à la li-
quidation. Mon père fut atterré : il se voyait, à quarante ans, complétement ruiné, sans ressource, sans
espoir, impuissant à assurer le sort de sa femme et

de son enfant, et, pour comble d'infortune, atteint
d'une maladie qui pardonne rarement. Que faire?
C'était l'insoluble question qu'il se posait à lui-même
vingt fois en un jour. Il avait bien, tout près de lui,
un frère dont la situation, sans être brillante, permettait d'espérer quelque appui. Mon père ne voulut pas tourner les yeux de ce côté : il n'avait
donné à mon oncle aucun sujet de mécontentement;
mais il se savait mal vu de lui depuis son mariage.
J'ai dit déjà que ma mère avait apporté en dot à
mon père un cœur d'or, un courage à toute épreuve
et des bras depuis longtemps habitués au travail,
mais que, ces choses ne s'évaluant pas en écus son-
nants, mon oncle s'était promis de ne point pardonner et de ne négliger aucune occasion de faire
sentir les effets de son animosité à mes parents : il
tint parole. Puisse Dieu l'avoir oublié, comme nous
l'avons fait nous-mêmes.

Mes parents ne pouvaient pas plus songer à travailler chez les autres : s'être senti maître, bien
humble, il est vrai, mais enfin maître chez soi, et se
voir obligé de servir des étrangers, cela est dur, trop
dur. Ma mère l'eût fait, mon père ne pouvait pas le
faire. Le nom de Paris, fut une sorte de révélation, au
milieu des perplexités et des angoisses qui agitaient
mon père. La grande ville s'offrait, dès lors, comme
le refuge ouvert à toutes les infortunes. On dit et on
répète volontiers, pour expliquer cette prodigieuse
affluence vers Paris, qu'il n'attire que les déclassés,
les gens sans aveu, désireux de poursuivre, à l'aide

d'industries plus ou moins avouables, la fortune et
le bien-être qu'ils n'ont pas le courage de chercher
dans le travail : on le dit, et non sans raison. —
Mais pour être juste, il faudrait ajouter que plus
d'une famille honnête y vient cacher sa pauvreté
imméritée et demander à ses murs le secret d'une
existence qui n'eût point obtenu, au village ou dans
la petite ville, le respect qu'elle méritait. On fait trop
bon marché de ce que je pourrais appeler l'honneur
d'un paysan, et parce qu'un homme s'est courbé
toute sa vie vers la terre, on lui déniera le droit
de relever le front devant ses semblables, et de
soustraire, avec une dignité triste et fière, son nom
sans tache aux propos outrageants des sots et des
méchants! prétention injuste et qui blesse le pauvre dans ce qu'il a de plus cher, le sentiment de son
honnêteté incomprise. Mes parents ne voulurent pas s'y soumettre, et, quoique l'exil m'ait
coûté, je les en remercie.

Mon père tourna donc ses regards vers Paris, et,
après avoir longtemps hésité, cherché, discuté avec
ma mère, le départ fut résolu. Je ne m'en doutais
pas encore ; cependant le changement qui se produisit bientôt dans la marche de la maison me
semblait étrange : je vis disparaître successivement
bœufs, chevaux et vaches, autant d'amis que le
malheur éloignait pour toujours ; ma mère ne cuisait
plus le pain que nous mangions ; le petit jardin
même restait inculte, et lorsque, attristé par ces
changements et ces disparitions, il m'arrivait de

demander à ma mère pourquoi il n'y avait plus
de bœufs à l'étable et s'il en reviendrait bientôt, elle
souriait tristement et me répondait : « Oui, mon
enfant, bientôt. » Je m'en allais joyeux, sur cette
assurance, ne me doutant guère du sens véritable
des paroles de ma mère. Oui, la maison allait se
remplir de nouveau, mais d'étrangers, et c'est la
pensée qui brisait le cœur de la pauvre femme. Ces
murs qui nous avaient abrités pendant des années,
ces champs au milieu desquels elle suivait avec un
orgueil maternel, mêlé d'une tendresse passionnée,
les jeux de ses enfants, ces étables, ce petit jardin,
tout ce qu'elle avait aimé, soigné, arrosé de ses
sueurs, tout était perdu, tout !

Certes, il y avait dans cette succession ininter-
rompue d'épreuves plus accablantes les unes que les
autres, de quoi abattre le courage le mieux trempé, et
je ne sais si celui de ma mère y eût résisté sans la force
qu'elle puisait dans une foi simple et dans la vue de
son enfant. Mais j'étais là, faible et incapable de
me suffire à moi-même : son cœur le sentit et elle
résolut de vivre pour moi. Jusqu'au dernier moment,
elle me laissa ignorer le départ rendu nécessaire et
qui allait briser violemment mes affections les plus
chères : à quoi bon m'ôter quelques jours d'ignorance
heureuse et tranquille? Ce jour, je me trompe,
cette nuit arriva ; car mes parents, ma mère surtout,
ne voulaient point exposer aux yeux des curieux et
au sot bavardage de la rue, la douloureuse séparation
d'avec tout ce que nous aimions. Quelques voisins

discrets, braves gens et pas des plus riches, étaient
là. L'un d'eux avait offert à mon père son char à
bœufs ; on y plaça la grosse malle avec quelques
paquets ; mon père m'installa commodément, m'enveloppa, afin que je n'eusse pas froid, puis se
détourna.... Que se passa-t-il en lui à ce moment ?
J'étais trop jeune pour le deviner alors et pour
comprendre les mille retards qu'inventaient mes
pauvres parents afin de retarder le départ. Ma
mère rentrait, sortait, pour rentrer une fois encore :
son cœur s'était fortement attaché à cette petite
maison où nous étions nés, ma sœur et moi ; le moment venu, elle hésitait ; puis elle pensait à son
Augustine, dont elle allait s'éloigner pour toujours,
et en ce moment elle n'avait même pas la consolation
de pouvoir s'agenouiller une dernière fois sur la
tombe de l'enfant, avant de lui dire pour jamais
adieu !.... Là, elle avait souffert, travaillé, éprouvé
bien des ennuis, mais elle était chez elle ! Nul
n'avait le droit de franchir le seuil de cette porte
et de venir insulter à ses malheurs ! Et aujourd'hui,
il fallait s'en aller au loin, pour y souffrir, pour y
travailler, pour y mourir, oui, pour y mourir, car
l'illusion n'était plus possible, mon pauvre
père se mourait lentement ! Elle enveloppa dans
un même regard le passé et l'avenir, les rares jours
de bonheur de sa jeunesse et les tristesses de l'exil
qui allait s'ouvrir ; puis, comme il y avait là des
voisins, elle se contint ; mais, dans son cœur
découragé, la pauvre femme appelait la mort ! —

Plus tristes encore devaient être les pensées de mon père ! Cette maison, ces champs, c'était une partie de son être, à lui ! Là, dernier-né et le plus aimé de la famille, il avait grandi sous l'œil d'une mère qui ne vivait que pour lui. La maison était riche alors, les champs étendus, les étables pleines de bétail ! le grand-père, régisseur du château, était l'oracle du pays ; on le respectait et on l'aimait. De toutes parts, on venait le consulter ; les pauvres surtout connaissaient sa demeure ! Le présent était beau, l'avenir, qui eût osé le prévoir ? Les malheurs commencèrent. Une nuit, des cris se firent entendre : « Au feu ! au feu ! » La maison brûlait ; les bœufs, les chevaux affolés se précipitaient çà et là : plusieurs disparurent ; on ne sauva que peu de chose, et quand le grand-père eut compté et recompté, il se trouva que l'imprudence d'un individu couché dans la grange et qui ne se révéla jamais, bien qu'il soit riche aujourd'hui, lui avait coûté plus de vingt mille francs ! Vingt mille francs en ce temps-là en valaient soixante mille. Cependant la situation était belle encore. Mais un malheur suit l'autre. Un jour, le grand-père reçut une lettre qui venait de loin ; que renfermait-t-elle ? on le soupçonna, le grand-père n'en dit jamais rien. Son beau front s'était plissé en la lisant, il avait passé la main dans ses cheveux blancs, puis, inclinant sa tête vénérable, réfléchi longuement, en jetant par intervalles des regards pleins de larmes sur ses enfants. On l'avait alors vu, avec étonnement, car nul ne lui connaissait de dettes, vendre plusieurs belles pièces de terre, et le bruit se répandit que le capitaine N., son frère, s'étiat oublié, qu'il avait contracté une dette, que s'il ne payait pas, on devait le dégrader, et que le grand-père n'avait pas voulu que notre nom souffrît une flétrissure.

Le grand-père mourut, priant Dieu de ménager ses enfants. Vinrent le partage et avec lui toutes les dissensions dont il est l'inévitable signal. La séparation avait été complète entre les deux frères. Tous deux travaillèrent de leur côté. L'un prospéra, ce fut mon oncle. L'autre lutta contre tous les obstacles à la fois, malveillance des uns, fourberies des autres, accidents, malheurs, maladies, jusqu'au jour où il fallut s'arrêter, et ce jour était la ruine, ruine complète. Mon père ne dit rien : il ne lui échappa pas une parole sur ses espérances brisées, pas un mot des tortures secrètes qui déchiraient son cœur lorsqu'il pensait à sa femme et à son enfant. Dieu seul put savoir ce que lui coûtait la double perspective de la ruine et de l'exil, terme fatal que rien désormais ne pouvait ajourner ! Pour nous, qui avions tant besoin de lui, il l'envisagea avec courage et n'eut plus, désormais, qu'une préoccupation : faire honneur à sa signature et réaliser la petite somme indispensable à notre voyage et aux premiers temps de notre séjour à Paris. Sans toucher au fonds, c'est-à-dire à la maison, aux champs, aux instruments de labour, qui devaient servir à éteindre les dettes, il parvint à réunir quinze cents francs.

Plusieurs fois, j'avais vu mon père compter et recompter cette somme : ces nombreuses piles de grosses pièces de cinq francs me faisaient ouvrir de grands yeux, et, dans mon ignorance de notre situation, je croyais mon père très-riche. Mes yeux s'ouvrirent promptement, et je ne devais pas tarder à connaître les privations et même la misère.

Ce départ étrange au milieu de l'obscurité en était l'annonce, je le pressentais vaguement.......

Les voisins pressèrent la main de mon père, nous embrassèrent silencieusement, ma mère et moi, puis les bœufs se mirent en marche. Mes parents se taisaient et je n'osais les interroger. On ne m'avait point indiqué le but du voyage, et j'étais loin de m'imaginer que je ne reverrais pas la maison paternelle ; cependant mon cœur se serrait, j'avais peur, peur de l'inconnu. Le silence, l'obscurité, quelques soupirs étouffés, à travers lesquels il me sembla saisir des larmes, m'impressionnaient vivement ; je sentais que ma mère avait du chagrin, beaucoup de chagrin, et j'éprouvais comme un besoin de pleurer moi-même ; mais, avec la mobilité naturelle à l'enfance, les divers objets que j'apercevais à travers le crépuscule changèrent bientôt le cours de mes pensées, et je finis par m'endormir. Quand je me réveillai, il faisait jour. Je fus quelque peu étonné de me trouver entre mon père et ma mère, sur une grande route et dans une voiture traînée, non plus par les deux bœufs du

voisin, mais par un cheval qui trottait rapidement.
Le changement de véhicule ne m'avait pas réveillé, et
mes bons parents s'étaient bien gardés d'interrompre
cet heureux sommeil. Nous courûmes de la sorte
toute la journée. On arrêta seulement vers midi,
dans une auberge, où nous prîmes un léger repas.
Il faisait nuit noire quand nous arrivâmes dans une
ville que je ne connaissais pas : nous y dinâmes,
puis on agita la question de savoir si on passerait
la nuit dans ce lieu, ou si on continuerait de
marcher, afin d'atteindre au jour Commercy. Mon
père, pressé de partir, invita notre conducteur à
changer de cheval, et une heure plus tard, nous
roulions de nouveau sur la grande route. Ce long
voyage m'étonnait; mais, comme on ne répondait
point à mes questions, je m'endormais, sans songer
à autre chose. Je me rappelle très-bien la surprise
mêlée d'affroi dont je fus saisi lorsque je m'éveillai,
c'est-à-dire lorsque nous arrivâmes à la gare de
Commercy. Je ne savais pas ce que c'était qu'un
chemin de fer : j'en avais entendu prononcer le
nom sans beaucoup m'étonner, m'imaginant qu'il
s'agissait d'un chemin en fer sur lequel les voitures
roulaient mieux que sur les autres routes. Ces
chariots arrivant successivement, les cris des
hommes mêlés aux hennissements des chevaux
ou aux beuglements des bœufs qu'on entassait
dans de grandes caisses noires, cette foule
d'hommes, de femmes et d'enfants partant et
arrivant, se pressant, se bousculant et criant, cette

grosse machine qui lançait d'énormes tourbillons
de fumée, les coups de sifflet qui arrivaient stridents
à mes oreilles et m'arrachaient des cris d'épouvante,
ma résistance quand il fallut monter à notre tour
dans une de ces grandes caisses où l'on étouffait,
tout cela me jetait dans une sorte de stupeur et
dans un effroi que je ne pouvais dissimuler. J'entrais
dans l'inconnu : une tristesse plus forte encore que
la surprise et l'effroi, me clouait immobile entre
mon père et ma mère. Les coups de sifflet retentirent
de nouveau, mêlés au bruit d'une cloche et à la voix
d'un monsieur richement habillé qui criait : « En
route ! » puis, il y eut une commotion subite et
violente, dont ma mère parut presque aussi effrayée
que moi. Je tremblais de tous mes membres : « N'aie
pas peur, mon enfant, » me dit ma mère en m'embrassant. Mais rien ne pouvait m'arracher à la
stupéfaction et aux pénibles impressions dans
lesquelles m'avaient plongé tant de choses nouvelles.
Quand le train se mit en marche, j'eus un serrement
de cœur instinctif, et je me mis à pleurer. Il me
sembla qu'on me séparait violemment de tout ce
que je connaissais et de tout ce que j'avais aimé
jusque-là : la petite maison de mon père, les prés,
les bois, le ruisseau, tout m'apparut un instant à
travers les nuages de fumée que lançait la grosse
machine; — gracieuses images d'un passé plein de
bonheur, dont la réalité présente me faisait regretter
plus vivement la perte, je ne devais plus les revoir,
et je n'avais pas huit ans !

SECONDE PARTIE

PARIS

ARRIVÉE A PARIS.

Rapidement emportés par une force mystérieuse et puissante, presque aussi nouvelle pour les habitants dont nous traversions les campagnes que pour moi, nous fuyions le pays qui nous avait vus naître et nous nous approchions des murs où mes parents allaient cacher leur pauvreté. Arbres, maisons, riantes campagnes ou landes desséchées, disparaissaient à nos yeux avec la rapidité de l'oiseau qui fend les airs, tandis que le train lui-même semblait immobile; je m'en étonnais. et en toute autre circonstance, j'eusse interrogé mes parents; mais émus, attristés au souvenir de tout ce que nous venions de quitter, nous nous taisions. Autour de nous, des étrangers, dont les uns dormaient, les autres mangeaient, riaient ou nous regardaient avec un sourire narquois, dont nous ne comprenions ni le motif ni l'entière signification : c'était déjà la foule indifférente

ou moqueuse au milieu de laquelle nous étions con-
damnés à vivre. Le train cependant continuait sa
course vertigineuse, coupant les montagnes, fran-
chissant les marais, croisant d'autre trains, contre
lesquels nous croyions nous briser, disparaissant
parfois dans des cavernes et nous plongeant, à ma
grande terreur, dans une obscurité profonde, où le
bruit de la machine, concentré dans un étroit espace,
devenait un effroyable roulement, semblable à
celui du tonnerre. Comme la lumière semblait éclatante au sortir de ces gouffres! Mais ce n'était plus
celle de nos campagnes, et au petit cri de joie par
lequel j'avais instinctivement salué son retour, suc-
cédait le même silence triste et froid dans lequel me
plongeait le concours subit de tant d'événements
étranges et douloureux. Parfois, quand le train
s'arrêtait, la curiosité reprenait le dessus, et la vue de
nombreuses maisons, d'églises dont les tours dépas-
saient de beaucoup la hauteur du clocher de notre
village, provoquaient de ma part réflexions et questions qui amenaient le sourire sur les lèvres de mes
bons parents. Parfois encore, je trompais pour eux
la longueur du voyage en leur rappelant que rien
n'était capable de faire oublier à un exilé de sept ans
l'heure du dîner ou du goûter, et eux épuisaient à
plaisir pour moi les petites provisions qu'ils avaient
emportées, sans y toucher pour eux-mêmes, absorbés
qu'ils étaient par leurs tristes pensées. Enfin, après
avoir couru une nuit et un jour, le train s'arrêta tout
à fait, sous une immense toit en verre. Là, à travers

les tourbillons de fumée et de vapeur, au milieu
des cris des employés, des réclamations des voyageurs, couraient et se croisaient, avec un bruit as-
sourdissant, des machines semblables à celle qui
nous amenait. Jamais je n'avais vu autant de
monde, jamais aussi je n'avais entendu un tel tumulte, et le même sentiment de terreur me tenait
toujours serré contre ma mère, qui, elle aussi,
paraissait tout inquiète, tandis que mon père s'occupait de nos bagages. Nous sortîmes enfin de la
salle d'attente, et nous nous trouvâmes dans la
vaste cour qui s'étend devant la gare. Paris était
là et nous le voyions pour la première fois! On
parle beaucoup, un peu moins peut-être aujourd'hui
qu'il y a vingt ans, de la stupéfaction des naïfs
provinciaux transplantés tout à coup de leur village en plein Paris, fixant leurs gros yeux étonnés
sur tout ce qu'ils rencontrent et répétant à leur
tour

> Que la hauteur des maisons
> Empêche de voir la ville.

Mais vraiment on se l'explique! Où prendre une
idée de cet immense boulevard Sébastopol, dans
lequel eussent trouvé place huit ou dix villages
comme le nôtre, de ces maisons à six ou sept
étages, de ces boutiques, de cette foule surtout qui
allait et venait au milieu d'un nombre prodigieux
de voitures se croisant, se frisant, au risque de
s'accrocher et de tomber les unes sur les autres,

6

en écrasant les imprudents qui se jetaient au milieu de cette horrible confusion et passaient, sans se presser, devant les chevaux lancés à toute vitesse? Ravi, étourdi et inquiet à la fois, je regardais sans mot dire. Nous nous étions retirés dans un coin de la gare, ma mère et moi, en attendant mon père. « Maman, lui dis-je tout bas, c'est donc la foire aujourd'hui à Paris? — Oui, mon enfant, c'est toujours la foire à Paris, » me répondit ma bonne mère. Cela me surprit prodigieusement; mais je n'osai pas renouveler mes questions en ce moment. La foire pour moi était un temps d'amusement, de repos et de fête : si on s'amusait continuellement à Paris, on n'y travaillait donc pas?

Mon père, nous rejoignit enfin, et, guidés par lui, nous nous présentâmes dans un hôtel situé en face de la gare, hôtel que nous avait indiqué le commissionnaire porteur de notre modeste bagage. Ce fut là que nous nous établîmes provisoirement. On y était bien, mais cela coûtait fort cher, et, si l'argent s'amasse difficilement au village, il se dépense à la ville avec une rapidité qui effrayait mes parents et leur faisait entrevoir les difficultés d'un avenir trop prochain. Ma mère n'était pas femme à rester bras croisés dans une semblable situation: elle se remua, chercha, interrogea et trouva enfin une place dans une atelier où on faisait des sacs pour l'armée. Habituée au grand air, à nos champs, à ses vaches, aux travaux de la campagne, il lui était dur de s'enfermer toute la journée et de

se livrer à ces travaux d'aiguille, qui, sans lui être
étrangers, n'avaient occupé jusque-là qu'une très-
petite part dans son existence de fermière. Elle jeta
un regard sur son mari malade, sur son enfant,
incapable de se procurer le pain de chaque jour, et
depuis lors, chaque matin, elle s'en alla prendre
silencieusement sa place à l'atelier. Pour moi, je
restais avec mon père à l'hôtel, ou bien encore,
je parcourais, conduit par lui, les rues populeuses
qui avoisinent l'église St-Laurent. Là, chaque pas,
chaque regard me réservaient une surprise nouvelle,
et j'admirais tout, dans le même étonnement craintif et muet, tenant la main de mon père et osant à
peine lui adresser une question. Je ne me lassais
pas de contempler ces boutiques innombrables dont
les glaces brillantes laissaient apercevoir, ici des
amas de friandises, là des bijoux, des pendules, des
étoffes aux couleurs éclatantes et variées, ou encore
des machines énormes fonctionnant avec une mer-
veilleuse rapidité, sans qu'on pût découvrir la force
cachée, qui les mettait en mouvement. Jamais,
même à la grande foire de Vesoul, où mon père
m'avait emmené une fois, tant de choses si belles,
si éblouissantes, n'étaient venu ravir mes yeux!...
Non moins profond, quoique d'une nature différente,
fut mon saisissement quand nous pénétrâmes sous
les voûtes silencieuses de l'église St-Laurent. « La
vastité sombre de nos cathédrales parle au cœur
de tous, » à celui de l'enfant innocent comme à celui de l'homme tour à tour fatigué, tourmenté, cou-

pable, rebelle ou pénitent. De l'extrémité de la nef,
où mon père m'avait fait arrêter, mes yeux plon-
geaient effrayés dans l'obscurité sainte, et, s'habi-
tuant peu à peu à ce jour douteux, se fixaient enfin
sur le tabernacle étincelant dont deux anges armés
d'épées flamboyantes défendaient l'entrée. Alors,
saisi, ému, je joignais instinctivement mes petites
mains, et, tout bas, en présence du bon Dieu et des
anges, je disais la prière que m'avait apprise ma
mère. Les cérémonies saintes elles-mêmes furent
bientôt pour moi une source de ravissements véritables, et je me souviens encore de la première
grand'messe à laquelle j'assistai entre mon père et
ma mère. Nous étions sous le grand'orgue : tout à
coup, une harmonie puissante et douce à la fois,
semblant venir du Ciel, remplit la vaste nef; ces
sons continus où se mariaient sans se confondre
les voix des enfants et des hommes, n'avaient
cependant rien de terrestre : on eût dit un écho
prochain des célestes concerts. Je le croyais,
j'écoutais immobile, et, le regard fixé sur les saintes
images suspendues aux murs de l'église, il me
semblait voir leurs bouches s'ouvrir et murmurer
ces chants si beaux que je n'avais point encore
entendus. Mes illusions tombèrent, j'appris ce que
c'était qu'un orgue; mais l'impression première
demeura, pure, suave et profonde comme si elle
eût été produite par les anges au lieu de l'être par
un homme, et je n'entre jamais dans une église, jamais
les sons de l'orgue ne frappent mes oreilles, sans

qu'elle revive en moi par un charme religieux et plein de douceur.

. . . . Nous ne connaissions encore personne à Paris, et la solitude forcée dans laquelle nous vivions me pesait beaucoup. Dans un village, je ne me serais point trouvé embarrassé, et mes parents n'eussent pas craint de me laisser errer seul à travers champs. A Paris, il n'y fallait pas songer : j'aurais eu peine à me reconnaître au milieu des rues, et ma mère refusait positivement de me laisser courir ce danger. Je vivais.donc seul, bien seul. Combien je désirais connaître quelqu'un des nombreux enfants que je voyais passer et repasser près de moi, courant, s'amusant, et parfois aussi, je dois le dire, me regardant avec ce sourire dont j'appris bientôt, à mes dépens, la signification sur les lèvres du Parisien ! Mais tous paraissaient peu désireux de répondre à mes avances, et je n'osais pas, moi, faire les premiers pas. Je suivais donc mon père avec des soupirs de regret, et lui, toujours bon, toujours affectueux pour moi, même dans notre situation, dont je sentais vaguement les difficultés, m'achetait des fruits ou des gâteaux. Les gâteaux me semblaient exquis; mais les fruits, dont je ne m'expliquais pas la provenance, puisque les arbres de Paris n'avaient que des feuilles, ne valaient pas, à beaucoup près, ceux que je cueillais moi-même dans le jardin paternel. Le soir venu, nous retrouvions ma mère, qui, malgré les fatigues de la journée, écoutait patiemment le récit de mes

6.

promenades, et souriait même parfois en m'entendant.

Nous vécûmes ainsi deux mois environ, ma mère
travaillant, et mon père cherchant pour lui-même
une occupation qui n'excédât pas ses forces. Les
recherches finirent par aboutir, grâce au concours
de l'un de nos compatriotes établi depuis plusieurs
années à Paris, et qui offrit même à mes parents de
leur céder une partie de son logement, en attendant
qu'ils pussent en trouver un. Mes parents accep-
tèrent avec reconnaissance ce petit arrangement;
car il leur permettait de s'absenter sans que je
courusse aucun danger. Nous passâmes quelques
mois dans cette nouvelle demeure, où rien ne
rompait la monotonie d'une vie assez triste pour
moi, car je ne voyais mes parents que le soir. Je me
souviens seulement que notre hôtesse était une petite femme sautillante, criarde, douée d'une prodigieuse faculté de parler, qu'elle perfectionnait
d'ailleurs chaque jour avec toutes les commères du
quartier, sur lesquelles son aigre fausset lui donnait
une supériorité incontestable et incontestée; au de-
meurant assez brave femme, et qui aimait sa fille
unique comme savent aimer les vraies mères.

Pendant l'absence de mon père et de ma mère, je
restais avec l'enfant; cette perspective m'avait
d'abord semblé charmante, en comparaison de l'isolement dans lequel je m'étais trouvé jusque-là. Mes
illusions durèrent peu : la petite fille, qu'idolâtrait
la mère, se montra ce que sont les enfants ordi-

nairement désignés sous le nom d'enfants gâtés, c'est-à-dire volontaire, capricieuse, tyrannique, n'admettant pas et ne voulant pas admettre que je pusse être autre chose que son second esclave, sa mère étant le premier. Je baissais la tête, je me soumettais, sentant instinctivement la situation délicate dans laquelle se trouvaient mes parents par rapport à ceux de la compagne qu'on m'imposait ; mais alors, alors surtout, une comparaison s'offrait à ma pensée ; évoquant le cher souvenir de celle qui n'était plus : « Augustine, disais-je, Augustine, bonne petite sœur, où es-tu? » Et je commençais à sentir tout le prix du trésor que la mort m'avait ravi. Perdu dans le désir de la retrouver, j'oubliais le présent, Paris et l'étroite chambre qui me servait de prison, pour revoir et parcourir avec elle les prairies au milieu desquelles s'était écoulée notre enfance. Cher et délicieux souvenir, belles années envolées, jours heureux, qu'elle éclairait de son sourire, douce et puissante affection dont elle était l'âme! non,

> L'amitié n'est pas aussi tendre.......
> O vous qui n'avez pas de sœur,
> Vous ne pouvez pas me comprendre......
> Elle est pour moi la souvenance,
> Le parfum du pays natal ;
> Son sourire est un cristal
> Où se réfléchit notre enfance.....

Arraché à mes rêves par les importunités de la petite fille, qui ne savait pas, elle, ce que j'avais perdu, je me soumettais passivement à ce qu'elle exigeait de moi, n'essayant pas de réagir, ne l'osant pas, timide comme doit l'être un pauvre enfant jeté tout à coup au milieu d'une grande ville, et qui, au lieu des figures franches et simples qu'on trouve à la campagne, ne rencontre que des visages moqueurs, toujours prêts à se dérider aux dépens des gaucheries provinciales; je me taisais et ne me plaignais même pas. Me trouvais-je par hasard à la porte de la maison que nous habitions, j'avais à compter avec le perpétuel sourire qu'excitait ma vue, et j'en étais tout embarrassé : « A-t-il l'air bête, ce gros joufflu, avec sa blouse à carreaux ! » était l'une des amabilités les plus ordinaires que me lançaient les gamins du quartier, quand j'avais la malencontreuse idée de m'arrêter à les regarder jouer. Naturellement je battais en retraite devant ces avances, je rentrais dans l'unique chambre qui nous servait de demeure, et, seul, tout seul, je me reprenais à songer au passé et à toutes les douces choses qu'il renfermait pour moi! Alors aussi, j'avais le cœur gros, les larmes me venaient aux yeux, et le soir, quand ma mère rentrait fatiguée du travail de la journée et qu'elle m'attirait à elle pour m'embrasser : « Maman, lui disais-je, est-ce que nous ne retournerons pas bientôt là-bas? Je m'ennuye tant ici !» Elle ne me répondait pas : sa figure prenait une expression de tristesse visible, et elle se détournait, comme pour pleurer. Pauvre mère! elle aussi regrettait le pays, sa rude vie des champs et le foyer qui lui avait appartenu.

PREMIÈRE MALADIE DE MON PÈRE. — L'HÔTEL-DIEU.

Plusieurs mois s'écoulèrent. Mes parents trouvèrent enfin un logement, et nous vînmes habiter rue
des Trois-Couronnes. La santé de mon père fléchis-
sait de plus en plus ; il fallut consulter le médecin, et
le médecin prescrivit un traitement que notre situation ne nous permettait pas d'essayer sans épuiser
en quelques semaines les trois ou quatre cents francs
qui nous restaient. Mon père le comprit, et, pré-
voyant que des jours plus sombres encore pouvaient
venir, il ouvrit généreusement un projet qui révolta
tout d'abord la fierté de ma mère. Ma mère
avait toujours été pauvre ; mais jusque-là, je l'ai dit,
elle s'était fait un devoir de ne demander qu'à ses
bras son pain de chaque jour, et elle se révoltait à
la pensée de tendre la main elle-même. Les pauvres
ont leur honneur à eux ; on se refuse parfois à le
comprendre, et quand on a rappelé le proverbial
attachement du paysan à l'argent, on le regarde
comme suffisamment jugé. C'est là une prétention
injuste, et je la repousse au nom de tous les nobles
cœurs que j'ai senti battre sous l'habit du travailleurs. Les écorces rudes cachent souvent des sentiments de générosité, de délicatesse et de légitime
fierté qu'on ne soupçonne pas ou dont on se plaît
à dénaturer la signification, lorsqu'ils se mani-

festent. Pourquoi? C'est une question qu'il ne m'appartient pas d'examiner, et à laquelle je répondrai simplement par cette autre : Ceux qui font de la délicatesse des sentiments et de l'honneur le privilége exclusif des classes élevées, sont-ils bien sûrs que la richesse et l'éducation dite libérale en soient les vrais fondements et les fondements uniques?

Ma mère hésita donc, elle hésita longtemps, se privant du nécessaire pour éviter de recourir à ce qu'elle regardait comme une triste extrémité. Mais il ne lui était pas possible de procurer à mon père ce dont il avait besoin : « Que voulez-vous! disait-il lui-même, nous ne pouvons faire autrement. Vous gagnez à peine de quoi vous suffire : les médicaments et la nourriture qui me sont ordonnés absorberaient en quinze jours ce qui nous reste..... Il n'y a pas de honte, après tout! ... Est-ce notre faute si les récoltes ont manqué, si les bœufs et les chevaux mouraient, si ceux qui auraient dû me soutenir ne m'ont témoigné que froideur et aversion?.... Oui, il est dur de demander, surtout quand on ne l'a jamais fait, surtout quand on a toujours donné soi-même... » Mon père et ma mère s'entretinrent longtemps, sans que je pusse entendre ce qu'ils disaient; seulement, au matin, la figure de mon père me parut plus abattue et plus triste encore que la veille; il s'habilla, toucha à peine au frugal déjeûner que lui avait préparé ma mère, et m'embrassa plus affectueusement que de coutume : ces caresses et cette

tristesse me firent pressentir une séparation. J'en-
laçai le cou de mon père et je lui demandai en pleurant et en l'embrassant de ne pas s'en aller : « Pauvre
enfant, murmurait-il en essuyant lui-même mes larmes, pauvre enfant !.. Oui, je pars, ajouta-il ; mais je
reviendrai bientôt. Ne pleure pas, sois bien obéissant,
et prie le bon Dieu pour ton père. » Il partit et
je restai seul ; car ma mère, après l'avoir accompagné, était retournée à son travail. Qu'elle fut longue
cette journée de séparation passée tout entière
dans cette grande chambre froide. Je pleurai longtemps, bien longtemps, et quand ma mère rentra,
elle me trouva les yeux encore rouges ! Les
jours suivants m'apparaissent comme enveloppés
dans ce même voile de deuil, et ils ne m'ont pas laissé
d'autre souvenir. Heureusement ils furent peu
nombreux, et le dimanche qui suivit me réservait une
surprise qui devait me rendre en partie la joie
disparue. Ce dimanche, en effet, ma mère me fit
mettre une blouse plus belle que de coutume ; elle-
même revêtit une robe simple, mais d'une irréprochable propreté, et, me prenant par la main, elle
m'emmena dans Paris. C'était ma première excur-
sion à travers l'immense ville : aussi j'ouvrais de
grands yeux, et, bien que la pensée de mon père et
la perspective de le revoir fussent les vraies causes de
mon bonheur, je ne laissais pas que de regarder de
côtés et d'autres, étonné, ébloui, charmé et effrayé en
même temps, à la vue de cette prodigieuse quantité
d'hommes et de femmes. Jamais je ne me serais

imaginé qu'il pût y en avoir un si grand nombre
sur la terre. Ce qui m'étonnait encore était de ne
pas les voir s'arrêter et s'entretenir. Au village,
tout le monde se connaît; quand on se rencontre, on
se dit bonjour, on se parle des récoltes, du bœuf
malade…. Ici, rien de semblable : tous allaient très-
vite, se croisaient, se regardaient parfois d'un air
pas content, quand l'un avait touché l'autre du coude.

Nous arrivâmes sur les bords de la Seine, et ce ne
fut pas sans un saisissement instinctif que je me
hasardai, en suivant ma mère, sur l'un de ces beaux
ponts si élevés d'où les eaux du fleuve paraissaient
plus larges encore et plus rapides. Enfin, après une
course qui eût semblé longue à mes petites jambes,
sans la multiplicité des objets nouveaux et merveilleux s'offrant à mes yeux sans interruption, nous
nous trouvâmes, tout à coup, au détour d'une rue
tortueuse et sombre, sur le parvis Notre-Dame. Le
premier objet qui frappa mes regards d'enfant fut
la cathédrale, ce monument de la foi de nos pères.
Je le regardai avec une admiration craintive :
j'avais vu déjà plusieurs églises depuis que nous
étions à Paris, mais aucune ne m'avait émerveillé
comme celle-là : cette pierre dentelée, ces saints
innombrables, calmes et droits dans leurs niches, ces
tours qui montaient vers le ciel, tout cet ensemble
harmonieux et grandiose exerçait sur moi une
sorte de fascination. J'aurais bien voulu voir de
près toutes ces merveilles, et déjà les questions se
multipliaient sur mes lèvrès, quand ma mère, pres-

sée de retrouver mon père, m'entraîna à droite,
vers un monument moins grand et moins beau, au
frontispice duquel je lus ces mots : *Hôtel-Dieu.* Je
compris à peu près : j'avais entendu prononcer ce
nom par mes parents, avant le départ de mon père ;
— je compris, dis-je, que la maison appartenait au
bon Dieu, et qu'il l'avait bâtie pour y recevoir les
malades pauvres. Nous nous glissâmes au milieu
de la foule qui encombrait le grand escalier de
pierre, et bientôt nous pénétrâmes dans ces vastes
dortoirs remplis de lits blancs autour desquels je
voyais plusieurs personnes. Des sœurs, de ces bonnes sœurs toutes semblables à celles qui, au village,
faisaient la classe à Augustine, allaient et venaient,
portant remèdes, nourriture ou consolations aux
pauvres malades. Je regardais de tous côtés pour
apercevoir mon père, et de tous côtés, mes
yeux rencontraient des figures blanches, maigres,
effrayantes de pâleur et de souffrance, qui fixaient
sur moi des regards étranges. On eût dit que mes
joues roses et la vigueur de mes petites jambes de
huit ans leur faisaient envie. Pauvres gens ! Eux
aussi peut-être avaient été heureux, libres, riches,
entourés d'une nombreuse famille, et aujourd'hui
ils étaient là, malades, abandonnés des leurs,
consolés cependant par la charité simple et
infatigable des anges terrestres que leur envoyait
le bon Dieu !..... — Etonné, effrayé, je cherchais
la figure de mon père. Nous l'aperçûmes enfin : un
sourire de bonheur éclaira son visage aimé quand

7

il me vit. Je me jetai dans ses bras, sans me laisser
arrêter par sa maigreur et par l'air de souffrance répandu sur ses traits. Il me tint longtemps embrassé,
entrecoupant ses témoignages de tendresse de
questions sur ce que j'avais fait pendant la semaine.
« Tu as pleuré, bien sûr, me dit-il en souriant. —
Oui, lui répondis-je, et je pleurerai encore si vous
ne vous guérissez pas ! — Pauvre enfant, reprit-il,
cela ne dépend pas de moi, demande-le au bon Dieu ! »
Ma mère étala alors ses petites provisions, soigneusement soustraites aux yeux des gardiens, — des
biscuits, des brioches, des oranges. Mon père remerciait et grondait : « Pourquoi tant de choses ? disait-il, c'est de l'argent dépensé inutilement : je ne
manque de rien ici, je ne veux pas que vous vous pri-
viez afin de m'apporter le superflu. » Pour nous
faire plaisir, il mangea, et cela nous réjouissait
beaucoup de le voir manger. La sœur arriva : à la
vue des miettes de brioche, elle aussi gronda ma
mère, mais tout doucement et en souriant; puis elle
promit que mon père guérirait bientôt : le médecin
l'avait dit ; d'ailleurs il fallait avoir confiance dans
le bon Dieu. Ses paroles, accompagnées d'une petite
tape d'amitié quelle me donna, firent rentrer la joie
dans mon cœur, et, bien que fâché de quitter mon
père pour quelques jours, je m'en allai plus heureux
que je n'étais venu, après avoir fait promettre à mon
père qu'il reviendrait bientôt. Il m'embrassa et me
le promit en riant, ainsi qu'à ma mère, dont le visage
était moins triste.

RETOUR DE MON PÈRE.

Je ne me rappelle pas combien de temps mon père passa à l'Hôtel-Dieu ; mais je me souviens parfaitement qu'un soir, en rentrant, ma mère me dit d'un ton joyeux, après avoir parcouru une lettre qui venait d'arriver : « C'est pour demain ! » Ces trois mots exercèrent sur moi un effet magique. Revoir mon père, le revoir fort et bien portant, pour toujours, je me l'imaginais naïvement, c'était le bonheur, un bonheur réel que l'isolement de Paris me faisait apprécier plus encore. Aussi, le lendemain, levé dès l'aurore, je tourmentai ma mère pour qu'elle me menât au-devant de lui, ou pour qu'elle me laissât y aller seul. « Mais c'est inutile, petit fou, seul tu te perdrais, et à nous deux, nous ne le rencontrerions probablement pas ; car il y a plusieurs chemins pour venir de l'Hôtel-Dieu ici ! » Je me résignai à grand'peine, ne comprenant pas et ne pouvant pas comprendre que mon père n'arrivât point avec le jour. Je courais à travers la chambre, j'allais à l'escalier, j'écoutais, j'appelais. Rien ne pouvait me distraire des préoccupations de l'attente, rien, pas même le bruit harmonieux et le fumet parfumé d'une oie qui cuisait tout doucement sur le petit poêle de fonte, pas même les séduisantes couleurs de deux superbes poires placées sur la commode, et qui en tout autre temps, eussent éveillé en moi d'ardentes convoitises. Une oie! quoi! une oie? Que voulez-vous! ma mère n'avait pu résister. Recevoir notre cher convalescent avec du pain et du fromage lui semblait un crime : elle eût préféré ne pas manger pendant plusieurs jours, afin de lui procurer quelque chose de bon. Elle se promettait bien d'ailleurs de prolonger le festin, et, de fait, les choux et les pommes de terre aidant, la grosse oie dura quinze jours. Quelle oie dura jamais autant?

Enfin des pas se firent entendre dans l'escalier; je m'élançai hors de la chambre, et avant que mon père eût mis le pied sur la troisième marche, j'étais suspendu à son cou. Nous montâmes ainsi, riant et causant tout à la fois, mon père répondant à mes caresses, et moi me laissant presque porter par lui. Puis, ce fut le tour de ma mère; elle aussi l'embrassa avec bonheur; mais, quelque effort qu'elle fît pour paraître gaie et complétement heureuse, elle n'y pouvait parvenir. Son front restait soucieux, et une inquiétude douloureuse se lisait dans ses yeux, fixés sur ce visage amaigri.

Hélas! elle comprenait ce qui échappait à mon inexpérience. Le mal qui avait conduit mon père à l'Hôtel-Dieu semblait conjuré; mais ce n'était là qu'une trêve. Ses traits, toujours doux et toujours affectueux, le révélaient: des rides profondes s'y creusaient; les yeux étaient sans vie; une fatigue générale abattait ce grand corps prématurément courbé.

par la souffrance, et dans le pâle sourire qui éclairait parfois son visage, on sentait la résignation d'une âme qui se détache peu à peu des liens terrestres et se trouve impuissante à repousser la mort. Telles étaient assurément les réflexions de ma mère pendant qu'elle embrassait mon père. Elle se fût bien gardée d'en dire un mot : refoulant au contraire son chagrin en elle-même, elle se hâta, pour compléter le bonheur de la réunion, d'achever les petits préparatifs du déjeûner. Cette fois, je mangeai sans arrière-pensée et sans tristesse : l'oie était si bonne, et mon père mangeait lui-même de si bon appétit! Pour moi, la guérison était complète, définitive. Désormais la chambre ne serait plus si triste ; ma mère ne passerait plus les nuits à travailler ; nous pourrions, le dimanche, aller nous promener au loin, bien loin, dans les bois, près des ruisseaux ; ce qui nous rappellerait le village et ma joyeuse vie d'autrefois!... Que ne ferions-nous pas! Oui, mais Dieu

... Fit l'eau pour couler, l'aquilon pour courir,
Les soleils pour brûler et l'homme pour souffrir.

Je le savais déjà : depuis un an, j'étais séparé de ce qui avait fait le bonheur de ma petite enfance ; les splendeurs de la grande ville ne pouvaient me faire oublier les champs ; le bruit, le mouvement, les objets nouveaux, tout ce que je voyais excitait un instant ma curiosité, puis bientôt, comme la fleur qui languit loin du sol qui l'a nourrie et du soleil qui l'a

développée, j'inclinais ma jeune tête et me prenais
à songer. Il existe entre la terre qui a porté
nos premiers pas, entre cette terre insensible et nous,
une affinité mystérieuse et une parenté réelle : on
ne brise pas ce lien sans que le cœur en soit déchiré ;
perdus sur de lointains rivages, tous les exilés
l'ont répété :

Il n'est qu'une Venise, on n'a pas deux patries.

J'avais connu la première leçon du malheur, je
devais en connaître d'autres dans un avenir prochain.....

L'ENFANT DE CHŒUR.

Dans l'intervalle qui s'écoula entre le retour de
mon père et ces jours funestes, un grand événement
se produisit dans ma petite existence. Un matin,
ma mère me mit ma plus belle blouse, la blouse à
carreaux, et, après m'avoir expliqué en peu de mots
qu'elle avait trouvé une école où elle espérait me
faire recevoir, nous commençâmes à marcher à
travers des rues que je ne connaissais pas. J'étais
inquiet, car je redoutais les enfants de Paris; mais
la figure soucieuse de ma mère arrêtait sur mes
lèvres toute observation. Nous arrivâmes bientôt
près d'une église, dont nous longeâmes les murs
jusqu'à une porte d'assez sombre apparence. Ma
mère sonna, la porte s'ouvrit et nous entrâmes.
« Ah! c'est votre fils, madame, dit poliment la concierge en s'adressant à ma mère, asseyez-vous, je
vais le conduire à la maîtrise. » Je résistai d'abord,
puis, sur l'assurance qui me fut donnée que la séparation durerait à peine quelques minutes, je suivis
la concierge, et, sur ses pas, je pénétrai dans une
salle très-peu éclairée. Là, quand mes yeux, habitués
à l'obscurité, purent distinguer les objets, j'aperçus
une quinzaine d'enfants de mon âge, assis devant
des tables toutes noires. Au fond, une petite chaire,
dans laquelle se tenait un jeune homme à la figure

sèche; de longs cheveux tombaient sur son cou, et il remuait la tête d'une façon qui ne m'inspirait aucune confiance; auprès de lui, un morceau de cuir sec et dur, long de quatre-vingts centimètres environ, dont je soupçonnai immédiatement l'usage, et avec lequel je ne devais pas tarder à faire connaissance. Le *Plagosus Orbilius* du bon Horace est éternel, et sa main ne s'affaiblit pas avec le temps; la génération dont je fais partie pourrait l'attester..... J'étais donc là, tout seul au milieu de la redoutable assemblée dont j'ai parlé; redoutable est le mot : quinze paires d'yeux tout brillants de curiosité et de malice braqués sur moi! Des sourires dont mes relations passagères avec quelques petits Parisiens m'avaient donné la signification s'échangeaient d'ici, de là; un bourdonnement significatif courait d'une extrémité de la salle à l'autre, les pieds s'agitaient, lorsqu'un terrible « Silence! » suivi d'un coup de l'instrument que j'ai nommé sur la table, arrêta ces velléités d'émancipation, et produisit un calme qui m'embarrassa plus encore. Je ne savais que faire de mes mains, ni de quel côté tourner mes yeux. Mon guide me tira d'embarras : elle dit quelques mots à l'oreille du monsieur placé dans la chaire, et on me fit asseoir sur un banc, en me disant d'attendre. Attendre quoi? Je n'en savais rien. Enfin, après une dizaine de minutes, qui me parurent assez longues, une porte s'ouvrit et un autre monsieur, portant une boîte à violon, fit son entrée. C'était le maître de chapelle de la paroisse, comme je l'appris bientôt. Son apparition fut le signal d'un vacarme qui me glaça d'effroi : les pupitres s'ouvraient et se fermaient pour se rouvrir et se refermer de nouveau : livres, cahiers, plumes roulaient pêle-mêle; les langues, longtemps contenues, se déliaient... Vainement le redoutable, « Silence ! » se fit entendre par trois fois, il ne parvint pas à dominer le tumulte. Évidemment les écoliers sentaient qu'ils échappaient à la juridiction du monsieur aux longs cheveux, et ils en profitaient. Quelques retenues furent distribuées çà et là, ce qui rétablit une apparence de calme, et la classe de musique commença. C'était, paraît-il, le moment intéressant pour moi, car le même monsieur me fit lever, et, s'adressant au maître de chapelle, qui ne m'avait pas remarqué : « M. X., lui dit-il, voici un nouveau à examiner. » M. X. prit ses lunettes, en essuya les verres avec grand soin, les fixa sur le formidable nez dont la nature l'avait gratifié, et me soumit à une inspection qui dura bien deux minutes. Cet examen préparatoire terminé, sans qu'il me fût possible d'en lire le résultat sur l'impassible figure du maître : « Approchez, jeune enfant, » me dit-il. Je m'approchai. « Connaissez-vous vos notes? » J'ouvris de grands yeux. Qu'est-ce que cela pouvait bien être des notes? « Oui, vos notes, jeune enfant, les notes de la musique, les savez-vous? — Je ne sais pas, monsieur, répondis-je timidement. — Ne vous troublez pas, je vais vous les apprendre. Écoutez ! « Et il commença, de

7.

sa voix magistrale : « Do, ré, mi, fa, etc. Avez-vous compris? — Oui, monsieur. — Alors répétez.» Je restai bouche close. « Eh bien ! reprit le digne *maestro*, répétez donc..... » Puis, voyant que je ne desserrais pas les dents : « Ah ! mais, dit-il, est-ce qu'on ferait déjà sa tête !» Et, relevant ses lunettes, je n'ai jamais su pourquoi, il me regarda d'une façon qui mit le comble à mon embarras et à ma terreur. Deux grosses larmes roulèrent dans mes yeux. Le brave maître de chapelle fut ému : il vit bien que je n'y mettais pas de mauvaise volonté et que la timidité seule me fermait la bouche...«Allons ! me dit-il avec bonté, ne nous troublons pas, mon petit homme, ce n'est pas difficile, » et il m'épela de nouveau la gamme. Ses encouragements, joints au silence sympathique que mes larmes avaient pro-duit dans le jeune auditoire me remirent. J'ouvris la bouche, doucement, timidement d'abord, puis bientôt les notes jaillirent plus pleines et plus sono-res..... Le vieux maître de chapelle hochait la tête d'un air de satisfaction.« Bonne voix, disait-il, comme se parlant à lui-même, bonne voix, nous en ferons quelque chose... » Puis il ajouta : « Allons ! mon petit homme, tout ira bien ! Du courage ! »

Et voilà comment je devins enfant de chœur! Dès le lendemain, j'entrai en fonctions. Ma mère me passa au cou la courroie d'une belle gibecière achetée tout exprès, car elle tenait essentiellement à ce que son fils représentât bien, me mit à la main un petit panier contenant mon modeste déjeuner, puis, après que j'eus embrassé mon père comme s'il s'agissait d'une longue séparation, je me laissai entraîner en étouffant mes sanglots. « Remarque bien la route, mon enfant, me dit ma mère; car je ne pourrai pas te conduire chaque matin, ni venir te chercher chaque soir, il faut que je travaille! » Bonne mère, c'était pour moi qu'elle travaillait, pour mon père, dont la santé, malgré les promesses des médecins et de la sœur, ne se rétablissait pas!.... Cette pensée et la terreur que m'inspirait la sombre école dans laquelle j'allais passer désormais la plus belle partie de mes journées, me disposèrent favorablement au travail; je résolus de m'y mettre tout de bon, pour faire plaisir à mes parents. On m'encouragea; le monsieur aux cheveux noirs lui-même, pour lequel je n'éprouvais d'abord aucune sympathie, mais qui ne devait pas tarder à m'apparaître ce qu'il était réellement, un maître consciencieux et affectionné à ses élèves, dit, en me prenant des mains de ma mère, « que j'avais l'air d'un bon garçon, que tout irait bien. » Et pourtant tout n'alla pas d'abord très-bien. Mes nombreux camarades étaient trop parisiens pour ne pas profiter de la bonne aubaine que leur offrait l'arrivée d'un petit provincial et pour laisser à d'autres le soins de le dégrossir. A peine étais-je installé au milieu des quinze ou vingt tapageurs dont j'ai parlé, qu'un vigoureux coup de pied m'arrachait à la rêverie dans laquelle m'avait jeté le départ de ma mère. Je retins un cri prêt à m'échapper, et je me retournai pour voir d'où me

venait cette sensible marque de camaraderie.
« Comment t'appelles-tu ? » me dit tout bas le voisin
de derrière, qui venait de me souhaiter ainsi la bien-
venue. Encore ému et craignant qu'un second
appel ne suivît le premier, je lui dis naïvement
mon nom. — « D'où viens-tu ? — De Paris. — Est-il
bête, ce nouveau ! reprit-il de manière à être entendu
de nos cinq ou six voisins, que cette scène intéressait
au suprême degré, il vient de Paris ! Parbleu !
c'est pas malin, moi aussi j'en viens de Paris !..
mais de chez qui viens-tu ? » J'allais répondre, lorsqu'un orage auquel je ne m'attendais pas du tout
fondit sur ma tête : « Qu'est-ce qu'il y a ? glapit la
voix stridente du maître. C'est bien, monsieur le
nouveau, vous ne commencez pas mal, cela promet !
— Monsieur, balbutiai-je, ce n'est pas moi, c'est
mon voisin qui me demande mon nom et d'où je
viens. — Pourquoi lui répondez-vous ? vous savez
bien qu'ici il est défendu d'ouvrir la bouche ! — Il
m'a donné un coup de pied. — M'sieu, c'est pas
vrai, c'est lui qui m'a demandé la leçon et qui a
voulu me donner un coup de pied parce que je ne répondais pas. — Non, monsieur. — Si m'sieu.....»
Le procès devenait intéressant : le maître y mit
un terme en saisissant la redoutable palette : « Assez !
dit-il, et que ça ne recommence plus ! sinon.....» et
il fit un geste qui nous terrifia tous. Je me le tins
pour dit et me confinai dans mon coin, résolu à ne
plus souffler mot. « Cafard, murmura néanmoins
mon enragé voisin, tu me le paieras ! » Et il chercha

à me le faire payer de suite ; mais j'avais eu le temps de prendre mes précautions, et, dans le moment, il en fut pour ses frais.

L'heure de la récréation arriva : je suivis, non sans une vive appréhension, mes nouveaux camarades dans la cour du presbytère, dont une partie nous était spécialement réservée, et je me mis, comme les autres, à dévorer à belles dents mon pain et mes haricots. J'avais avisé un coin d'où j'espérais bien n'être pas aperçu par mon redoutable voisin de classe, et je me flattais déjà qu'il oubliait sa promesse. Un regard plus perspicace que le mien eût facilement découvert qu'il n'en était rien : l'orage se préparait dans une autre partie de la cour.

Là s'étaient rassemblés, pour déjeuner ensemble, je le supposais bonnement, une dizaine d'élèves, la fine fleur de la classe. Point de cris, point de disputes, mais des chuchotements, des secrets qu'on se disait à l'oreille, un silence profond et tout à fait surprenant, même pour moi. Quand les paniers furent vides, l'action s'engagea. Le redoutable bataillon, conduit par mon ennemi, s'avança en droite ligne vers moi, et avant que j'eusse pu faire un mouvement pour m'échapper, j'étais complétement entouré. Les poings fermés, l'œil en feu, la provocation aux lèvres, mon adversaire se tenait là, me prodiguant coup sur coup les épithètes les plus énergiques de son répertoire, qui, certes, était bien rempli, et il les accentuait de toute la force de ses poumons.

Je baissais la tête effrayé et je l'écoutais, ne comprenant bien ni ses propos ni ce qu'il voulait de moi. Enfin sa patience était à bout : « Ah ! poltron s'écria-t-il, tu ne te défends pas, tiens, vlan ! » Et il m'allongea un coup de poing, qui me fit chanceler. Dans le cercle, on applaudissait — les cercles applaudissant toujours celui qui frappe, qu'il s'agisse d'hommes ou d'enfants. — Moi, je pleurais, l'appelant « méchant, » lui demandant ce que je lui avais fait. Mais les appels et les provocations directes se répétèrent tant et tant qu'à la fin, j'oubliai mes larmes, jetai mon panier et, furieux à mon tour, me précipitai sur lui, pendant qu'un triple applaudissement partait du cercle, frémissant de bonheur. Nous échangeâmes ainsi une douzaine de coups de poing, autant de coups de pied, et la lutte se serait prolongée longtemps, sans l'intervention d'un terrible tiers que nous n'attendions pas : « Ah ! ah ! c'est ainsi qu'on s'amuse ! En retenue, messieurs, en retenue ! » Il n'y avait rien à répondre : nous étions là tous deux comme de jeunes coqs de combat, les cheveux en désordre, la sueur au front, lui tenant encore à la main un morceau de ma blouse, moi une poignée de ses cheveux ! Nous rentrâmes dans la classe, et, instruit par l'expérience, je me gardai bien de me plaindre au maître, qui savait probablement à quoi s'en tenir sur les causes de la lutte et n'ignorait pas, non plus, qu'en me punissant, il me rendait un véritable service.

VIE A LA MAITRISE.

En toutes choses et partout, les commencements
sont pénibles : ils le furent pour moi à la maitrise
Saint-X. Mais enfin, comme je n'étais pas aussi simple que j'en avais l'air et que d'ailleurs je me trouvais doué par nature d'une forte dose de résistance
passive à toutes les avanies et assauts auxquels on
me soumettait, je finis par obtenir droit de cité dans
le milieu d'où on prétendait m'exclure. Une certaine adresse naturelle dans les jeux auxquels nous
nous livrions me valut même bientôt quelque considération ; je n'avais pas de rival aux billes et nul
ne m'attrapait aux barres. Bref, on me laissa tranquille. Quand je dis *on*, je ne m'explique pas bien :
mes camarades n'étaient pas les seuls points de
mon horizon ; la musique, l'orthographe, le calcul,
autant de monstres qui s'étaient subitement dressés
devant moi et avec lesquels il fallait, bon gré, mal
gré, se prendre corps à corps. Vous souriez, jeunes
lecteurs, c'est si facile et si charmant, la musique !
le calcul n'est qu'un jeu, et quant à l'orthographe,
on arrive facilement à barrer ses *t* et à pointer ses *j*.
Tout cela peut être vrai, très-vrai pour l'enfant
riche : on lui prépare la science comme on lui prépare un remède, on lui dore tout; il y a mille
moyens très-simples, très-faciles de lui apprendre

ce qu'il doit savoir..... Mais l'enfant pauvre! Perdu
au milieu du troupeau, il attrape comme il peut et
quand il peut..... Je l'avoue, je ne pouvais attraper
mes notes. Six semaines durant, je regardai, la
sueur au front, ces petits points noirs qui se prome-
naient sur les cinq lignes appelées, je ne savais
pourquoi, la portée ; impossible de comprendre leur
marche. Le vieux maître de chapelle toussait, se
mouchait, se grattait la tête à s'user la peau du
crâne, indice infaillible de la plus grave préoccupation chez lui, reprenait encore.... Il y cassa trois
chanterelles, et... je n'avançais pas. Les choses en
étaient là, et on allait très-probablement me signifier
qu'en raison de mon absolue incapacité, il fallait
que je cédasse la place à un autre, lorsqu'un fait
auquel je ne pouvais m'attendre vint heureusement
résoudre la terrible question. Un matin que, les
yeux fixés sur le solfége, j'entendais, peut-être pour
la centième fois, l'explication du maître sur la
marche des notes, il se produisit dans ma tête
quelque chose dont je ne me rendis pas un compte
exact, une sorte de mouvement rapide et d'intuition
subite : j'avais compris, je lisais et relisais encore !
Le vieux maître stupéfait releva vivement son
archet, par un mouvement qui faillit compromettre
la sûreté de ses lunettes, et se mit à me regarder
avec un profond étonnement : à son tour il ne comprenait pas. Le premier moment de stupeur passé,
il rétablit ses lunettes, remonta sa chanterelle, mit
de la colophane à son archet, et, se croyant sans

doute le jouet d'une illusion ou se persuadant que
j'avais répété de mémoire et sans comprendre, il
me fit recommencer. Je sortis triomphant d'une
seconde et d'une troisième épreuve. « Décidément,
murmura le vieux maître avec un soupir de soulagement, tandis qu'un sourire de triomphe s'épanouissait sur sa bonne figure, décidément je lui ai fait
attraper le *la* : il a le *la* ! » J'avais le *la* très-réel-
lement : les jours suivants en furent la preuve. En
peu de temps, et sans aucune des laborieuses fatigues par lesquelles j'avais passé pendant ces six
longues semaines, je rattrapai mes camarades.
Ma voix, non encore développée, était claire, souple
et susceptible d'une grande extension. La musique
cessa bientôt de m'apparaître comme une étude
ingrate, hérissée de dièses et de bémols; je pris
plaisir à déchiffrer et plus encore à chanter, à mon
tour, ces beaux chants d'Église qui m'avaient ravi
d'admiration, quand je les entendis pour la première fois. En mêlant ma voix à celles des enfants et
des hommes, je sentais parfois mon cœur battre
plus vite, un mouvement intérieur m'agitait tout
entier, et si le chant sacré, passant de la tristesse de
la terre aux saints transports du ciel, invitait les
cœurs et les voix à s'élever, à espérer, à triompher,
je me sentais entraîné, les notes jaillissaient avec
une puissance dont je n'étais pas maître.........

MORT DE MON PÈRE.

Tout s'arrangeait donc, et le cours des épreuves qui, depuis quelques années, ne cessaient de s'appesantir sur nous, semblait interrompu. Ma mère travaillait et gagnait d'assez bonnes journées; j'étais dans un excellent milieu, qui ne devait pas m'effrayer longtemps, et la pauvreté de la paroisse, habitée en grande partie par des ouvriers, ne m'empêchait pas de rapporter, chaque mois, comme prix de mes services d'enfant de chœur, quatre ou cinq francs. Mon père... hélas! lui seul inquiétait ma mère. Il avait repris son petit travail et en soutint quelque temps les fatigues; mais bientôt il dut s'arrêter. Ses forces déclinaient visiblement : la pâleur de ses joues amaigries, cette toux sèche et persistante qui le fatiguait pendant le jour et l'empêchait de dormir pendant la nuit, tous les signes précurseurs de l'affreux malheur qui nous menaçait, n'échappaient qu'à moi. Ma mère cachait ses larmes, et plus le mal faisait de progrès, plus elle s'acharnait au travail, afin de pouvoir procurer à notre cher malade une nourriture et des remèdes appropriés à son état. « Ton pauvre père, me disait-elle plus tard, n'a manqué de rien, Dieu merci! Je me serais reproché toute ma vie de lui avoir refusé quelque chose. Il parlait encore de l'Hôtel-Dieu; mais je n'y ai pas consenti, cette fois. Je le sentais s'en aller, et je ne voulais pas qu'il dût à des étrangers les derniers soins et les dernières consolations. Il est si dur de ne pas mourir dans son lit!.. »

Un jour, le malade avait toussé plus que d'ordinaire; les pâles rayons d'un soleil d'hiver ne parvenaient pas à réchauffer ce grand corps glacé qui semblait ne plus pouvoir se redresser; ma mère l'aida à se mettre au lit; il ne devait plus le quittter. Pendant trois semaines, ma mère fut là, debout, vigilante et forte, disputant cette seconde existence à la mort, comme elle lui avait disputé celle de son enfant. Elle savait commander aux tortures intérieures qui la rongeaient et qui parfois lui faisaient souhaiter pour elle-même cette mort qu'elle ne pouvait éloigner de ceux qui lui étaient chers. Assurément mon père malade, et partant incapable d'amener par son travail un peu d'aisance dans la pauvre chambre que nous occupions, n'était pour la vaillante femme qu'une lourde charge; mais elle ne songeait guère à cela! Travailler, se priver, se sacrifier toujours et partout, c'était sa vie à elle. Un sourire du malade, mangeant avec appétit un mets qui lui avait coûté une journée de labeurs, la récompensait assez, lui donnait une force nouvelle. Elle eût accepté la continuation de cette existence de privations et de luttes avec bonheur. La pensée d'une séparation et surtout d'une séparation définitive la bouleversait tout entière; car elle aimait mon père comme la mère aime l'enfant qui lui a coûté plus de soins et plus d'inquiétudes que ses frères. Puis se trouver au milieu de la grande ville sans parents, sans amis, réduite à ses seules forces, lui semblait dur et impossible à supporter. Dieu exigea d'elle ce sacrifice. Le souvenir des derniers jours est gravé dans ma mémoire; il fit sur mon imagination une impression qui ne s'effaçera jamais. Jusqu'au moment fatal, je ne compris pas ou je ne compris qu'imparfaitement. Sans que je m'en rendisse compte, mon cœur se serrait en entendant la voix de mon père, qui s'affaiblissait sensiblement; mais la pensée de la mort ne me venait point à l'esprit. Je m'imaginais toujours que le mal serait conjuré, que la santé reparaîtrait…. Le prêtre fut mandé : une seconde fois je fus témoin de ce grave et émouvant spectacle qui m'avait si fortement frappé à la mort de ma sœur. J'en ressentis une émotion plus profonde encore. Mes yeux ne quittèrent pas le visage de mon père, tant que dura la cérémonie sainte. Sa figure était toujours belle et douce; la douleur le trouvait résigné, et quand le prêtre lui adressa quelques-unes de ces paroles émues qui viennent si facilement aux lèvres du ministre catholique en présence de la mort, paroles de foi, d'espérance et d'amour, dans lesquelles les mots de confiance et de miséricorde venaient sans cesse atténuer ceux de justice et de jugement, ses traits prirent une expression plus sereine, ses yeux cherchèrent le ciel, comme si son âme, libre déjà des liens du corps, voulait anticiper l'éternité bienheureuse que lui faisait espérer le prêtre.

Les quelques jours qui suivirent cette touchante et dernière communion se passèrent dans un silence lugubre et dans les appréhensions de la douloureuse séparation. La voix de mon père devenait de plus en plus faible, et il avait à peine la force de se soulever sur son lit. Il conserva jusqu'à la fin toute sa lucidité d'esprit; la maladie de poitrine qui le consumait lui permit d'envisager son sort avec le sang-froid du chrétien : il vit s'ouvrir devant lui cette mystérieuse et ineffable existence qui succède aux rapides années de la terre, et il contempla sans effroi cette sombre porte de la mort par laquelle il devait passer pour entrer dans une vie nouvelle. Parfois, un nuage semblait obscurcir ses traits amaigris; ses regards se fixaient tour à tour sur ma mère et sur moi : que deviendra la mère? que deviendra l'enfant? Telles étaient les questions douloureuses qu'il se posait à lui-même, et alors, oubliant ses propres souffrances pour ne songer qu'à l'isolement mortel dans lequel nous allions nous trouver quand il ne serait plus, son cœur se serrait, des larmes involontaires coulaient lentement sur ses joues; alors aussi le silence, un silence de mort, régnait dans la pauvre chambre; ma mère, qui comprenait ces larmes, y joignait les siennes, qu'elle se sentait impuissante à retenir, et moi, qui ne comprenais pas, saisi à mon tour par le vague pressentiment d'un malheur prochain, je me mettais aussi à pleurer. Ces jours furent tristes, profondément tristes; s'ils se fussent prolongés, ma

mère eût probablement succombé elle-même. Elle
ne mangeait plus, ne dormait plus : tout entière à
la sainte tâche qu'elle avait acceptée avec un dévouement qui ne comptait pas et s'ignorait lui-même
elle disputait à la mort avec une indomptable énergie
les derniers restes d'une vie à laquelle elle avait indis-
solublement uni la sienne. Si nous avions pu mourir
tous trois ensemble, je crois que nous nous en serions réjouis! Oui, et aujourd'hui que tant d'années
ont passé sur ces jours de larmes, il nous arrive
souvent, à ma mère et à moi, quand nous parlons
de celui qui n'est plus, de les regretter, en les com-
parant à ceux qui suivirent. Alors il était là du moins,
mourant, il est vrai, sans force, sans voix et presque
sans regard, mais enfin vivant encore, nous comprenant, nous répondant par un signe, par un souffle, tandis qu'après!...

Le dimanche vint : oh! ce dimanche! que de fois
j'y pense! Autant pour me distraire que pour me
faire accomplir mon devoir d'enfant de chœur, ma
mère exigea que je partisse pour la messe. Je ne
discutais jamais les ordres de ma mère, et cette fois
encore, malgré tout le désir que j'avais de rester,
j'obéis. J'embrassai mon pauvre père : il fixa sur
moi ses deux yeux, que la vie abandonnait, mais
dans lesquels je sentais encore cette chaude tendresse dont il m'avait donné tant de marques pendant les huit années qui venaient de s'écouler; il
me rendit mes caresses, et, voyant des larmes couler sur mes joues, il voulut encore me consoler, sans

m'avouer toutefois qu'il se sentait bien près du moment terrible : « Ne pleure pas, mon enfant, va prier
Dieu pour moi. Va ! il ne vous abandonnera pas.
Qu'il te bénisse comme je le fais ! » Voix aimée, si
pleine de charme, de douceur et d'encouragement
pour moi, je ne devais plus l'entendre !

Je partis : la messe me parut longue. Dieu ne me
demandait pas évidemment beaucoup de prières, et
il n'exigeait pas que ma pensée se détachât du lit
de douleur où mon pauvre père souffrait et se mourait. Il fallait chanter cependant : j'essayai sans
y parvenir; les sanglots me coupaient la voix : je
ne pouvais qu'implorer la pitié de Dieu sur nous,
c'était la seule prière qui montât à mes lèvres. La
messe terminée, je revins en courant : quelque chose
me serrait au cœur et me disait qu'il fallait me
hâter. Je vois encore la scène navrante qui s'offrit
à moi quand je pénétrai dans la chambre. Mes yeux
cherchaient mon père : il était là couché, le visage
toujours calme et doux, les yeux fermés; l'air de
souffrance ordinairement répandu sur ses traits
avait fait place à une sérénité qui me rassurait
presque; il me sembla même qu'il y avait encore
sur ses joues quelques-unes de ces couleurs si vives
dont elles brillaient aux jours de force et de santé;
aucun mouvement, aucun tressaillement qui trahit
la souffrance : un sommeil réparateur procurait
donc au pauvre malade quelques instants de repos.
Je le crus, et ce fut avec un sentiment de bonheur
que j'adressai à voix basse cette question à ma

mère : « Il dort ! » Un sanglot me répondit : j'étais orphelin !

Tout entier pendant quelques instants à la contemplation de mon père, je n'avais pas vu ma mère, qui pleurait dans un coin de la chambre. Elle eût voulu me cacher le malheur irréparable qui nous frappait dans ce que nous avions de plus cher, m'y préparer ; elle ne le put : « Il est mort, s'écria-t-elle, nous sommes seuls au monde, mon pauvre enfant ! » Elle m'embrassait et me couvrait de ses larmes : moi seul la rattachais à cette vie qui, depuis son enfance, n'avait été pour elle qu'une suite continue de souffrances, de luttes et d'épreuves. Je me dégageai de ses bras, je me jetai sur le corps inanimé de mon père ; j'entourai son cou de mes bras ; je lui prodiguai les caresses qu'il me rendait ordinairement avec une tendresse si vive ; j'embrassai ce visage que le froid de la mort n'avait point encore glacé ; je l'appelai des noms qui amenaient toujours sur ses lèvres un sourire de bonheur, m'acharnant dans cette lutte contre la mort, que je ne voulais point accepter, à laquelle je ne voulais pas croire ; j'espérais, j'attendais, j'épiais un signe, un mouvement, un souffle.... Mais ce corps resta muet et insensible : mon père n'était plus là ; il n'y avait plus sur ce lit de douleur qu'un cadavre ; son cœur, son âme, sa tendresse pour moi, mon père tout entier enfin l'avait quitté. Je continuai longtemps encore de m'attacher à ces restes sans vie, leur parlant comme s'ils pouvaient me répondre et se ranimer au spectacle du désespoir d'un enfant orphelin. Ma mère ne tenta aucun effort pour m'arracher à ces étreintes, qu'elle ne voyait pas : après s'être efforcée de réprimer les sanglots qui l'oppressaient et de me cacher notre malheur commun, elle n'avait pu y tenir ; fondant en larmes, la tête dans ses mains, succombant enfin sous le poids des malheurs qui s'appesantissaient sur elle, elle perdit le sentiment de la réalité. Des mots entrecoupés sortaient de sa bouche, cris du cœur brisé qui s'élançaient vers Dieu, défi passionné jeté à la mort.... Parfois, la voix prenait un accent d'une douceur et d'une tendresse infinies : évoquant celui qui n'était plus, elle lui parlait encore, le consolait... Parfois aussi, elle devenait ardente : la créature, écrasée sous l'épreuve, se redressait presque menaçante en face de la Providence, dont elle ne comprenait plus les adorables desseins... Mais ces explosions d'une douleur de femme et de mère n'allèrent point jusqu'au blasphème. Ma mère était croyante, et lorsque, épuisée par ses larmes et ses gémissements, elle me vit quittant le cadavre que je ne pouvais ranimer, elle m'attira vers elle, moi désormais son seul bien, sa seule affection, m'ouvrit ses bras, m'embrassa avec passion, et la première parole qui vint alors à ses lèvres fut un acte de confiance dans la bonté de celui qui frappe et qui console : « O mon Dieu, ayez pitié de nous, ayez pitié de mon pauvre enfant ! seuls au monde ! » Désormais ma mère était

sauvée : ma vue, en lui rappelant un devoir jusque-là rempli avec héroïsme, lui rappelait aussi
celui pour lequel elle avait vécu. Elle reporta
sur moi toute la puissance, toute la vitalité de son
cœur aimant : elle m'aima comme elle eût aimé ma
sœur, mon père et moi tout ensemble, elle m'aima
comme jamais mère n'aima son enfant. L'explosion
de douleur et de désespoir qu'elle n'avait pu arrêter
fit place à une affliction plus calme, dans laquelle
perçait déjà cette résignation chrétienne qui devait
la soutenir vingt ans et plus dans l'héroïque
lutte qui formait toute sa vie. Elle me prit sur
ses genoux, me serra contre son cœur, comme
si elle craignait que la mort ne lui ravît encore
le seul lien qui la rattachât à la terre; de grosses
larmes coulaient de ses yeux et tombaient sur
moi, et moi aussi je pleurais en entourant de mes
bras le cou de ma mère; nous ne disions plus
rien...

Nul voisin ne vint interrompre ce silence et cette
désolation de deux pauvres créatures en présence
d'un cadavre : les murs froids et nus de notre
chambre en gardèrent le secret. Qui pouvait la
comprendre et y prendre part? Elle n'était qu'une
partie insignifiante des ravages sans nombre que la
mort exerce chaque jour dans la grande ville : elle
devait passer inaperçue. Nous ne nous en plaignîmes
pas, ma mère et moi : nous ne pouvions, nous ne
voulions pas être consolés. Notre seule consolation
eût été de voir se ranimer le corps inerte qui ne nous

répondait plus : c'eût été un miracle; mais Dieu ne nous le devait pas.

Il fallait cependant pourvoir aux nécessités que commandait notre malheur; ma mère fit un violent effort sur elle-même, essuya ses larmes et, m'embrassant encore : « Je ne puis pas sortir, me dit-elle, il faut que je garde ton pauvre père. Va donc, mon enfant, avertir ton parrain, et prie, en passant, Mme Lacroix de m'indiquer ce que je dois faire. » Mme Lacroix était une brave femme qui tenait au rez-de-chaussée de la maison un restaurant pour les ouvriers; elle nous avait toujours témoigné beaucoup d'intérêt. Je sortis donc, après avoir embrassé d'un long regard celui qui ne me laissait jamais partir sans une parole et une caresse, et j'allai trouver notre voisine. « Pauvre enfant, fit-elle, quand je lui eus annoncé que mon père avait cessé de vivre, pauvre enfant, il est bien dur d'être orphelin à cet âge! Ne pleure pas, continua-t-elle en voyant recommencer mes larmes, le bon Dieu n'abandonne personne. Je vais monter tout de suite. » Je continuai mon chemin, m'efforçant de retenir mes larmes et de comprimer les battements de mon cœur; mais je n'y parvenais pas, mes yeux rougis révélaient le malheur qui venait de me frapper, et n'échappaient même pas aux regards des passants, qui se retournaient parfois, comme pour deviner la cause de ma douleur. Parfois aussi, un regard sympathique répondait au mien, et cette muette communication de deux âmes que le hasard mettait en contact et

qui peut-être ne devaient jamais se revoir, me faisait
du bien. Puis il fallait marcher, marcher encore
au milieu de la foule indifférente, soucieuse de
ses plaisirs ou de ses intérêts. Tout alors revêtait
à mes yeux un aspect désolé : vainement le soleil
de novembre dardait sur tout ce qui m'en-
vironnait de chauds et joyeux rayons, il ne
pouvait percer le nuage de tristesse et de mort qui
enveloppait ma pauvre petite âme. Je m'avançai
longtemps de la sorte, sans me rendre compte de
ce que je voyais ou entendais ; je n'avais pas mangé
depuis la veille, et mes jambes fléchissaient sous
moi ; mais je n'en continuais pas moins ma route,
insensible à toute autre pensée qu'à celle de mon
père. Rencontrai-je mon parrain, ne le rencontrai-je
pas ? il m'est impossible de recueillir mes souvenirs
sur ce point. Ce que je crois pouvoir affirmer, c'est
qu'il ne parut point à l'enterrement.

Je revins sur mes pas et je hâtai ma course,
pour me retrouver plus tôt auprès de ma mère.
Elle n'avait pas changé de place. Tristement assise
à côté du lit, elle veillait seule, à la lueur funèbre
du cierge bénit que, selon la coutume de notre pays,
elle avait allumé. Ses yeux fatigués ne versaient
plus de larmes, et sa voix ne murmurait plus ces
paroles entrecoupées qui me faisaient tant de mal
à entendre. Une sorte de résignation remplaçait la
douleur violente du matin ; mais la plaie était vive,
et la vue de mon père mort l'empêchait de se fermer. Sa figure exprimait une tristesse profonde,

qui me saisissait. Je n'aurais pas demandé à manger; mais ma mère, qui ne se soutenait elle-même
que par une sorte de miracle y songea. « Pauvre
petit ! dit-elle, tu n'as rien mangé depuis hier. Je
t'oublie ; mais je suis si triste ! » Et ses larmes
recommençaient. « Maman, je n'ai pas faim, » répon-
dais-je, faisant un violent effort pour dominer les
tiraillements qui démentaient mes paroles. Elle ne
m'écouta pas, et quand je vis le pain et le fromage,
je ne pus résister. Mon frugal repas terminé,
je m'assis près de ma mère. La nuit s'était faite,
nuit silencieuse et sombre comme celle qui enveloppait nos âmes, sans lumière, sans étoiles dont les scin-
tillements joyeux pussent insulter à notre douleur.
Qu'elle fut triste cette nuit passée à la lueur trembло-
tante du cierge qui éclairait seul la chambre nue
où une femme et un enfant pleuraient près d'un
cadavre. Serré contre ma mère, les mains dans ses
mains, je voulais veiller et prier avec elle ; mais bientôt
ma tête s'inclinait, et, ne trouvant d'appui que sur ses
genoux, je m'endormais ainsi. Un tressaillement
ou un sanglot me réveillait, et je retombais encore.
Parfois les yeux de ma mère se tournaient subitement du côté du lit ; elle penchait la tête comme
pour écouter : on eût dit qu'elle attendait un
appel, un signe, pour se lever et porter quelque
consolation ou quelque remède à mon père... L'illusion cruelle durait trois ou quatre minutes ; puis le
regard reprenait sa fixité terne et désolée, la tête
se détournait, et seule, seule, la pauvre femme se

8.

plongeait dans sa douleur profonde. Le soleil reparut ; il nous trouva dans la même position, moi la tête sur les genoux de ma mère, elle le visage affreusement altéré par la souffrance, l'insomnie et la faim. Quelques heures à peine nous séparaient du moment où il nous faudrait dire un éternel adieu à celui que nous avions tant aimé. Ma mère le savait, et, puisant dans le sentiment du pénible devoir qui lui restait à accomplir une force nouvelle, elle me fit habiller, mit l'ordre nécessaire dans la chambre, s'habilla elle-même tout en noir, et nous attendîmes. Des pas lourds résonnèrent bientôt dans l'escalier de bois, on frappa à la porte, et quatre hommes vêtus de noir, semblables à ceux que j'avais vus plusieurs fois suivre les corbillards, apparurent. Deux d'entre eux portaient la bière du pauvre, quelques planches de sapin, dernier bienfait de la charité publique. A cette vue, nos sanglots recommencèrent : les braves gens qui se trouvaient là en furent émus ; ma mère jeta sur moi ses yeux désolés et les reporta autour de nous, comme pour chercher quelqu'un qui m'arrachât à ce spectacle si peu fait pour mon âge. Une voisine charitable comprit, me saisit par la main et m'emmena, malgré ma résistance. Ma mère la remercia, et, seule, au milieu de ces étrangers qui faisaient leur métier, mais qui respectèrent sa douleur, elle aida pieusement à rendre les derniers devoirs aux restes de mon père. Enfermé chez notre voisine, j'entendais tout ce qui se passait, et, à vingt années de distance, je me vois encore accroupi près de la cloison qui me séparait de notre chambre, écoutant et m'efforçant de distinguer la voix de ma mère; à côté de moi un tout jeune enfant, qui semblait comprendre mon chagrin et se tenait muet et triste dans un coin. J'entends encore le premier coup de marteau, qui me fit tressaillir comme si le clou, au lieu de percer le bois insensible, eût pénétré dans ma poitrine. Je n'en compris pas bien tout d'abord la signification; mais d'autres coups suivirent le premier et me la révélèrent. Ils m'annonçaient durement que je ne verrais plus la figure bien-aimée que j'avais tant de fois embrassée. Alors il me sembla qu'un vide immense se faisait en moi et autour de moi; pour la première fois, le sentiment de ma faiblesse d'enfant et de l'abandon dans lequel j'allais me trouver, me saisit si fortement, que je me laissai tomber en pleurant. Le bruit de la porte, qui s'ouvrait, me fit lever la tête. « Viens, mon pauvre enfant, me dit la brave femme, il faut aller à l'église. » Je descendis l'escalier et je retrouvai ma mère, qui, elle aussi, voulait suivre jusqu'à sa dernière demeure celui dont elle avait été pendant douze ans l'épouse fidèle. Je me rapprochai d'elle sans oser lui dire un mot, tant nous étions tristes tous deux. Seulement, à ma vue, le sentiment de sa sollicitude maternel lui fit instinctivement saisir ma main. Le char se mit en route : nous le suivîmes, pleurant et priant. Deux ou trois femmes, l'hôtelière d'en bas, notre voisine avaient voulu nous accompagner.

C'était bien là le convoi du pauvre, et je ne me rappelle pas avoir vu jamais une. telle solitude et un tel abandon. Nous ne tenions pas, ma mère et moi, à ce concours fictif qu'on voit parfois autour d'un cercueil ; mais la présence de quelques amis vrais nous eût fait du bien et nous eût empêchés de sentir l'isolement dans lequel nous nous trouvions. Sur notre passage cependant, les hommes se découvraient et les femmes faisaient le signe de la croix, en suivant d'un regard étonné et compatissant le pauvre cortége. Nous arrivâmes à l'église : bien qu'elle ne fût assombrie par aucune de ces draperies que l'on tend pour ceux qui ont été riches ici-bas, elle me parut froide et vide. Involontairement, je pensais aux jours de fête où, joyeux enfant suivi de mon père et de ma mère, je venais mêler ma voix à celles d'autres enfants. Ces jours n'étaient plus ; au lieu des brillants ornements dont se parait alors le prêtre, je ne lui vis qu'une étole noire et à la main un livre noir aussi, dans lequel il lut lentement quelques prières que je ne compris pas, mais auxquelles je m'associai, en pensant qu'elles étaient offertes pour mon père. Nous jetâmes pieusement à sa suite quelques gouttes d'eau bénite sur le cercueil, une dernière prière s'éleva vers le Ciel pour lui demander de ne point entrer en jugement avec l'âme qui venait de paraître au redoutable tribunal, et pour la dernière fois, l'église, elle aussi, se ferma sur celui qui n'appartenait plus à la terre. Nous reprîmes le chemin du cimetière. Quelle que fût la lenteur du char, il nous semblait aller trop vite encore, tant nous pressentions l'amertume de la séparation suprème. Nos yeux ne quittaient pas ce cercueil qui renfermait avec mon père une partie de nous-mêmes; nous eussions voulu au moins que la terre ne nous le disputât pas. La réalisation de ce vœu était impossible; mais la douleur ne raisonne pas.

Le moment redouté approchait. Entrés au Père-Lachaise, nous nous avancions au milieu de ces tombes dont la vue répondait si bien à la tristesse de nos âmes. Arrivés à un terrain assez grand, sur lequel quelques croix semées au hasard rappelaient à peine la présence de restes chrétiens, le char s'arrêta. J'appris plus tard que c'était la fosse commune. Un prêtre, l'aumônier du cimetière, se trouvait là : sa vue me fit du bien. J'ai toujours admiré cette maternelle et touchante pensée de l'Église catholique plaçant un de ses ministres au seuil de ce champ où tout semble finir. Il est là pour le pauvre, il vient sur le bord de cette fosse qu'on ne fait que prêter aux restes du pauvre, pour donner aux vivants, en priant pour les morts, un peu d'espérance et de consolation, en leur rappelant que par delà les souffrances, et les séparations d'ici-bas, il existe une vie qui ne connaît ni souffrance ni séparation.

Le corps de mon père fut descendu du char; des cordes s'enroulèrent aux extrémités du cercueil, qui disparut lentement au fond de la fosse. Le prêtre

s'approcha une dernière fois pour bénir; puis, le premier, il prit une pelletée de terre, et l'on entendit le
bruit sourd des mottes sur le bois; des sanglots
étouffés y répondirent : la mère et l'enfant se plaignaient une dernière fois aussi et payaient à la
nature le tribut de douleur qu'elle exigeait d'eux.
Nous jetâmes à notre tour, et d'une main tremblante,
quelque gouttes d'eau bénite, suivis des pieuses
femmes qui nous avaient accompagnés. Tout était
fini; le prêtre se retira, le char partit avec les
porteurs, nos voisines elles-mêmes disparurent :
nous restâmes seuls au bord de cette tombe, qu'un
fossoyeur se hâtait de combler pour achever son
travail de la journée. Oh! comme nous aurions
voulu être couchés là, sous la terre froide, avec celui
que nous ne devions plus revoir, et combien la
mort en ce moment nous eût semblé douce! Cette
même pensée nous tenait tous deux comme enchaînés
à la même place, et je ne sais combien de temps nous
y serions demeurés, si un gardien ne fût venu nous
arracher à notre désolation, en nous rappelant que
les morts seuls avaient droit de séjourner en ce
lieu.

C'était la première et la dernière fois que je priais
sur la tombe de mon père. Quelque temps après,
nous revînmes, ma mère et moi, pour nous y agenouiller, il ne nous fut pas possible de la reconnaître. Une croix avait été commandée par notre voisine; mais elle ne s'était point trouvé prête. Cela
me fit une grande peine; au village du moins, nous

savions où était notre chère Augustine, nous allions
la revoir, pleurer et prier sur l'herbe qui la recou-
vrait. Ici, notre pauvreté nous enlevait le droit de
nous agenouiller sur la place qu'occupaient les
restes de mon père. Je ne m'en suis jamais consolé,
et quand revient cette fête des morts, triste et aimée,
quand je vois prier dans le cimetière et que j'aperçois
des femmes, des enfants portant des couronnes et
s'arrêtant sur des tombes, combien j'envie leur
bonheur et leur consolation ! car je ne sais pas,
moi, où m'agenouiller.

VIE DANS LA PAUVRE CHAMBRE.

La soirée et les jours qui suivirent l'enterrement de mon père furent d'une tristesse navrante. Ma mère semblait vouloir se laisser mourir. Je la vois toujours, les yeux pleins de larmes, ne quittant le coin où elle s'asseyait seule et désolée que pour me préparer à manger, se traînant pâle et sans force pendant ces longs jours de deuil dont rien, ni mes caresses enfantines ni la pensée de son travail habituel, ne pouvaient la distraire. Sans moi, sans la pensée de l'enfant qui lui rappelait, avec mon père, un grand devoir à remplir, elle eût succombé à la tristesse et à l'épuisement. Mais j'étais là : à travers ses larmes, elle me voyait petit, faible, sans parents, sans protecteur. Elle se souvint qu'elle était mère, et, plus forte alors, réagissant contre la douleur, comprimant les tressaillements que produisait sur elle tout ce qui lui rappelait mon père, elle résolut de vivre, de vivre pour moi et de marcher, elle aussi, « en avant par delà les tombeaux ! » Le second jour, elle se leva, rétablit l'ordre dans la chambre, prépara mon petit déjeuner, disposa tout pour mon départ à la maîtrise, m'attira vers elle, pour m'embrasser plus tendrement que jamais, et me dit : « Va, mon enfant, je t'aimerai bien, sois sage et travaille ; moi aussi je vais travailler ! » Ce fut un rayon de

soleil pour moi. Trois jours de tristesse, de larmes
étaient beaucoup pour un enfant, et je sentais déjà
la fatigue, lorsque ces consolantes paroles me ren-
dirent le courage et même quelque joie. Le visage de
ma mère était toujours triste ; mais je sentais
qu'elle ne voulait plus mourir, et cette pensée me
fortifiait moi-même.

Ainsi commença cette existence obscure de deux
créatures ignorées, se soutenant mutuellement dans
le travail quotidien et dans les épreuves auxquelles
est fatalement soumise la vie du pauvre. Ma mère
me donnait le pain de chaque jour, et Dieu sait ce
qu'il lui coûtait de sueurs ! Moi je l'aimais et je ne
cessais de lui rappeler par ma présence qu'elle
avait le devoir de vivre. Nous étions, il est vrai,
séparés pendant la plus grande partie de la journée ; mais nous nous retrouvions le soir, fatigués et
heureux. Elle m'interrogeait sur ce que j'apprenais :
avais-je bien su, bien chanté ; ne m'avait-on point
puni ; devait-elle gronder ou embrasser ? — Et quelle
douce joie pour elle quand je répondais : « Maman,
vous pouvez m'embrasser ! » Le samedi arrivait et,
avec lui, la répétition de toutes les leçons de la
semaine, la terrible sabbatine ! Comme il fallait
travailler pour répondre à la fois : histoire, géogra-
phie, arithmétique, musique, etc., et quelle confusion
lorsque après n'avoir pas su, on se retrouvait, seul
et sans excuse, devant le tribunal maternel ! Alors
nul moyen d'éviter la sentence ; car le cahier était là,
ce cahier accusateur sur lequel, chaque semaine, à

9

la demande formelle de ma mère, le maître écrivait la note méritée. On l'ouvrait en tremblant, on lisait, on relisait encore, oui, et parfois des choses comme celle-ci : « L'élève L. a complétement négligé, cette semaine, l'étude si importante de l'arithmétique ! » Alors la bonne mère prenait un air sévère, — l'Arithmétique, pensez donc ! — Elle me disait « vous, » ne m'embrassait pas, et j'en avais le cœur gros, je vous assure. Aussi, la semaine suivante, je m'y mettais... comme jamais je ne m'y étais mis, et le samedi venu, le samedi attendu cette fois, je savais tout, je récitais avec une imperturbable sûreté, le front haut, le regard joyeux, et, sans conteste, la croix triomphale m'était adjugée ! Bienheureuse croix, comme elle faisait battre délicieusement mon cœur d'enfant, lorsqu'elle s'étalait brillante, et pendant huit longs jours, sur ma poitrine ! A sa vue, ma mère souriait, elle qui souriait si rarement depuis le jour fatal ! elle souriait d'un sourire heureux qui me réjouissait plus encore que la chère petite croix elle-même, et je ne demandais pas, non, je ne demandais pas d'autre récompense.

Mes camarades, ces malicieux petits Parisiens, contribuaient, de leur côté, à me rendre agréable cette existence que je m'étais, tout d'abord, figurée si triste au milieu d'eux. Nous avions fini par nous comprendre tout à fait, et même par nous aimer, comme on s'aime entre enfants, c'est-à-dire franchement, généreusement, nous battant quelquefois, nous réconciliant toujours, ne nous gardant jamais rancune. Chers amis du jeune âge, où sont-ils aujourd'hui ? Ouvriers pour la plupart, dispersés çà et là ! Avec quel bonheur je les rencontrerais ! Avec quel bonheur je serrerais leurs mains calleuses ! Car c'étaient de braves cœurs, oui, il y avait de braves cœurs sous ces blouses, et je ne puis me défendre d'un sentiment d'attendrissement en écrivant les lignes qu'on va lire : c'est l'un des meilleurs souvenirs de mon enfance ; je n'y pense jamais sans éprouver une profonde compassion pour ce pauvre peuple, égaré aujourd'hui, si bon cependant à ses heures, et si généreux ! — Nous nous trouvions dans une situation voisine de la gêne, je l'ai dit déjà. La maladie de mon père avait épuisé nos modiques ressources, et il nous restait encore, si je me souviens bien, plusieurs petits comptes à régler avec le médecin et le pharmacien. Ma mère, sans avoir repris sa gaîté, travaillait cependant avec courage, et les arriérés se soldaient peu à peu. Mais vint le chômage, et alors il fallut, bon gré, mal gré, y regarder à deux fois, avant de dépenser ne fût-ce qu'un sou. Le pain ne nous manqua pas, j'en remercie Dieu ; mais nous arrivâmes à l'extrême limite. Un soir, il m'en souvient, nous venions de manger les trois ou quatre pommes de terre qui composaient notre souper ; j'aidais ma mère à remettre tout en ordre dans la chambre et à débarrasser la petite table, lorsqu'elle me dit tout à coup de prendre mon encrier, ma plume et une feuille de papier. J'obéis sans savoir ce que j'allais avoir à faire. Ma mère me regardait ;

je crus voir des larmes dans ses yeux; mais
elle fit un effort sur elle-même et me dit: «Tu sais,
mon pauvre enfant, dans quelle situation nous
sommes : quand le travail marche, je gagne assez
pour te nourrir ; mais depuis un mois, il n'y a pas
d'ouvrage, et, en ce moment, il ne me reste que deux
sous pour passer la journée de demain. Tu vas
donc écrire à ton parrain. Ton pauvre père lui
avait prêté de l'argent autrefois, j'espère qu'il nous
le rendra.» Mon parrain nous avait précédés à Paris,
attiré, comme tant d'autres, par l'espoir, souvent
déçu, de la fortune. Il était charpentier : d'une taille
athlétique, ses bras nerveux maniaient facilement la
hache, et ses robustes épaules soutenaient sans fai-
blir les grosses charpentes. Mais un jour, quelques
mois après les événements que je rapporte, lui aussi
présuma trop de lui-même. Il s'agissait de soulever
un énorme madrier que plusieurs charpentiers ne
pouvaient charger... «Eh ! Mouton, lui crièrent-ils.
viens donc nous donner un coup d'épaule ! » Mon
parrain s'approcha: « Otez-vous de là, » fit-il ; puis,
raidissant ses muscles puissants, il saisit la pièce de
bois et la souleva à lui seul. Dans le moment, il lui
sembla que quelque chose craquait en lui; il n'y
fit pas attention ; seulement, le soir, il se coucha
plus tôt, car il se sentait fatigué. Lui non plus ne se
releva pas. Le médecin qu'on appela dit qu'il
s'était rompu un vaisseau et qu'il n'y avait aucun
espoir de guérison. Quelques jours plus tard, on
l'enterrait.

Ce fut donc à mon parrain que j'écrivis, sous la dictée de ma mère, une lettre dans laquelle je lui exposais notre triste situation. Ni pain à cacheter, ni timbre pour affranchir. Peu nous importait, d'ailleurs, que les curieux apprissent qu'une femme et un enfant étaient sur le point de mourir de faim. Mon parrain accourut : il s'excusa de nous avoir ainsi abandonnés et remit vingt francs à ma mère sur ce qu'il nous devait. Nous étions sûrs de ne point manquer de pain pendant quelque temps, et d'ailleurs ma mère espérait la reprise du travail. Je ne me plaignais pas : je partais, le matin, avec mon morceau de pain sec, et quand je revenais, le soir, c'était encore un morceau de pain sec que j'avais pour souper. Il en fut ainsi pendant deux semaines environ. Or, un jour que je me retirais dans un coin de la cour pour faire mon déjeuner habituel, un de mes camarades, un grand, s'avisa de me demander ce que j'avais à manger. Je rougis et ne répondis pas. Mon silence l'intrigua; il s'approcha de moi, et, apercevant le morceau de pain, pas très-gros, que je tenais à la main : « Tiens ! tu manges du pain sec ? Est-ce qu'on t'a puni ? — Non. — Pourquoi alors ? » Je restai muet : il me semblait que révéler la cause eût été tendre la main. Mais mon enragé camarade (c'était un Parisien) voulait une réponse, lui ! « Pourquoi donc, dis ? — Parce que, répondis-je enfin, parce que maman ne m'a donné que cela et que nous n'avons pas d'argent pour acheter autre chose. » Alors le brave enfant fit une

action que je ne peux me rappeler sans pleurer : il
courut chercher son panier et me tendit fraternellement une succulente tartine de beurre : « Tiens !
prends, me dit-il d'une voix un peu embarrassée et
comme s'il craignait de me faire rougir, j'en aurai
encore assez. — Non, je te remercie, je n'ai pas
faim. — Prends donc, puisque ce n'est pas pour
te faire de la peine. » J'étais si confus que j'osais à
peine le remercier ; mais lui sentait aussi bien que
moi ce qui se passait dans mon cœur, et mes regards pleins de reconnaissance exprimaient, mieux
que ne l'auraient pu faire mes paroles, comment
j'appréciais ce mouvement de générosité si spon-
tanée dont il ne songeait certes pas à exiger le prix,
tant il lui semblait naturel d'agir ainsi. Ce ne fut
pas tout : la petite scène, dont j'étais le héros bien
involontaire, avait éveillé l'attention, et au moment
où elle se terminait, on faisait cercle autour de nous.
J'aurais voulu être à cent lieues de la cour, et pourtant les propos qui circulaient parmi mes camarades, tous enfants d'ouvriers et, par conséquent, pas
riches, me faisaient du bien : « Pourquoi qu'il a
l'air si drôle? — C'est sa mère qui est pauvre et
qui ne peut pas lui donner à manger. — Tiens ! mais
pourquoi? Pourquoi que son père ne lui en donne
pas? — Il est mort ! » A ces paroles, les jeunes visages
si gais, si éveillés, se rembrunirent. On se comprit
sans se parler : tous les paniers s'ouvrirent, et, en
moins de temps qu'il ne m'en faut pour le raconter,
je vis mon panier, ma blouse, ma gibecière littérale-

ment bourrés de tartines de confiture, de saucisses, de pommes, etc... — « Mais je vous remercie, je n'ai pas besoin de tant de choses, je n'ai pas faim. — Si, si, tu as faim ! Et puis ça ne fait rien, tu emporteras le reste chez toi ! » Braves cœurs ! Et vous croyez que je puis les voir sans déchirement se laisser égarer sur les pas des faux prophètes, aller se faire briser la tête sur une barricade, ou encore s'acheminer, victimes de crimes dont ils ne devraient pas porter seuls la responsabilité, vers quelques îlots perdus au milieu des mers ?

Oh ! comme mon cœur se brise à cette vue ! Que je voudrais pouvoir leur tendre à tous la main et leur dire : « Redevenez ce que vous étiez quand vous partagiez votre pain avec moi. Ils vous trompent et vous exploitent, ceux qui vous apprennent à rougir de votre pauvreté et de vos mains durcies. Il y aura toujours des pauvres parmi nous, frères. Celui qui l'a dit, pauvre comme nous, travailleur comme nous, ami du peuple autant et plus que tous les menteurs qui vous égarent, vous le redit aujourd'hui. Croyez à cette parole qui ne trompe pas, et ces rêves généreux de fraternité dont vous poursuivez vainement la réalisation dans le sang et à travers les ruines commenceront peut-être à s'accomplir, sous l'influence bienfaisante de la charité du Christ ! Oui, je voudrais pouvoir leur tenir ce langage, leur dire que je les aime, moi et bien d'autres sortis de leurs rangs, et dans lesquels ils ne voient aujourd'hui que des ennemis !

La vivacité des sentiments que j'exprime n'éton-
nera personne. Plus tard, je me suis trouvé avec des
enfants d'une condition supérieure à la mienne,
j'ai vécu de leur vie, partagé leurs jeux : je n'ai pas
rencontré chez eux cette générosité et cette spon-
tanéité du cœur. Quelques milliers de francs empê-
chaient ces communications si franches qui font
tant de bien à ceux qui sont obligés et à ceux qui
obligent. Je ne prétends pas que la générosité ne
se rencontre que dans les enfants pauvres ; elle est
un privilége de l'âge heureux par lequel nous passons tous, et j'ai senti battre de nobles cœurs sous le
riche manteau, comme sous la blouse. Je raconte
simplement ce qui m'est arrivé, et, en jetant sur ce
passé un regard de regret et d'impartialité, je ne
m'étonne ni me plains. L'enfant pauvre est plus généreux, son cœur s'ouvre plus spontanément, parce
qu'il comprend mieux ; élevé à cette dure mais
saine école de la pauvreté, il en connaît les privations, il se souvient d'une parole d'encouragement et
d'affection, d'un petit secours donné à temps ; il
rend ce qu'on lui a prêté. L'enfant riche ne connaît
pas la privation : nécessaire et superflu ne lui ont
jamais manqué ; il n'a jamais eu besoin qu'un étranger lui tendît la main, et il ne sait pas la tendre au
pauvre. J'ai connu un jeune enfant doux et
bon, seul héritier d'une opulente famille et qui ne
savait que faire de l'argent qu'on lui donnait pour
ses menus plaisirs. « Donnez au pauvre, lui disais-
je, qui donne aux pauvres prête à Dieu ; l'aumône

c'est l'eau versée à la racine de l'arbre, et qui se retrouve dans les fleurs et dans les fruits. — Oui, répondait-il; mais comment faire pour donner? je n'ose pas, je ne sais pas. — Voyons! lui disais-je, voilà une malheureuse qui a quatre-vingts ans : c'est le travail qui l'a voûtée de la sorte. Afin d'élever ses frères et ses sœurs, elle n'a pas voulu se marier : aujourd'hui elle est seule, elle n'a rien, elle gagne péniblement dix˚ ou douze sous par jour, en faisant ce qu'elle peut; vous voyez bien qu'il lui est impossible de se suffire. Soyez sa petite providence; donnez-lui de temps à autre un pot-au-feu... — Mais je ne sais pas, je n'ose pas... » Voilà toute la réponse que j'obtenais d'un enfant dont le cœur était bon et qui m'écoutait, d'ailleurs, avec un désir très-sincère de faire le bien.

9.

CHACUN SA BUCHE.

J'eus, plus d'une fois, l'occasion d'apprécier
la générosité et la délicatesse de mes camarades.
La paroisse était pauvre et le budget de la maîtrise
s'en ressentait. Une année même, les ressources
firent presque totalement défaut, et quand le directeur réclama la somme allouée, chaque hiver, pour
le chauffage de l'école, on fut obligé de la lui refuser,
en l'engageant à faire appel au concours des parents,
s'ils voulaient que leur enfants ne gelassent pas.
L'hiver était rude, nos blouses peu épaisses et la
salle, par malheur, assez vaste. Notre professeur
nous communiqua la décision de la fabrique. « Nous
ferons comme nous pourrons, conclut le bon jeune
homme ; ceux dont les parents sont à leur aise
apporteront leur bûche, et les autres…. se chauffe-
ront au feu commun. » Le lendemain, les passants
regardaient avec étonnement ces quinze ou vingt
enfants qui arrivaient successivement à la porte de
la maîtrise, portant leur bûche et la brandissant
fièrement les uns contre les autres. Il en résulta même
quelques combats singuliers et partant quelques bosses, inconvénients avantageusement compensés par
le prodigieux plaisir que les bambins éprouvaient à
jouer aux chevaliers. Un seul n'apporta rien : c'était
moi. J'étais un peu honteux d'arriver ainsi, les mains

vides; mais comment faire? On n'allumait jamais
de feu dans la pauvre chambre, si ce n'est pour faire
cuire le dîner, et encore fallait-il compter les morceaux de charbon, que j'allais ordinairement chercher hors la barrière, afin de le payer moins cher;
— de bois, jamais. Le soir, quand nous nous
retrouvions ensemble, ma mère et moi, nous nous
hâtions de dîner; ma mère raccommodait mes habits
et les siens à la lueur de la chandelle, et moi je me
couchais, pour avoir chaud. Donc, impossible d'apporter mon faible appoint au tas de bois qui se formait dans un coin de la salle d'étude. Jamais on ne
me le reprocha, jamais on ne me le fit sentir. J'avais
ma place, tout comme un autre, autour du poêle qui
ronflait à frais communs, et lorsque, entre deux classes, au retour d'une récréation d'où nous revenions,
les pieds mouillés et les mains gelées, nous nous
pressions pour prendre un air de feu, nul ne s'avisa
jamais de me dire ou de me faire sentir que je n'avais
aucun droit à ce feu qui brûlait pour tous. Et d'ailleurs, si une voix se fût élevée pour me rappeler
que j'étais plus pauvre que les autres, on l'eût
promptement étouffée sous un concert de cris d'indignation.

Il y a dans toutes les conditions, des âmes élevées,
généreuses, qui savent donner, et le nombre en
est grand encore; à l'aumône matérielle, elles
ajoutent celle du cœur, c'est-à-dire la meilleure,
celle qui fait oublier la première ou plutôt en cen-
tuple le prix, — une bonne parole, un geste, un

regard, une attention, ce que le cœur dicte enfin.
Quel cœur chrétien n'en a fait l'expérience?
Un jour, un pauvre enfant me tend la main :
je sortais de la messe et je tenais encore mon morceau de pain bénit ; je le lui donne avec mon sou, le
tout enveloppé d'un de ces mots qu'on me disait à
moi-même quand on m'aidait. Un sourire vint aux
lèvres du pauvre petit ; ses yeux rencontrèrent les
miens ; il y avait beaucoup de choses dans ce regard
du pauvre enfant et dans le mien ; car j'avais été
pauvre aussi. Mais le plus heureux des deux, c'était
moi. Cela lui semblait si bon, deux ou trois bouchées
de brioche et surtout une affectueuse parole.

On m'accusera de pharisaïsme, et cependant je
poursuivrai, parce que mes intentions sont pures.
Si je pouvais rapprocher un seul pauvre d'un seul
riche, apprendre à l'un à bénir, au lieu de maudire,
obtenir de l'autre que sa main gauche ignorât ce
que fait sa main droite, je me regarderais comme
justifié et amplement récompensé.

Eh bien oui ! il y a des personnes riches qui font
trop sentir la distance ! Que de fois j'ai vu le mendiant en haillons s'approcher d'un air embarrass
de la splendide demeure ! La châtelaine se prome-
nait-elle dans son beau parc, du plus loin qu'il
l'apercevait, il mettait à la main son chapeau troué
et s'avançait ainsi, et c'était pour s'entendre dire
parfois les paroles suivantes : « Vous pouvez travailler encore... Je n'ai rien sur moi... Demandez
à la cuisine... » Et la grande dame s'éloignait ma-

jestueusement, suivie de son petit chien, pendant qu'au détour d'une allée, le regard haineux du mendiant outragé l'accompagnait.

Une autre fois, c'est une pauvre femme, suivie de petits enfants en bas âge, déguenillés et pas très-propres, j'en conviens. Ils gravissent timidement les marches du perron et murmurent ces quelques mots que l'on comprend sans les entendre. La grande dame est là ; elle entr'ouvre la porte : « Qu'est-ce que vous voulez ?... Vous êtes encore assez forte... vous pourriez travailler... Il y a de l'ouvrage dans les fermes. — Mais, madame, mon pauvre homme est mort, je suis seule, sans ressource. — Ah ! je ne peux pas donner à tout le monde, vous n'êtes pas du pays... D'ailleurs, c'est à la cuisine qu'on donne !.. » Et la porte se referme, aux aboiements du gentil petit chien qui jappe contre ces gens misérablement vêtus. La pauvre femme redescend le perron, suivie de ses enfants, et va frapper à la porte de la cuisine, où le cuisinier, plus humain, ajoute un morceau de pain ou son propre sou à celui de la grande dame.

Ce qui reste de l'ancienne noblesse, les grands propriétaires, se plaignent de leur peu d'influence sur les populations qui les entourent : «Voyez, disent-ils, nous donnons beaucoup, c'est nous qui nourrissons et habillons tant et tant de familles. Eh bien ! nul ne nous en sait gré ! Que nous nous présentions au Conseil général, à la députation, le notaire et le médecin, qui ne donnent jamais un sou aux pauvres, seront élus, tandis que nous !... »

Le malentendu qui divise actuellement les différentes classes de la société, malentendu senti et reconnu par tous, n'a-t-il point pour cause partielle
la dureté que le pauvre rencontre parfois, là où il
espérait trouver charité affectueuse ? Certes, chacun a sa responsabilité dans le conflit, et je ne prétends nullement que le pauvre soit moins coupable
que le riche ; mais le riche, mais les classes diri-
geantes ont, les premières, donné de funestes exemples, au siècle dernier et dans le nôtre ; qu'elles fas-
sent aussi les premiers pas vers une réconciliation
de laquelle dépend le salut commun : il y a encore
assez de bon sens et de générosité dans le peuple
pour qu'il comprenne ces avances et y réponde.

CONQUÊTE D'UN VIOLON.

Cependant les jours s'ajoutaient aux jours, les semaines aux semaines, et le tout finissait par faire des années. De temps à autre, quand le pain devenait plus cher, le froid plus vif, de bonnes âmes, qui semblaient surgir de terre tout exprès pour nous, donnaient un petit coup d'épaule à ma mère, et, bon an mal an, la chambrette reprenait un peu de gaîté. Mes joues étaient toujours vermeilles, mes jambes vigoureuses ; je ne craignais ni pluie, ni neige, ni vent, et ma mère se réjouissait de voir que l'air de Paris n'avait pu me rendre « pâlot, » comme la plupart de mes camarades. Je chantais de tout mon cœur, j'attrapais tant bien que mal quelques éléments de grammaire, d'histoire et de calcul ; j'étais complétement acclimaté au milieu des petits Parisiens qui m'avaient fait si grand'peur d'abord, et que j'aimais, depuis qu'ils m'avaient donné de si touchants témoignages d'intérêt ; enfin j'étais content de mon sort, comme on l'est à cet âge heureux, et, pas plus qu'au village, je ne songeais à me demander ce que m'apporterait un avenir dont ma mère se préoccupait pour moi. D'ailleurs un attrait s'était emparé de mon cœur et contribuait puissamment à me rendre douce la vie de la pauvre chambre. J'ai parlé des difficultés que m'avait, tout d'abord, offertes l'étude de la musique ; j'ai dit aussi quelle révolution subite changea cette répulsion première en attrait. L'attrait devenait puissant, je le suivis ; il devint passion. Deux de mes camarades raclaient quelques airs sur le violon ; je les écoutais, je les regardais avec admiration ; j'aurais donné tout ce que j'avais de plus cher pour atteindre à leur hauteur. Comme la passion du cheval, celle-ci fut impérieuse. Ne doutant de rien et avec toute l'inexpérience et la naïveté de mes huit années, je suppliai ma mère de m'aider à devenir un virtuose. Elle m'écouta, sourit, puis, comme je revenais toujours à la charge : « Eh bien ! me dit-elle, demande à M. X., le maître de chapelle, combien coûtent les leçons de violon ! » C'était la grande question, je n'y avais pas songé, et même lorsque ma mère m'en parla, je ne pouvais y attacher qu'une importance secondaire. Fier de l'autorisation obtenue, et persuadé que les choses iraient d'elles-mêmes, je posai hardiment là question au maître de chapelle. Le bon M. X. n'avait guère le temps de me donner des leçons, et la modicité de son traitement ne lui permettait pas de perdre ainsi des heures dues à sa famille. Je ne savais rien de tout cela et ne pus m'en rendre compte que plus tard. « Je ne suis point assez habile, me dit-il modestement et afin de tourner la difficulté, et je ne deviendrai jamais un Paganini. Quand tu seras plus grand, nous te trouverons un professeur ! » Cette réponse ne pouvait me satisfaire : incapable d'attendre que l'âge

et la fortune me permissent de recourir à de vrais
maîtres, je résolus d'être mon maître à moi-
même. — Voici comment je m'y pris : les
yeux braqués sur le maître, pendant qu'il nous fai-
sai solfier, je regardais ses doigts s'appuyant
successivement sur les quatres cordes de l'instrument, j'observais son bras droit tirant ou poussant
l'archet, j'écoutais les sons produits, et, comme j'avais
l'oreille juste et la mémoire bonne, après huit jours
d'observation patiente, je me crus capable de
marcher à mon tour sur les traces d'Orphée. Restait
une difficulté : « Pour faire un bon civet, disait le
cuisinier du château, il faut d'abord un lièvre... —
Pour bien racler, ajoutait par complément le ménes-
trel, il faut premièrement un violon ! » Eh oui ! un violon. Une fois encore, j'eus recours à ma providence
habituelle. Je n'obtins d'abord que des promesses ;
puis on mettait à la réalisation de mes vœux des
conditions bien dures ; aux délais on ajoutait délais
nouveaux : « Ce sera pour la St-Jean, » disait ma
mère. La St-Jean arrivait et mon violon n'arrivait
pas ! Que de quarts d'heure passés en contemplation
devant les magasins des marchands de jouets où
j'apercevais suspendus les instruments qui devaient
faire mon bonheur ! Enfin, après des jours qui furent
des années, et des mois qui furent des siècles, la
promesse devint certitude. « Aie la croix cette
semaine, et je te donnerai un violon ! » Cette parole
m'électrisa, et quand l'heure fixée pour la sabbatine arriva, après huit jours de travail acharné,

mon front rayonnait de contentement! Tout fut récité *ad unguem* : un murmure flatteur m'accompagnait, les yeux étaient fixés sur moi, et quand j'eus fini, celui de mes camarades qui, la semaine précédente, avait eu la croix, me la remit, sans attendre l'intervention du maître, dont le jugement ne se fit point attendre. Bienheureuse croix! C'eût été la croix d'honneur qu'elle ne m'eût pas réjoui davantage; car c'était une violon pour moi que cette croix, un violon, l'objet de mes rêves, mon bonheur, ma fortune peut-être! Mes vœux furent donc réalisés, j'obtins ce que j'avais souhaité avec tant d'ardeur et quelque peu mérité, n'est-il pas vrai? Un matin, matin du jour de l'an, lorsque j'eus embrassé ma bonne mère et lu mon petit compliment, elle ouvrit mystérieusement l'unique armoire de la chambre et en tira le merveilleux instrument promis. Quels yeux j'ouvrais! Ce n'était pas cependant un stradivarius, c'était même plutôt un jouet qu'un violon, et j'appris plus tard qu'il n'avait coûté que vingt-cinq sous! Vingt-cinq sous? Eh oui! vingt cinq sous, c'est-à-dire les deux tiers d'une journée de ma mère, qui n'avait pas reculé devant ce sacrifice pour faire plaisir à son enfant, et qui avait dû compter pour parfaire cette somme! Oh! si elle eût été riche, j'aurais eu le plus beau violon de Paris, et plusieurs de nos pauvres petits voisins qui regardaient mes étrennes avec admiration et même un peu d'envie, eussent aussi reçu les leurs. Tel qu'il était, le petit instrument réalisait pleinement toutes mes espérances. Ma mère eut soin d'en relever encore la valeur par quelques-uns de ces baisers dont je sens encore, après vingt ans écoulés, toute la tendresse et toute la chaleur. Les enfants qu'un sort plus heureux a fait naître au sein de l'opulence, souriront au récit de l'une des premières joies de mon enfance. Entourés de parents et d'amis, ils ont non-seulement tout ce qui est nécessaire à leur éducation et à leur subsistance, mais encore tout ce qui peut flatter et combler leurs désirs. Le jour de l'an surtout leur apporte jouets, bonbons, argent, à les embarrasser. Blasés avant que l'âge leur permette les plaisirs légitimes et plus virils de l'adolescence, ils ne peuvent comprendre ce qu'un instrument de vingt-cinq sous renferme de joies secrètes pour l'enfant pauvre. Sa couleur, sa forme, clefs, cordes, archet, tout devient sujet d'admiration et de bonheur; désormais c'est un ami, et plus les relations deviennent intimes, plus nombreuses et plus profondes aussi sont les jouissances qui résultent de cette intimité. Ami! oh oui! c'en était un pour moi! Suspendu au pied de mon lit, il avait, après l'image sainte et ma mère, mes premières pensées et mes premières caresses. Je me rappelle encore le frisson de plaisir qui courait dans mes veines quand je caressais son manche poli, le cri de bonheur qui m'échappa lorsqu'un premier son résonna sous mes doigts inexpérimentés, l'intérêt, le charme, la passion véritable qui m'unirent bientôt à lui. Certes les sons que j'en tirais

n'étaient rien moins que suaves : un étranger les
eût impitoyablement comparés aux cris de certain
animal félin; mais ils valaient pour moi toutes les
harmonies. Nul profane d'ailleurs n'était admis à
ces entretiens intimes; ma mère seule avait le privilége d'y assister, et dans son indulgente bonté et
sa patience toute maternelle, elle en exagérait toujours l'heureux résultat. Prenait-elle intérêt à me
voir seul aux prises avec les difficultés sérieuses
qui arrêtent tous ceux qui veulent marcher sur les
traces de Paganini? Trouvait-elle dans son affection
la patience plus qu'humaine de supporter les abomi-
nables grincements de corde dont je fatiguais
ses oreilles? Elle ne m'en a jamais rien dit; mais
aujourd'hui j'incline à la seconde supposition.

Quoi qu'il en soit, le désir qui m'avait tenu si
longtemps au cœur et dont j'avais poursuivi la réalisation avec une ténacité héroïque, n'était point
une simple velléité ni un caprice d'enfant. Il pro-
venait d'un goût réel et, pourquoi ne le dirais-je pas?
d'une véritable passion pour la musique. Rassurez-
vous, chers lecteurs, je n'ai pas du tout la prétention de vous présenter dans mon humble personne
un second Mozart. D'abord, je n'ai commencé mes
modestes études qu'à l'âge de huit ans, et le jeune pro-
dige que je viens de nommer était maître à sept ans et
ravissait dès lors les dames de la cour de Louis XV.
N'y eût-il entre l'auteur de *Don Juan* et le petit vio-
loniste qui vous raconte naïvement ses premiers
pas dans la vie, que cette différence, elle suffirait

pour éloigner toute idée de comparaison. Mais il en est d'autres! Vingt années ont passé sur ces jours trop tôt écoulés : le bruit, les applaudissements, la fortune, rien de tout ce qui salue et récompense le génie, n'est venu consacrer les espérances qu'auraient pu faire concevoir mes débuts, et lorsque quelqu'une de ces sottes pensées d'orgueil qui s'engendrent si facilement dans tout cœur humain, fait battre le mien et m'invite à jouer le génie méconnu, j'en fais bonne et prompte justice, en me répétant mélancoliquement cette parole pleine de sens :

L'univers, mon ami, ne pense pas à toi ! — Soit, répond cet intraitable moi-même, l'univers ne pense pas à moi, et je ne puis le lui reprocher, puisque rien à l'heure présente ne saurait fixer les regards de la foule sur l'un de ses membres les plus obscurs. A vrai dire, bien d'autres, prônés par les gazettes, salués du public, la bourse pleine et le cœur content, ne mériteraient guère plus; — mais passons. — N'avais-je pas ce que les peintres, dans leur pittoresque langage, nomment la *Bosse?* Les grandes harmonies des orgues, la suavité ou la force des voix humaines s'unissant pour pleurer ou triompher, la note mélancolique jetée par l'instrument du pauvres au passant insensible, tous ces chants, joyeux, plaintifs, accents de reconnaissance ou prières, cris du cœur déchiré, aspirations de l'âme vers un monde meilleur, élans de bonheur ou d'enthousiasme, n'éveillaient-ils point en moi ce sixième sens partage des privilégiés? Est-ce que mon âme ne

vibrait pas aux accents de la terre et du ciel ? Res-
tais-je insensible à une note du grand concert que
chante à son auteur le chantre par excellence, la
nature, dont les mille voix, depuis la plainte de
Philomèle, sous les ombrages déserts, jusqu'aux
fureurs tumultueuses de l'Océan soulevé, brisant
l'orgueil de ses flots contre les rochers des grèves,
ou celles du tonnerre rappelant aux mortels qu'un
Dieu veille là-haut, résonnaient dans mon âme,
attentive, saisie, muette de douce mélancolie ou
d'une religieuse terreur ?..... Et moi aussi, j'étais
fait pour chanter ! Une lyre à la main ou pieusement penché sur les grandes orgues, j'aurais dit au
Ciel les prières, les pleurs, les cris de joie ou de
douleur de la terre ; — j'aurais dit à la terre les
splendeurs inénarrables des célestes demeures que
l'œil de l'homme n'a pas vues, fait retentir à ses
oreilles les harmonies mystérieuses et saintes qu'il
n'a point entendues !..... L'âme, a-t-on dit, est un
feu qu'il faut nourrir, et qui s'éteint s'il ne s'aug-
mente. Celui qui brûlait en moi s'éteignit, faute
d'aliments. Longtemps, bien longtemps pour un
enfant, je me pris corps à corps avec les difficultés
premières ; longtemps, seul dans la pauvre chambrette que nous habitions, j'essayai mes doigts inexpérimentés sur ces petites planchettes mal jointes
que, dans ma joie naïve, j'appelais violon. On me
voyait, ma bonne mère le prétend du moins, quatre
heures d'horloge, grinçant, raclant, recommençant
et finalement triomphant. Airs naïfs et populaires

dont on avait bercé mon enfance, complaintes tou-
chantes, si aimées du peuple, que redisait ma mère,
noëls que nos voix fraîches et pures chantaient
au Catéchisme, hymnes sacrées que nous apprenait
le vieux maître de chapelle; j'entendais, je retenais,
je redisais tout sur mon cher petit violon. J'avais
pour lui un sentiment dont je ne me rendais
pas compte alors et que je ne saurais traduire même
aujourd'hui. C'était l'attachement de Töpfer pour
son bâton d'encre de Chine, de l'Arabe pour son cheval, de l'aveugle pour le chien qui guide ses pas incer-
tains. Mystérieuse attraction qui n'est ni l'amitié ni un
sentiment plus doux, quel pauvre ne l'a éprouvée,
oui, et même pour l'humble outil qui l'aide à se procurer le pain de chaque jour! Quel homme, je ne
dis pas artiste, poëte ou musicien, quel homme
ayant cœur d'homme et rien de plus, n'a pu redire
une fois cette parole tant de fois redite :

> Objets inanimés, avez-vous donc une âme
> Qui s'attache à notre âme et la force d'aimer?

A peine rentré de l'école, c'est *lui* que j'apercevais, *lui* que je saluais du regard, que je caressais
avant même de déposer ma gibecière, avec lui que
j'entamais un de ces entretiens enfantins et
interminables que l'heure du diner avait peine à interrompre. Je lui racontais tout, il m'écoutait, m'entendait et, à son tour, me répondait. Comme nous
nous comprenions et comme nous nous aimions !
Amitié naïve, pleine de joies ignorées, sans danger

pour mes jeunes ans et féconde aussi pour l'avenir, si une main expérimentée... Mais ne soyons point injuste, et n'anticipons pas.

Un jour, le secret de nos relations fut surpris : une oreille étrangère entendit le colloque qui s'engageait chaque jour entre nous, et cette oreille était celle d'un homme intelligent et bon. M. B., propriétaire de la nouvelle maison que nous habitions, y avait établi plusieurs laminoirs. Jeune encore, il s'était trouvé seul sur le pavé de la grande ville. Généreux comme on l'est à dix-huit ans, il croyait à la générosité des autres, à celle de ses proches surtout. Il en avait plusieurs, très-riches ou sur le point de le devenir. Il alla frapper à leurs portes : ici on ne le reconnut pas ; là on lui souhaita bonne chance ; nulle part il ne trouva ce qu'il demandait et ce qu'il avait droit d'attendre, un coup d'épaule fraternelle. Il ne se découragea pas : « Soit ! dit-il, je lutterai seul, et Dieu m'aidera. » Il lutta péniblement, vaillamment, et ses efforts furent couronnés de succès, si bien qu'au jour où il surprit l'un de mes entretiens avec mon ami, il se trouvait propriétaire et industriel considéré. Or, lui aussi avait son grain de poésie. Alors qu'il n'était encore que contre-maître d'une importante usine, il avait senti le besoin d'un ami, et cet ami l'avait trouvé..... dans l'instrument qui faisait mon bonheur. M. B. jouait donc du violon, et, si maigres, si aigus, si désagréables que fussent les sons que je tirais de mon petit instrument, ces sons ne le laissèrent point insensible.

La vue d'un enfant luttant seul contre les aridités de la première position (1), l'émut : il se rappela son isolement passé, l'amertume et les difficultés des premiers jours ; il se promit de m'aider, et il m'aida. Un soir d'hiver, je revenais de l'école, préoccupé, selon mon habitude, de la pensée d'exécuter sur mon violon un air nouveau. Je rentre, j'embrasse ma mère, et je me préparais déjà à décrocher mon instrument, lorsqu'elle m'invite à le laisser en repos pour le moment. « Tu vas t'habiller, mon enfant, et mettre tes habits des dimanches ! — Oh ! Pourquoi donc, maman ? — Tu le sauras tout à l'heure ! » La toilette fut bientôt achevée ; mon imagination battait déjà la campagne. L'impitoyable « pourquoi donc, maman ? » sortit au moins vingt fois de ma bouche. Ma mère souriait, faisait disparaître un pli de ma blouse, toujours la fameuse, vous savez, celle des grands jours, et me répondait mystérieusement : « Tu le sauras bientôt, tu le sauras bientôt ! » Bientôt ? Quand et comment ? « Patience donc ! tu vas casser tes bretelles ? » Enfin, quand tout fut fini : « Tu vas monter chez M. B., conclut-elle, il t'attend ! C'est lui qui m'a dit de te faire monter. — Mais pourquoi donc, maman ? — Il te le dira lui-même, fit-elle en m'embrassant et en jetant un coup d'œil satisfait sur l'ensemble de ma petite personne. Allons ! va. » Et me voilà, pimpant, endimanché,

---

(1) On appelle POSITIONS, les différentes places qu'occupe la main qui tient le manche du violon.

10

rouge comme les plus belles cerises de mon petit
cerisier du jardin paternel, me voilà, dis-je, mon-
tant le grand escalier qui conduisait chez M. B.
Tout alla bien tant qu'il ne fallut que monter; mais
lorsque je me trouvai à la porte, ce fut une toute
autre affaire, je crus que je ne me résoudrais jamais
à sonner. Ma mère ne s'était-elle point trompée?
Et puis qu'est-ce que je dirais? Fort heureusement,
M. B. rentrait sur ces entrefaites; il me trouva là
tout rouge, et le cordon de la sonnette à la main.
«| «Ah! bonjour, mon petit homme, me dit-il d'une
voix qui me rassura tout de suite, nous sommes
exacts au rendez-vous. Entre. — M. B., lui dis-je,
répétant textuellement la phrase que ma mère avait
eu soin de m'apprendre, je vous demande pardon
de vous déranger; mais... » Ici le bon industriel me
coupa la parole et fort à propos, car ma mémoire
était à bout, et l'émotion faisait battre mon cœur
avec une précipitation inquiétante; jugez donc : ma
première entrée dans le monde!

— Eh bien, nous aimons donc la musique, et
beaucoup même!

— Oui, monsieur, répondis-je en rougissant de
plus belle.

— Bien, très-bien cela. Vois-tu! la musique est
une distraction qui en vaut une autre. Quand on a
travaillé ses dix ou douze heures par jour, on prend
son violon, cela repose et refait; sans compter
ajouta-t-il, comme se parlant à lui-même, sans
compter que, le dimanche, cela empêche bien des

folies et arrête sur le chemin du cabaret.....
Voyons ! si je te donnais un violon, un vrai violon,
serais-tu content ? dit-il en tournant vers moi sa
bonne figure sympathique, éclairée par un sourire.

— Oh ! monsieur B. ! fis-je en ouvrant deux yeux
qui pétillaient de surprise, de bonheur et de reconnaissance.

— Eh bien ! suis-moi. » Je le suivis, sur la pointe
du pied, toujours docile aux recommandations maternelles, me gardant bien de faire du bruit ou de
glisser sur le parquet ciré que je foulais pour la
première fois de ma vie. Nous arrivâmes à une
grande salle renfermant une foule de choses merveilleuses pour moi. C'était là qu'étudiait la fille de
M. B., gentille demoiselle de douze ans. Comme elle
était douce, et bonne, et pas fière avec cela, nous
disant toujours bonjour, à ma mère et à moi, quand
elle nous rencontrait. Donc il y avait d'abord le
beau piano que j'entendais souvent résonner sous
sa main légère, puis un grand chevalet sur lequel
elle dessinait, un pupitre qui supportait un cahier
de musique assez volumineux, sur la couverture
duquel je lus avec un frisson de plaisir ces deux
mots : *Méthode de Violon,* — et enfin, dans un coin,
dissimulées, deux boîtes à violon. J'oubliai immédiatement les autres objets, et mes yeux, démesuré-
ment ouverts, se fixèrent obstinément sur les instruments convoités. Songez donc ! c'étaient de vrais
violons, ceux-là ! M. B. les prit tous deux et les
compara : «Voyons ! choisis,» me dit-il. Naturellement

je pris le plus grand : il devait être le meilleur, puisqu'il était le plus grand. Mais mes bras n'attei-
gnaient que difficilement les dimensions de ma bonne
volonté, et ma main n'arrivait au manche qu'avec
peine. — « Il est un peu grand pour toi, nous pourrons le remplacer; mais emporte-le tout de même,
nous nous reverrons. Es-tu content ? demanda l'excellent homme. — Oh ! monsieur B., je vous remercie
bien ! » Ce fut là tout ce que l'émotion me permit d'arti-
culer. J'aurais sauté au cou du bon M. B., si j'avais
osé et si ma mère ne me l'avait défendu. Il comprit
probablement ce qui se passait dans mon cœur,
car il me tendit la main en souriant : « Allons, courage ! me dit-il, et tu deviendras quelque chose. »

Je descendis l'escalier comme une bombe, mon
violon, un vrai violon entre les bras, et, fou de joie,
je me précipitai vers ma mère. « Regarde, maman,
un vrai violon, un vrai cette fois ! — Oh ! fit la
bonne mère avec un sourire d'admiration, en prenant l'instrument ! Il te l'a donné ? — Il me l'a donné.
— M. B. ? — M. B..... Prends garde, maman, tu
vas l'abîmer — Oh ! oui, il faut y faire bien attention. — Seulement... — Seulement ? — Il m'en nonnera
un autre. — Tu n'as pas besoin de deux violons. —
Non, mais à la place de celui-ci, parce qu'il le trouve
un peu trop grand; moi, je ne le trouve pas trop
grand ! » Et me voilà, sur l'heure, huit heures du
soir, s'il vous plaît, jouant et épuisant tout mon répertoire, recommençant les mêmes airs, pour les
recommencer encore. J'aurais joué toute la nuit,

Ma mère patienta trois longs quarts d'heure ; au
bout de ce temps, elle jugea opportun de mettre un
terme à cette frénésie musicale : « Allons ! mon
enfant, il faut se coucher ; puis tu vas empêcher
les voisins de dormir. — Oh ! maman, déjà ! C'est
si beau le violon ! — Sans doute ; mais tu joueras
demain, tu n'as pas soupé encore. — Oh ! je n'ai
pas faim. — Eh bien ! un quart d'heure, et ce sera
tout. »

Le quart d'heure y passa ; j'aurais voulu qu'il
durât la nuit entière !

10.

LA VEILLÉE. RÉCITS DE MA MÈRE.

Mon petit instrument d'abord, mon grand violon ensuite animèrent singulièrement notre paisible intérieur, et lui donnèrent même je ne sais quel air de gaîté qui charmait les yeux, sinon les oreilles. Je ne jouais cependant pas toujours : parfois même, le soir, quand le temps eut adouci les regrets de ma mère et que son visage bien-aimé devint moins triste, je préférais l'interroger, la presser de questions sur le passé, le cher passé, déjà si loin de nous. Elle aussi aimait à me parler, et surtout des parents que je n'avais pas connus ; je l'écoutais toujours avec intérêt et émotion. Le nom qui revenait le plus fréquemmont sur ses lèvres était celui de mon grand-père paternel. Elle le voyait encore, elle me le montrait au milieu de sa nombreuse famille d'enfants, d'amis, de serviteurs, — vénérable vieillard, entouré d'estime et d'affection, juge pacifique dont on invoquait fréquemment l'arbitrage souverainement respecté, mieux obéi dans ses arrêts, dont nul gendarme ne surveillait l'exécution, que tous les juges de paix de la Franche-Comté.

« On ne lui disait pas le père N., tout court, ajoutait-elle dans son langage naïf. Oh ! non, on le respectait trop ! on l'appelait M. N. ; car il avait étudié avec les messieurs du château et il allait souvent avec eux. Tout le monde le saluait, et il avait une bonne parole pour tout le monde. Aux hommes, il donnait des conseils, aux enfants des caresses et quelque chose avec. Il était si beau et si bon ! Il fallait le voir, aux grands jours de fête, sous son habit bleu de l'ancien temps, et sa belle couronne de cheveux blancs ! Ses enfants étaient fiers de l'avoir pour père, et le village aussi !....

Chez nous, dans toutes les familles, on a un cierge béni : on s'en sert aux processions, aux enterrements, et on l'allume auprès des morts. C'est à la Chandeleur qu'on le renouvelle. Voici comment on faisait dans notre village ; je ne sais pas si cela se fait encore aujourd'hui, car tout change maintenant, oui, et même là-bas ! La famille se rendait à l'église, ton grand-père en tête ; moi, je portais le cierge, comme la plus jeune. On chantait la messe, on bénissait les cierges ; puis on revenait à la maison. Ton grand-père s'arrêtait sur le seuil, et nous tous, enfants ou serviteurs, nous nous tenions devant lui. Alors il me disait, de sa voix si douce : « Approche, mon enfant. » Je m'approchais avec le cierge allumé ; il le prenait lui-même et entrait dans la maison. Nous le suivions. Alors il découvrait sa belle tête blanche, se mettait à genoux, en nous disant de l'imiter, et commençait une prière pour les morts, à laquelle nous répondions. Tous étaient sérieux, je t'assure, et même le grand G., le garçon de charrue qui avait été cuirassier, faisait le signe de la croix, tout comme les autres. Ton grand-père

se relevait et commençait à parcourir la maison :
dans chaque chambre, il répandait quelques gouttes
de cire, pour éloigner les malheurs de la famille.
Ensuite il se rendait dans les étables et à l'écurie,
où il versait encore de la cire, pour que le bon Dieu
bénit les bêtes et les préservât de la maladie.
Quand il avait ainsi parcouru et béni la maison, il
éteignait le cierge, faisait le signe de la croix, et
tous, maître, enfants, domestiques, s'asseyaient à la
même table, satisfaits et joyeux !..... »

J'aimais cette peinture naïve de mœurs si différentes de celles des grandes villes. Aussi, les
récits s'ajoutaient aux récits, sur mes instances nouvelles, et, toujours heureuse de m'être agréable, ma
mère me rappelait mon enfance, mes jeux avec ma
sœur, dont elle ne prononçait jamais le nom sans
tressaillir, ses labeurs à elle, les rares joies de sa
vie, ses inquiétudes multipliées ! « Ton père était
souvent forcé de s'absenter, tantôt pour aller aux
foires, tantôt pour porter le fer ou le bois aux
forges. Je m'inquiétais toujours quand il parlait
d'un voyage, et je ne le laissais partir qu'à regret ;
car chez nous, les bois sont grands, les loups nombreux, et on fait quelquefois des rencontres dan-
gereuses ! Quand le soir arrivait et que je ne le
voyais pas rentrer, je ne disais rien et je vous
couchais tous deux, pauvres innocents qui ne vous
doutiez de rien ; mais je ne me couchais pas, moi,
j'attendais.

Une nuit ! oh ! que j'ai eu peur. On était en hiver :

le vent soufflait dans les grands pruniers du jardin,
un vent glacé qui soulevait la neige et ébran-
lait la porte ; il me semblait même entendre les hurlements des loups dans les champs, et ton père ne
revenait pas. Minuit, deux heures : personne ! Je
devenais folle ! Pense donc, mon enfant ! c'était la
veille de Noël, et ton père n'aurait pas voulu passer
ce jour-là hors de la maison ; bien sûr il lui était
arrivé un accident ! Le jour se leva : j'envoyai aussitôt de tous côtés, dans les bois, au gué, partout où
je supposais qu'il avait pu se trouver ; j'accompagnai
moi-même le maréchal qui nous aidait dans nos recherches : on ne trouva rien, et je m'en revins pleurant. Enfin, vers trois heures, le grand G., qui regardait encore de la chambre haute, aperçoit un
homme qui s'avançait lentement, appuyé sur un
bâton : c'était ton pauvre père ; mais dans quel état !
Sa figure, blanche comme le linge que je tiens là, me
faisait peur, ses dents claquaient de froid, et tout son
corps tremblait. D'abord, heureuse de le voir
sauvé, je ne lui adresse pas de questions, encore
moins de reproches. Je jette un fagot dans le feu,
je prépare le lit et le bassine, je donne à ton père
un grand verre de vin chaud, et quand il est couché
et que ses joues commencent à redevenir comme les
tiennes, je lui demande en tremblant ce qui lui est
arrivé. Tu l'as entendu raconter cette histoire ; mais
tu ne t'en souviens pas, pauvre enfant. « J'étais parti,
nous dit-il, pour aller voir les Bertrand (deux vieux
garçons amis de ton père, qui habitaient, au milieu

des bois, une ferme isolée). Nous passâmes la journée ensemble, à causer du passé. Le soir venu, c'est-à-dire cinq heures, je me lève pour partir : « Restez avec nous, N..., me disent-ils, la route est longue, il y a trois bonnes lieues d'ici à P., les bois sont épais et les loups affamés. — Non ; ma femme et mes enfants m'attendent, ils s'inquièteraient trop, si je ne rentrais pas ce soir, et je pars. » Bien qu'il ne fût encore que cinq heures, la nuit était complète ; mais je connaissais la route et ne craignais pas de m'égarer. Malheureusement, avec l'obscurité, un brouillard s'étendit peu à peu sur les bois, et il devint si épais que je ne pouvais absolument rien distinguer. J'avançais toujours cependant, m'appuyant sur mon bâton ferré, afin de ne pas glisser sur la neige durcie.

Plusieurs fois, je donnai contre des arbres que je n'apercevais pas ; mais je me remettais promptement dans ce que je croyais être la route. Mes jambes commencèrent à fléchir : depuis deux heures au moins je marchais dans les bois, et je ne me trouvais point encore dans la plaine ; car, à travers l'obscurité et le brouillard, je distinguais les formes confuses des grands arbres chargés de neige. Je redoublai de vigueur et marchai plus rapidement... combien de temps, je n'en sais rien. Je fus bientôt forcé de m'avouer à moi-même que je m'étais égaré en dehors de toute route ; à chaque pas, les arbres se dressaient devant moi, et je ne parvenais point à les éviter. L'inquiétude me gagnait. Parfois je

m'arrêtais, prêtant l'oreille, dans l'espérance d'entendre une voix, un aboiement qui m'indiquât le
voisinage d'une ferme; mais rien, rien que le silence
des grands bois, couronnés de givre. Alors je recom-
mençais à marcher fiévreusement; mes jambes tremblaient et une sueur froide baignait mon visage;
une sorte de vertige s'emparait de ma tête, je me
sentais prêt à défaillir. Enfin, épuisé, les pieds en sang,
le cœur découragé, je tombai au pied d'un chêne,
sur la neige. J'étais si fatigué, si abattu, que je perdis
à peu près le sentiment de la réalité.... Tout à coup,
il me semble que des aboiements répétés retentissent
dans le silence de la forêt. Je prête l'oreille, anxieux :
les aboiements se rapprochent; mais, au lieu de me
donner quelque espoir, il me glacent de terreur. Il
y a quelque chose d'étrange dans la voix de ces
chiens, qui paraissent poursuivre un sanglier;
ils sont lugubres. Soudain, un sifflement pro-
longé se mêle aux hurlements des chiens, et une
voix qui n'est pas celle d'un homme les rappelle.
Immobile contre l'arbre auquel je suis adossé, j'en-
trevois en frémissant des ombres vagues et sinistres
qui se meuvent à travers la futaie. C'est le chasseur!
le chasseur, qui rappelle ses grands chiens au poil
hérissé, le chasseur dont ma mère me contait l'histoire quand j'étais enfant! Je le vois! Il passe là-
bas, au pied des quatre chênes! Dieu! qu'il est
grand, sombre et terrible! Il poursuit un sanglier..
Oui, je l'ai vu comme je vous vois, je l'ai vu
passer, son grand fusil sur l'épaule..... il courait

aussi vite que ses chiens, aussi terrible et aussi ardent à la poursuite ! Dieu fasse paix à son âme! Je me signai pour éloigner de moi la meute infernale..... Enfin les chiens disparurent un à un sous la futaie, le son du cor ne fut plus répété par les échos des grands bois et.... je me retrouvai seul, épuisé, effrayé, au pied de l'arbre contre lequel je m'étais adossé. Alors, faisant de nouveau le signe de la croix, pour écarter de mon chemin le chasseur maudit, je me lève, résolu à tenter de nouveaux efforts pour sortir de la forêt, où je serais inévitablement mort de froid. Longtemps encore je me traînai, les pieds meurtris, sur la neige, interrogeant vainement l'obscurité, que mes regards ne pouvaient percer. Longtemps j'écoutai sans rien entendre, et je serais probablement retombé, cette fois pour ne plus me relever, au pied de quelque arbre, lorsque de nouveaux aboiements frappèrent mes oreilles. Cette fois, ils ne m'effrayèrent pas, car j'avais de suite reconnu les chiens de la ferme. Les braves bêtes s'approchent, me reconnaissent aussi et me guident vers la maison. Je frappe : tout le monde dormait. On m'entend enfin, et la porte s'ouvre. «Miséricorde, M. N., c'est vous! s'écrie Mlle Marie, la sœur de mes amis ; mais d'où venez-vous donc? Vous êtes blanc comme un linge ! » Je leur raconte ma triste aventure, en passant sous silence l'apparition du chasseur, afin de ne pas les effrayer. Aussitôt on me prépare un lit, on me réchauffe, on me fait manger. Après quelques heures de repos, j'ai voulu revenir : ils m'ont accompagné, cette fois, jusqu'à la route... et me voilà ! »

Chaque forêt, celle de la Franche-Comté comme toute autre, a son *chasseur*, condamné, pour quelque grand crime, à chasser éternellement, la nuit, sous la sombre futaie. Il m'est permis, sans manquer au respect que je dois et que je garderai toujours à la mémoire d'un père que j'aimais, d'expliquer l'apparition que je rapporte ici par un acte de pur braconnage. Les braconniers sont nombreux dans nos grands bois : nul doute que l'imagination de mon père, surexcitée par la fatigue, un effroi bien naturel et les récits dont on avait bercé son enfance, ne lui ait fait voir le *chasseur légendaire* dans quelque paysan en chair et en os, profitant de la neige pour suivre, à la piste, quelque grosse pièce de gibier.

LE CHIEN ENRAGÉ.

Ces regards en arrière, ces détails sur des êtres que j'avais aimés, toutes ces petites histoires vraies me plaisaient infiniment plus que celles que je lisais parfois dans de beaux livres prêtés par mes amis. Ma mère racontait simplement ce qu'elle avait vu : *elle était là, telle chose advint,* et le naïf langage du village conservait pour moi tous ses charmes. Qu'on me permette de transcrire encore un de ces mille traits qui se sont gravés dans ma mémoire, et que ma mère m'a souvent raconté avec une émotion qui ne me laissait jamais insensible. C'est une triste et navrante histoire que celle du garde forestier du bois du Houx. Un chien enragé parcourait la campagne; il avait mordu déjà plusieurs personnes. Le matin même du jour où se produisit l'événement que je raconte, le dangereux animal passa près de notre maison. Augustine, à laquelle une de nos voisines qui cuisait avait promis un gâteau, sortait en ce moment, et, pour la quatrième fois, allait voir où en était la cuisson. « Le croirais-tu? dit ma mère en tremblant encore, il toucha sa robe ! » Pauvre petite ! Il ne lui fit aucun mal, prit immédiatement par les grands prés et de là se dirigea vers les bois. Le garde du bois du Houx se rendait, en ce moment même, au

village. Il aperçut le chien venant de son côté et ne
se dérangea pas. Le chien se trouva bientôt devant
lui : «C'est à toi de t'écarter,» dit-il en lui allongeant
un coup de pied. L'animal eût peut-être passé sans
attaquer : provoqué, il aboie avec fureur, saute
sur le garde et le mord cruellement à plusieurs
reprises. Celui-ci parvint cependant à s'en débarrasser, à coups de pied et à l'aide d'un bâton : le chien
s'enfuit vers la forêt, et ne fut tué que quatre jours
après. Quant au garde, il ne fit aucun attention aux
morsures qu'il avait reçues, et, malgré les avis de
quelques personnes et les prières de sa femme, il
se contenta de les laver avec de l'eau fraîche. Deux
jours se passèrent : le troisième, vers une heure
du matin, le malheureux se sent atteint, et, profitant
des quelques instants de raison qui lui restent :
« Sauve-toi, crie-t-il à sa femme, en roulant des
regards furieux et en montrant une figure affreusement contractée, sauve-toi ! Sauve les enfants ! »
Effrayée, la pauvre femme saisit ses deux enfants
dans ses bras, se précipite dans la chambre voisine
et s'y enferme avec les chères petites créatures.
Lui s'élance à la fenêtre, la brise, en se meurtrissant
les mains et les bras, saute dehors et bondit à
travers la forêt. Le malheureux n'avait pour tout
vêtement qu'une chemise. Des bûcherons, occupés
une partie de l'année dans les bois, s'étaient cons-
truit une hutte de branchage dans laquelle ils
se retiraient, la nuit. C'est vers cette hutte que le garde
dirige sa course effrénée. L'écume aux lèvres, les

bras en sang, les pieds déchirés par les épines, il se
rue, en poussant des hurlements, sur la frêle cabane.
Les bûcherons, éveillés en sursaut, l'entendent,
reconnaissent sa voix, comprennent aussitôt l'affreuse réalité, car ils savaient que le garde avait été
mordu. Ils se lèvent, saisissent leurs haches et réunissent leurs efforts pour soutenir la faible porte qui, allait
céder sous les chocs répétés de l'homme enragé : « Va-
t'en, lui crient-ils en même temps, va-t'en, sinon nous
te tuons avec nos haches ! » Le garde continua quelque temps encore d'ébranler la porte de la cabane,
puis, toujours poussé par la fureur qui l'entraînait,
il poursuivit sa course à travers les bois et les plaines.
L'alarme fut bientôt donnée par les bûcherons. On
se mit à la poursuite du malheureux, les uns avec
des haches, d'autres avec des faux ou des fourches.
Il traversa successivement plusieurs villages, sans
s'arrêter. Par une circonstance toute providentielle,
il ne rencontra personne sur son chemin, et on n'eut
aucun malheur nouveau à déplorer. Enfin, après
cinq heures d'une course folle, l'infortuné s'arrêta
en face d'une maison dont la porte s'ouvrait : c'était le
presbytère. Il entra : la servante, assise dans la cuisine préparait le déjeuner. « A boire, à manger ! » cria-
t-il. A la vue de cet homme en chemise, les cheveux
en désordre, la bouche écumante, les yeux à moitié
sortis de leur orbite et tout ensanglantés, la pauvre
femme jeta des cris de frayeur. Cependant, le premier moment d'effroi passé, elle reconnut le garde,
et, comme elle aussi savait l'histoire du chien, elle

devina tout. « A boire, à boire ! » criait le forcené. La servante lui présente une carafe d'eau. A cette vue, la fureur de l'enragé semble redoubler : il saisit la carafe et la lance violemment contre le mur, où elle se brise en mille morceaux. «M. le curé! M. le curé! s'écrie la malheureuse fille, qui devenait folle de terreur, venez vite, venez vite! C'est le garde du bois du Houx qui est enragé. Mais venez donc ! » Le curé lisait tranquillement dans sa chambre : aux cris de sa servante, il descend et aperçoit le garde, qui, épuisé de fatigue et peut-être effrayé à son tour par les appels réitérés de la pauvre fille, se réfugiait sous un petit hangar de la cour, parmi les fagots. « J'ai faim, j'ai soif!» râlait le malheureux. Le curé — il y a toujours quelque chose de plus dans la tête des curés que dans celle des autres, ajoute ma mère en racontant cette histoire, — le curé, revenu de son premier saisissement, prend un drap et s'avance avec précaution vers le hangar, où le garde s'était blotti, demandant toujours à manger et à boire. « Oui, mon ami, disait le bon curé s'avançant, oui, nous allons vous donner à boire....» Tout à coup, un changement se produisit dans la figure de l'enragé; ses bras retombèrent inertes; l'écume cessa de tomber de ses lèvres : un calme se produisait, et, avec le calme, la raison revint. « M. le curé, dit l'infortuné, liez-moi vite, pendant que je suis tranquille; dépêchez-vous, car, je le sens, cela va me reprendre.» La cour du presbytère s'était remplie de gens du village et des bourgs voisins; on garrotta

le malheureux, qui n'opposait aucune résistance.
«Je voudrais voir encore une fois ma pauvre femme
et mes enfants,» dit-il d'une voix qui amena des larmes
dans tous les yeux. On satisfit aussitôt à ce dernier
désir : on alla chercher la femme et les enfants.
Elle arriva, pleurant et serrant contre elle les
pauvres petis orphelins ; car on pouvait bien les
appeler ainsi. Alors, ce fut un spectacle navrant :
d'un côté, cet infortuné, enchaîné, jetant ses regards
désespérés sur les êtres qui lui étaient chers ; — de
l'autre, cette femme et ces enfants, lui répondant
par des sanglots et n'ayant pas la consolation d'embrasser une dernière fois celui qu'ils aimaient, car
on les empêcha d'approcher du lit sur lequel on
avait couché le garde, de crainte que la rage
ne le reprît subitement. Tout le monde pleurait, dit ma mère, et cela faisait mal à
voir.

Le malheureux fut gardé à vue le reste du jour
et la nuit ; on prévint les autorités et la gendarmerie.
Le lendemain, tout le village fut témoin d'une cérémonie touchante : le curé chanta la messe pour
celui qu'on regardait comme condamné ; c'était
bien une messe de mort, et, de deux ou trois villages, on accourut pour prendre part au deuil de la
femme et des enfants. Tout était fini ; l'infortuné,
qui semblait relativement calme, fut emmené. Au
village, on raconte encore aujourd'hui que, conduit
à Nancy, il resta quelques jours entre les mains des
médecins et qu'enfin on lui ouvrit les veines dans

un bain. Je ne crois pas que les choses se soient ainsi passées; mais ce que je sais, à n'en point douter, c'est que la semaine suivante, on annonçait la mort du malheureux garde.

LE CERF-VOLANT.

Le temps marchait vite quand ma mère me racontait de semblables histoires! Immobile et muet, les yeux sur ses lèvres, je me sentais disposé à la plus stricte obéissance, lorsqu'elle terminait par la conclusion suivante : « Ne pas déranger un chien que l'on rencontre sur son chemin, mais se déranger pour lui. » Je m'en souviens encore, oui, comme de ses autres conseils, toujours affectueux, toujours dictés par sa constante sollicitude envers moi. Elle souffrait de ne pouvoir m'accompagner au milieu des rues populeuses dont elle redoutait les dangers pour son cher enfant; aussi ne me laissait-elle jamais sortir sans m'avoir fait promettre : 1º que je prendrais garde aux voitures; 2º que je n'écouterais pas les conseils pervers des vagabonds ou des voleuses d'enfants, ce dernier nom la faisait frémir ; 3º que je rentrerais fidèlement, exactement, la classe terminée. Je me souvenais, j'obéissais. — Toujours? — Hélas ! j'ai promis de tout dire ! Il faut donc avouer, avouer bien bas, qu'un jour l'amour du cerf-volant l'emporta dans mon cœur sur les recommandations maternelles. Je ne l'ai point oublié ! non, et je ne l'oublierai jamais; car ce fut à cette occasion, que, pour la première et dernière fois de ma vie, je reçus..... Mais n'anticipons pas.

Donc, et depuis longtemps, l'idée d'enlever un cerf-volant aux buttes Chaumont trottait dans mon imagination. Plusieurs de mes camarades y étaient allés et me répétaient, chaque jour, qu'il n'y avait pas d'endroit plus favorable pour enlever un cerf-volant. Leurs récits, leurs excitations ne faisaient qu'enflammer mes désirs. Deux choses me manquaient : l'argent, l'occasion. Un bon vicaire de la paroisse résolut la première difficulté en me donnant deux sous, comme récompense d'une commission que je lui avais faite. La seconde ne m'embarrassa pas longtemps. Le lendemain, pas plus tard, au sortir de l'école, je prenais le chemin des buttes en compagnie de deux ou trois de mes camarades, sourds comme moi aux recommandations maternelles. Qui joua le rôle de tentateur dans l'affaire ? Je ne me le rappelle pas ; si ce fut moi, j'en demande pardon ; car, je puis le dire aussi, à ce souvenir,

A peu faut que le cœur ne me fend !

Je le payai d'ailleurs !

— Les buttes Chaumont n'avaient point encore attiré les regards des édiles parisiens ; elles présentaient une suite de coteaux dénudés, coupés par des crevasses profondes, et dont l'aspect n'était rien moins que rassurant, à la brume. On contait cent histoires plus dramatiques les unes que les autres sur de prétendues cavernes servant de retraites à des bandes de voleurs, dans

11.

le sein même de ces buttes. Ces souvenirs me
donnaient quelques frissons; mais il faisait jour
encore, les voleurs ne sortent qu'à la nuit, et une
fraîche brise me promettait un éclatant succès. Nous
pressâmes donc le pas, mes camarades et moi, et
nous arrivâmes enfin près des buttes, que nous gra-
vîmes au galop. Arrivés au sommet, sans nous
arrêter à contempler le ciel bleu ou les nuages de
fumée sortant des cheminées des usines, nous pro-
cédâmes au lancement de mon cerf-volant. Il fit
merveille! Il fallait le voir planer dans l'air! J'avais
besoin de mes deux mains pour le retenir, tant il
tirait! Pas un mouvement à faire; au lieu que dans
les rues, je devais courir, m'essouffler, et au risque
de heurter quelque bon bourgeois, qui ne prenait
pas toujours la chose gaîment! Nous goûtions donc
un plaisir digne des dieux. Mais, hélas! nous
n'avions pas la puissance de Josué! Bientôt le soleil
disparut à l'horizon et vint nous rappeler à la réalité. Nous descendîmes des buttes, et nous rentrâmes chacun de notre côté dans nos familles,

> En grand danger d'être battus.

Ma mère était dans une inquiétude mortelle. Huit
heures sonnaient et il faisait nuit noire, quand
j'arrivai tout essoufflé à la porte de la chambre.
«D'où viens-tu?» me fut-il dit d'un ton qui me
cloua immobile sur le sol. Je ne répondis pas.....
Instinctivement mes mains cherchaient à dissimuler sous ma blouse le malencontreux cerf-volant,

ce témoin à charge qui ne me laissait aucune excuse. Je n'eus pas d'ailleurs la tentation de mentir, et quand le terrible « D'où viens-tu ? » retentit une seconde fois à mes oreilles épouvantées : « Des buttes Chaumont, » répondis-je un peu bas, mais franchement. L'effet de ces deux mots : « buttes Chaumont, » fut instantané, éclatant ; un vigoureux soufflet me fut appliqué sur la joue gauche ; je l'avais mérité et ne songeai point à me plaindre ; seulement je me mis à pleurer. Alors ma mère fit une chose qui me parut tout à fait extraordinaire, et qui produisit sur moi plus d'effet encore que le soufflet : à la vue de mes larmes, elle-même se prit à pleurer, en me regardant avec un air de regret ; puis elle m'enlaça dans ses bras, m'embrassa à plusieurs reprises, avec une sorte de passion. Elle s'évertua, dans sa tendresse, à me faire oublier son acte de légitime vivacité, me prépara un charmant petit souper, y ajouta même plusieurs de ces belles grosses prunes noires couvertes de buée et qui me faisaient tant envie quand je les apercevais à la devanture des fruitières. On eût dit qu'elle-même était dans son tort. Pauvre mère, quel cœur elle avait !

Cette équipée, la punition et les suites firent sur moi une impression salutaire et, depuis lors, je ne me mis plus jamais en campagne sans avoir préalablement obtenu une permission en règle. Ma mère me recommandait également de ne point écouter les personnes qui, sous un prétexte ou sous un autre, voudraient m'attirer dans une maison ; son fils, étant l'un des plus beaux enfants de Paris, sinon le plus beau, ne devait pas manquer de fixer les regards et d'exciter les convoitises des voleuses d'enfants. En ce point, comme en beaucoup d'autres, j'avais besoin d'une leçon : elle me fut donnée. Un soir d'hiver, je revenais tranquillement de la barrière où ma mère m'avait envoyé acheter du charbon, et je descendais la rue des Trois-Couronnes. L'obscurité s'était faite peu à peu, et de rares becs de gaz n'éclairaient qu'insuffisamment ce quartier assez désert. Je n'avais pas peur, et la vue des passants, ouvriers revenant de leur travail, me rassurait complétement. Arrivé devant une boutique brillamment éclairée, je m'arrêtai pour contempler quelques instants, je l'avoue à ma honte, les gâteaux dorés exposés là pour séduire les passants. Je les dévorais du regard, faute de mieux, lorsqu'une femme s'approcha de moi et me dit en souriant : « Tu voudrais bien avoir un de ces beaux gâteaux, n'est-ce pas, mon petit ? — Oh ! madame, répondis-je en rougissant. — Oui, oui, je lis cela dans tes yeux. Eh bien ! je veux t'en donner un, et même plusieurs. » — Je devins très-attentif au paroles de la dame. — « Seulement, ajouta-t-elle — il y avait un seulement, — seulement il faut que tu montes chez moi pour cela. » Les prescriptions maternelles me revinrent en mémoire, très-heureusement ; car je ne me défiais nullement de cette dame qui me semblait si bonne. « Je vous remercie, madame, mais je ne peux pas, ma

mère m'attend. — Oh ! ce ne sera pas long, viens
tout de même...» Je ne savais que répondre, et je
suivis machinalement l'inconnue qui m'offrait ainsi
des gâteaux, sur ma bonne mine. Arrivée à une
maison complétement perdue dans l'obscurité, la
dame s'arrêta pour voir si je la suivais. « C'est ici, me
dit-elle, viens. » A ce moment, j'hésitai : la rue, la
maison, le vestibule me parurent si sombres que la
peur me prit et me cloua sur place... « Mais viens
donc, disait cette femme, de sa voix la plus caressante,
viens donc, nous en avons pour cinq minutes au
plus..... » Je fis quelques pas en avant ; mais, pris
d'une terreur folle dans ce couloir où l'on ne distinguait rien, je me retournai précipitamment pour
fuir. L'inconnue courut après moi, la main levée :
je me crus perdu. Par bonheur, des pas et un bruit
de voix se faisaient entendre : quelques passants se
rapprochaient. La voleuse d'enfants, car c'en était
une, n'osa pas employer la force, et recommença
ses sollicitations et ses invitations les plus pressantes,
mais je ne l'écoutais déjà plus, et cinq minutes après,
j'arrivais tout essoufflé auprès de ma mère, surprise
de mon trouble. « Ah ! la voleuse d'enfants ! s'écria-
t-elle, lorsque je lui eus raconté ma petite histoire.
Si j'avais été là ! Ne les écoute jamais, ne t'arrête
pas, va droit ton chemin. M'enlever mon enfant, le
seul qui me reste ! » Une larme perla sur ses pau-
pières en prononçant ces paroles, et, depuis lors, elle
multipliait encore ses recommandations et ne
me laissait partir qu'après m'avoir fait promettre,

plus expressément que par le passé, que je ne m'ar-
rêterais pas en chemin et que je serais sourd à
toutes les invitations des voleuses d'enfants... Mais
les jours s'écoulèrent, et, avec eux, s'effaça bientôt
de ma mémoire l'accident qui nous avait si vivement
émus ! Une aventure étrange, qui eût pu se terminer
plus mal, vint me le rappeler. Un soir du mois de
mai, je jouais avec mes camarades autour de l'église,
en attendant l'heure de l'office, lorsque je fus tout
à coup accosté par une femme encore jeune. Sa
figure m'inspira confiance : elle était franche et
bonne. Mon air de santé et de gaîté l'avait peut-
être aussi attirée. « Veux-tu me rendre un service,
mon petit ? me dit-elle. — Oui, madame, répondis-je,
pourvu que ce ne soit pas long ; car il faut que
j'aille au Mois de Marie. — Oh ! nous avons le
temps ; car j'irai, moi aussi, au Mois de Marie. »
J'hésitais encore. « C'est pour écrire une lettre ;
tu sais écrire, n'est-ce pas ? — Oh ! oui. — Eh bien !
viens ; je te donnerai quelque chose. » Il faisait
encore grand jour, la rue était pleine de passants,
et la maison de la dame, sorte de populeuse cité,
habitée par de nombreux ouvriers, assez proche.
Ces raisons agirent probablement sur moi et dissi-
pèrent mes craintes, car je suivis la dame. Nous
entrâmes d'abord chez un épicier : elle acheta du
papier, des plumes, un encrier ; puis nous nous
dirigeâmes vers sa maison. Je ne tremblais point
encore ; mais la maison était si grande, la chambre
si haute, les corridors si multipliés, que le frisson

me prit. J'aurais bien voulu reculer; mais comment faire ? je ne serais jamais parvenu à me reconnaître dans ce dédale de corridors. Mon guide s'aperçut probablement de ce qui se passait en moi, car elle me dit en souriant avec bonté : « N'aie pas peur, mon enfant, tu ne cours aucun danger. » Ces paroles me rassurèrent, et nous arrivâmes enfin à la chambrette introuvable, chambrette d'ouvrière, sous les toits. Un lit, trois chaises, une vieille commode, une petite table et quelques images coloriées suspendues aux murailles formaient l'ameublement; mais tout était propre et bien rangé : cela m'inspira pleine confiance. « Assied-toi, mon ami, me dit l'ouvrière, en m'indiquant une chaise, et tiens! croque cela pour commencer, » continua-t-elle, en me donnant quelques pralines, qui me parurent succulentes. Les pralines mangées, je taillai tant bien que mal une plume d'oie, et je fixai mes deux gros yeux sur le visage de la dame, pour savoir ce que j'allais avoir à mettre sur la belle feuille de papier blanc placée devant moi. « Ecoute bien, me dit-elle. C'est à mon cousin qu'il faut écrire. Il y a longtemps que je ne lui ai pas donné de mes nouvelles. Je veux voir s'il a bon cœur; il est riche : tu lui diras que je suis très-pauvre et que j'aurais grand besoin de trois francs. C'est pas vrai, je n'en ai pas besoin; mais ça ne fait rien, tu comprends, c'est pour voir s'il a bon cœur.... » Je me mis à l'œuvre, écrivant tantôt sous la dictée de la brave femme, tantôt sous mon inspiration propre. Je ne risquais rien en m'y laissant aller, car elle ne savait pas lire. J'en profitai pour me permettre impunément quelques excursions dans des régions inconnues de l'orthographe et du français.

La lettre terminée, il fallut la lire et la relire. Le temps se passait : on me demandait une correction ici, une addition là, une addition surtout ; il y eut au moins trois *post-scriptum*. Enfin la brave femme se déclara satisfaite : « Tu es bien gentil, me dit-elle en m'embrassant ; tiens ! voilà pour toi ! » Et elle me donna cinq sous avec un cornet de dragées. Cinq sous ! Jamais je n'avais eu tant d'argent à la fois. Aussi étais-je content ! Que de choses j'allais pouvoir acheter avec mes cinq sous, Je remerciai chaudement la généreuse dame. Elle me reconduisit à travers les corridors, qui ne me faisaient plus peur, et trois minutes après, je bondissais dans la rue, comme un poulain échappé. J'arrivai encore à temps pour le Mois de Marie, et.... Tout est bien qui finit bien !

UNE FÊTE DE NOËL.

Si ma mère n'aimait pas à me savoir seul, pendant le jour, dans les rues de Paris, elle aimait moins encore à m'y savoir la nuit. L'occasion ne s'en offrait qu'une fois l'année, à Noël. En ma qualité d'enfant de chœur, il me fallait, de toute nécessité, assister à la messe de minuit, — grosse affaire! Ma mère eût bien désiré m'y conduire elle-même; car elle aussi aimait cette fête touchante, célébrée au pays avec grande joie. Là-bas, tous s'y rendaient en foule, et des premiers les bergers, avec leurs grands manteaux, la houlette à la main. (1) Les grâces naïves du Dieu qui se fait petit enfant pour nous, cette paille, cette crèche, ce dénûment absolu, ont de tous temps, parlé au cœur du pauvre. Il se sent relevé par l'abaissement d'un Dieu, et il accepte avec plus de soumission et de courage ses labeurs et sa pauvreté, quand il les voit ainsi partagés. Aujourd'hui, l'ouvrier, le pauvre ne connaît plus le chemin de la crèche, et si le hasard l'amène, dans la nuit de Noël, en présence de l'une de ces représentations naïves, aimées du peuple autrefois, un sourire d'incrédulité et de dédain plisse ses lèvres, qui ne savent plus prier. Il se souvient bien que, tout enfant, sa mère lui faisait joindre ses petites mains aux pieds de cet autre

(1) Coutume encore observée en Picardie.

Enfant : alors il croyait, il espérait, il aimait,
comme sa mère. Mais depuis, il a entendu les sages,
et les sages lui ont dit : « Croire c'est abaisser sa
raison ; espérer c'est poursuivre une chimère ; aimer,
ah ! aimer !..... il y a trop longtemps que tu aimes,
il y a trop longtemps que tu baises la main qui rive
tes chaînes et ravit tes sueurs ! Aujourd'hui, il faut
haïr, haïr le présent et le passé, Dieu et les hommes,
les prêcheurs et les riches !... » Il les a entendus, il a
cru à leur parole, et voilà pourquoi il sourit devant
l'image du Dieu qui s'est fait enfant pour nous ; voilà
pourquoi il ne sait plus ni croire, ni espérer, ni
aimer ; voilà pourquoi il ne veut pas que son enfant
joigne ses petites mains devant cet autre Enfant qui
lui parlerait de pauvreté, de courage, de patience,
en lui montrant, par delà les misères et les tristesses
d'ici-bas, le séjour bienheureux où le pauvre reçoit
sa part de richesses et de bonheur !... Il sourit : ah !
dites-moi, en est-il plus heureux ? Depuis qu'il a
secoué le joug « suave et léger », le travail est-il
moins pénible, le pain moins amer, la vie moins
triste ? Sa femme croyait ; elle aussi blasphème : en
est-elle plus aimante, plus chaste, plus dévouée ? —
Ses enfants ont appris à huer le prêtre : en sont-ils
plus dociles, plus aimants et plus aimés ? — « La
croix, chaque jour plus solitaire, n'est-elle pas pourtant l'unique asile de l'âme ? L'autel a perdu ses
honneurs, l'humanité s'en éloigne peu à peu ; mais,
je vous en prie, oh ! dites-le-moi, si vous le savez,
s'est-il élevé un autre autel ? » — Pauvre peuple que

j'aime, parce que je suis un de ses membres, pauvre peuple toujours trompé et toujours victime ! Il n'avait qu'un bien, l'espérance, et ils la lui ont enlevée !

Ma mère aurait donc bien voulu m'accompagner; mais elle n'osait, à tort ou à raison, abandonner à la merci du premier voleur venu, le peu que nous possédions. Elle croyait que la nuit de Noël était la nuit principale des chevaliers d'industrie, si nombreux à Paris. Elle resta donc, mais après m'avoir plusieurs fois recommandé à l'un de nos voisins, qui promit de me ramener. Je partis seul. Pas de neige, mais un froid sec et un vent glacial qui me fouettait le visage et m'apportait, de tous les quartiers de la grandes ville, les joyeuses volées des cloches. J'arrivai à l'église : elle était resplendissante de lumière. Partout des fleurs, de l'or scintillant sous l'éclat des mille bougies semées de tous côtés. Je me sentais joyeux : il me semblait que c'était ma fête, à moi, pauvre enfant orphelin, et mes yeux éblouis et ravis se portaient, tour à tour, du ministre étincelant sous ses ornements dorés, qui m'apparaissaient dans le lointain, à travers les nuages d'encens, à l'humble crèche dans laquelle le petit Enfant Jésus souriait, pauvre et heureux : pauvre volontaire, heureux de notre bonheur et de notre salut, qu'il apportait avec lui. Je sentais moins mon isolement au sein de cette grande famille chrétienne, et j'éprouvais une joie que je n'avais point encore connue à unir ma voix à toutes ces voix qui redisaient

tour à tour les cantiques naïfs de la vieille France
chrétienne et les chants des anges : *Il est né, le
divin Enfant, — Gloire à Dieu dans les cieux !...*

La cérémonie sainte s'acheva : les lustres s'étei-
gnirent, les derniers sons de l'orgue moururent sous
les voûtes, devenues silencieuses, et l'église n'offrit
plus, aux regards du fidèle attardé, que ses profon-
deurs sombres et muettes. Je sortis et me mis à
chercher, dans la foule, le voisin qui devait me
ramener. Mais je cherchai vainement, il ne s'y
trouvait pas. Quand je me vis dans la nuit noire,
ayant une course de trois quarts d'heure à faire
dans un quartier mal éclairé, tout proche du canal
Saint-Martin, le canal aux histoires sinistres, la peur
me prit : je m'appuyai contre un pilier de l'église et
me mis à pleurer. Quelques personnes m'aperçurent,
et entre autres un honnête négociant qui me connaissait, puis deux dames que je n'avais jamais vues.
« Pourquoi pleures-tu, mon ami? me demanda le
négociant. — Parce que je n'ai personne pour
m'emmener et que j'ai peur de m'en aller tout seul.
— Voyons, voyons! rassure-toi : les voleurs, s'il y
en a, à cette heure, dans les rues de Paris, ne gagne-
raient pas grand'chose avec toi. On peut s'arranger,
d'ailleurs.... Tiens ! je te conduirai jusqu'à la rue
Saint-Maur. — Et nous, dit l'une des deux inconnues,
que ma vue intéressait, nous le conduirons jusque
chez sa mère. » Ces paroles bienveillantes et l'air
affectueux des bonnes dames me rassurèrent complétement; j'essuyai mes larmes et je les suivis.

Chemin faisant, elles me firent causer : ce n'était pas par curiosité, mais par intérêt. Elles étaient sœurs, et toutes deux vieilles demoiselles; mais bonnes, naïves et pieuses, riant franchement de mes réponses enfantines, essuyant une larme au récit de la mort de mon père, échangeant un regard ému quand je leur parlais du jour où le pain avait failli nous manquer. « Pauvre petit, pauvre mère ! » disaient-elles, et elles se rapprochaient de moi, me tenant chacune par la main et m'enveloppant à moitié dans leurs châles, pour me protéger contre le vent glacial. Nous arrivâmes ainsi, causant et riant, près de la maison que j'habitais. Je ne savais comment remercier les deux bonnes dames; je sentais bien quelque chose, mais les mots ne venaient pas sur mes lèvres. Elles me comprirent de suite, m'embrassèrent toutes deux, et la plus âgée mit dans ma main une jolie petite pièce de quatre sous toute neuve : « Oh ! madame, fis-je, tout ému. — Ce sera pour ton jour de Noël. Allons ! va vite embrasser ta maman, qui s'inquiète. » Et elle referma la porte sur moi !... Je bondis dans l'escalier, et au bout de quelques secondes, je me précipitais dans la chambre, chauffée, cette fois; car dans la nuit de Noël, tous font du feu, et même les plus pauvres. Ma mère m'attendait avec anxiété. Elle avait lu sa messe d'abord, puis préparé un ré- veillon, auquel je fis honneur, en racontant avec vo- lubilité ma petite histoire. A ce récit, la bonne mère

souriait, heureuse, consolée par ces témoignages
d'affectueuse sympathie prodigués à son enfant par
deux étrangères. « Il y a encore des cœurs généreux, murmurait-elle, des cœurs qui comprennent,
parce qu'ils ont souffert ; le bon Dieu les récompense ! » Grande fut son admiration à la vue de la
petite pièce de quatre sous, toute neuve et toute brillante. « Oh ! les bonnes dames ! n'est-ce pas, maman ? — Oh ! oui, » répondait ma mère, en serrant
la pièce, que je n'aurais eu garde de m'approprier.
Pour nous, elle représentait une livre de pain,
c'est-à-dire ma nourriture d'un jour.

UN JOUR DE L'AN.

De Noël au jour de l'an, il n'y a qu'un pas, mais un pas bien long pour les enfants qu'agite la perspective des étrennes. Cette perspective ne pouvait être la cause de mon impatience, à moi dont la mère était pauvre, et cependant je hâtais de mes vœux, comme mes camarades, l'arrivée du jour heureux. Il était d'usage alors, et l'usage s'est conservé, je crois, parmi les enfants du peuple, de faire, ce jour-là, un compliment aux parents. On l'écrivait sur une belle feuille de papier à dentelle, ornée de dessins plus ou moins appropriés à la circonstance, mais qui nous paraissaient magnifiques. J'y songeais comme les autres, et, trois semaines au moins avant le grand jour, je m'arrêtais avec complaisance devant les boutiques des papetiers, afin de choisir la plus belle. La plus belle ! c'était bien de la choisir, mais il fallait pouvoir l'acheter ! Une année, j'eus la honte de n'y point arriver ; mais l'année suivante, je m'y pris de plus loin, j'économisai, je me privai du sucre d'orge que je me permettais parfois, le dimanche, avant la messe, et la vieille marchande établie sur les marches de l'église, étala vainement devant mes yeux ses succulentes richesses. Enfin je me trouvai à la tête de quatre sous ; ce n'était pas beaucoup, mais enfin la somme me suffisait. J'achetai une feuille qu'encadraient

des guirlandes de fleurs, au milieu desquelles jouaient
de charmants oiseaux. De ma plus belle écriture,
je transcrivis mon petit compliment, et, au matin du
jour fixé, la rougeur au front et le sourire aux
lèvres, j'offris le tout à ma bonne mère. Je ne sais
si elle n'avait jamais vu de papier aussi beau ou
si mon écriture était la cause de sa surprise, mais
elle poussa un cri d'admiration, m'adressa des éloges
sur mes progrès, et, me prenant dans ses bras,
m'embrassa longuement et avec une effusion de
tendresse que je n'avais éprouvée que depuis la
mort de mon père... « Pauvre enfant, dit-elle avec un
soupir de regret, je ne puis pas te donner
d'étrennes, je suis si pauvre ! Tu le sais ; mais tu sais
aussi que je t'aime bien. — Oh oui ! maman, fis-je en
lui sautant de nouveau au cou. » Il y avait grand'
messe à la paroisse, le matin, je m'y rendis. Mes
camarades arrivèrent successivement, heureux et
fiers de leurs étrennes, faisant sonner leurs poches
et se précipitant tumultueusement à l'assaut de la
boutique de la mère Bernard, qui ne savait auquel
entendre.

La messe terminée, je passai par la sacristie :
un vicaire s'y trouvait, et je l'entendis demander
quelqu'un pour rester auprès de lui et pour le suivre,
au besoin, chez un malade qu'il allait administrer.

Nous avions congé, je n'étais convié à aucune des
fêtes de famille qui réunissent, ce jour-là, parents et
amis, je me proposai et fus agréé. Je courus aussitôt avertir ma mère ; elle ne me laissa partir qu'à

regret : elle eût si bien voulu que ce jour ne ressemblât pas aux autres pour moi !

Le vicaire, charmé de ma bonne volonté, me donna un grand sac de dragées et une petite pièce de cinquante centimes, dont la vue me fit tressaillir d'aise. Comme ma mère serait heureuse ! On me confia quelques commissions, des cartes, des lettres à porter, et, vers quatre heures du soir, nous quittâmes l'église pour aller administrer la pauvre femme dont j'ai parlé. C'était une ouvrière, seule comme ma mère, habitant, comme nous, une mansarde sous les toits. Quand nous entrâmes chez elle, sa figure, contractée par la souffrance, me fit peur : instinctivement je me serrai près du vicaire, pour fuir ce regard étrange qui semblait me poursuivre. Il n'y avait là que la concierge, brave femme, qui suppléait, autant que possible, par son dévouement, à une absence presque totale de secours et de soins : les pauvres n'ont ni parents ni amis. La malheureuse femme acceptait, au reste, son sort avec une résignation touchante. Seule ici-bas, elle avait vu disparaître successivement tout ce qui pouvait la rattacher à l'existence, mari et enfants. Réduite depuis lors à vivre, à travailler, à souffrir seule, elle accueillait avec joie la mort, qui devait la réunir à ceux qu'elle avait perdus. Elle dit tout cela devant moi, simplement, sans colère et sans amertume, reçut les derniers sacrements avec bonheur, et quand le prêtre, sur le point de la quitter, lui adressa un dernier adieu, en lui recommandant

12

de faire à Dieu le sacrifice de sa vie : « Oh oui ! dit-
elle avec un triste sourire, de tout cœur ! »

Nous revînmes à l'église; ma journée était terminée,
je retournai près de ma mère. Mais l'image de
la pauvre femme, expirant dans sa mansarde
solitaire, me poursuivait. Cette grande figure pâle,
ces joues amaigries, ces yeux enfoncés dans leurs
orbites ne me quittaient pas et me rappelaient de
trop récents et trop cruels souvenirs. Plusieurs fois,
un frisson, qui me courait par tout le corps, trahit
mon saisissement et ma frayeur. « Mais qu'as-tu
donc ? demandait ma mère. — Oh ! rien, disais-je,
rassuré par le son de cette voix amie, c'est le froid. »

Souvent, jeune encore, je fus mis en présence de la
mort ; je ne m'en plains pas, et ce spectacle me fut
utile. Il m'enseigna de bonne heure le secret de la
vie et le but à atteindre. A un âge où le cœur bat
avec force, où l'imagination crée devant les enfants
et les jeunes hommes une existence fantastique,
où on rêve si facilement gloire, fortune, bonheur, je
comprenais déjà les mots de *vanité, brièveté de la
vie, épreuves, souffrances, mort.* J'y ai gagné un peu
de tristesse, une certaine pente à la mélancolie, la
perte prématurée des illusions qui sont le partage
du jeune âge ; mais l'épreuve m'étonne moins qu'un
autre, la tristesse ne m'enlève pas toute force, et si
mon cœur se serre, il ne se brise pas. Peut-être
n'en suis-je pas plus heureux ; je veux au moins
m'efforcer d'en devenir meilleur.

UN COUSIN.

J'ai dit que nous n'avions pas de parents : il eût
été plus juste de dire que je ne les connaissais pas ;
car nous en avions, et même un assez grand nombre.
Les uns, restés au pays, adonnés à la culture et
uniquement préoccupés de leurs intérêts, s'inquié-
taient peu de la veuve et de l'orphelin, perdus dans
la grande ville.

D'autres, quittant comme nous le village, cherchaient ce que tous espèrent trouver au loin, les
uns ici, les autres là, peu satisfaits de leur sort et
s'étonnant de ne pas rencontrer cette fortune qui leur
souriait du village, et pour laquelle ils avaient abandonné le toit de chaume et la charrue. Nous en
rencontrâmes quelques-uns, et parmi eux le cousin
Charles. Le cousin Charles était un brave homme,
dans toute l'acception du mot, et, de plus, intelligent, robuste et vigoureux ouvrier ; mais il avait
l'humeur aventureuse et quelque peu étrange. Au
village, on le disait sujet à des accès de folie, folie
peu dangereuse, mais pleine de surprises désagréables pour sa femme et son fils. Contre-maître
dans un chantier de Paris, il paraissait entièrement
adonné à son ouvrage, ne parlait de rien, ne laissait
rien soupçonner ; puis, un matin, il disparaissait, et,
huit jours après, on recevait de lui une lettre datée

du pays. Il lui avait pris envie de revoir sa petite
maison de là-bas, et, sans plus tarder ni réfléchir,
il était parti, perdant, par le fait, sa place de contre-
maître. « Impossible de le raisonner, disait ma
cousine; il répond oui, et il part tout de même!»

Le cousin Charles nous savait à Paris, et, comme
il avait le cœur généreux, je l'ai dit déjà, il voulut
voir ce que nous devenions et finit par nous découvrir dans l'humble chambre que nous occupions,
rue des Trois-Couronnes. Il se conduisit envers nous
comme un véritable parent. Il fallut aller le voir,
s'asseoir à sa table et promettre de revenir. Ma
mère n'usa de l'invitation qu'avec beaucoup de
discrétion pour elle-même. Quant à moi, je trouvais
là un moyen d'utiliser mes jeudis. Je me rendais au
chantier, et ma cousine, bien qu'elle ne fût pas
tout à fait aussi bonne que mon cousin, ne me
laissait jamais partir sans m'avoir fait copieuse-
ment goûter. Je mangeais de bon cœur chez eux :
tout y était propre, comme dans la chambre de ma
mère, et, de plus, tout respirait l'aisance; car mon
cousin gagnait de grosses journées, et son fils,
robuste garçon de vingt ans, comptait au chantier
comme un véritable charpentier. A la suite de
l'échauffourée que j'ai rappelée, tous trois durent
quitter le chantier, où ils avaient gratuitement leur
demeure, et ma cousine, assez embarrassée pour
trouver un logement, vint, grâce à ma mère, habiter
dans la même maison que nous. Nous nous vîmes
alors un peu plus souvent, et je me trouvai moins

seul. En traversant la cour, je rencontrais, chaque
jour, ou l'un des deux cousins ou la cousine. Parfois,
le dimanche, au moment où ils sortaient pour se
promener (car les ouvriers ne travaillaient pas,
généralement, le dimanche, à cette époque), le vieux
cousin m'appelait, s'égayait de mon sourire et
finissait toujours par me mettre un gros sous dans
la main : « Ce sera pour ton dimanche, petit, »
disait-il. Et moi j'étais content.

... Là s'arrêtent mes souvenirs relativement au
cousin Charles. Nous dûmes quitter la rue des Trois-
Couronnes pour venir habiter chez M. B., et je ne le
revis plus. Vit-il encore? Est-il mort? Dieu le sait.
Les ouvriers n'ont guère le temps de s'aller voir; ils
écrivent peu, lors même qu'ils savent écrire : mon
cousin ne le fit pas. Je le regrettai toujours; car
j'avais retrouvé en lui quelque chose de la tendresse
et de l'affectueuse douceur de mon père, je m'étais
attaché à lui. Nous reçûmes, d'ailleurs, ma mère et
moi, si peu de marques d'intérêt, pendant vingt ans,
de la part de nos proches, que l'amitié du cousin
Charles nous semblait précieuse, et que nous nous
estimerions heureux de pouvoir l'en remercier
aujourd'hui.

12.

SENTIMENT DE MA PAUVRETÉ.

Sevré de tous les petits plaisirs que s'accordent ordinairement les enfants, grâce aux libéralités de leurs parents, je ne m'en trouvais pas plus malheureux : je grandissais à vue d'œil, mes joues avaient conservé, avec leur fraîcheur, le brillant incarnat qui faisait l'orgueil de ma mère, quand elle me comparait aux petits Parisiens, et je jouissais d'une santé qui défiait l'atmosphère viciée des rues ouvrières, aussi bien que les privations. Et cependant, malgré mon jeune âge, malgré l'heureuse insouciance avec laquelle j'acceptais, le plus souvent, l'infériorité de notre position, il m'arriva plusieurs fois de sentir vivement, très-vivement même, ma pauvreté et mon isolement : tantôt, par exemple, à l'occasion d'une promenade, d'un petit repas sur l'herbe pour lequel on faisait appel à la bourse de chacun. Mes camarades apportaient leurs souscriptions, comme ils avaient apporté leurs bûches, et moi je ne pouvais rien apporter. C'était un nuage sur la petite fête. Jamais les généreux enfants ne m'en firent un reproche, oh non! Rien dans leurs paroles, leurs gestes ou l'expression de leurs visages qui pût me faire rougir et me rappeler que je n'avais d'autre droit à la table commune que leur amitié. Et pourtant, j'éprouvais une sorte de malaise à me mêler à eux, ces jours-là, sentiment indéfinissable qui rame-

nait mes yeux à terre et ma pensée vers la mansarde où tout me parlait de notre pauvreté, mais
où rien ne me la reprochait. Il me semblait que les
chauds rayons du soleil de mai ne brillaient pas pour
moi, qu'ouvrir les yeux pour jouir de leur éclat, de
la pureté des eaux, du charme de la campagne
s'éveillant au retour du printemps, était demander
quelque chose, tendre la main, prendre ma part
d'un plaisir que je ne pouvais payer.

« Pourquoi donc as-tu l'air si drôle? me disait
l'un. — Pourquoi ne manges-tu pas? ajoutait celui-
ci. — Moi! mais je mange... je n'ai rien. » La rougeur subite qui colorait mes joues démentait mes
paroles. Le remarquaient-ils? Je ne sais; mais ils
ne s'en montraient que plus désireux de me faire
prendre ma part des réjouissances communes, les
braves enfants!

D'autres fois, le coup était plus sensible encore : il
s'agissait de la fête du directeur. On s'entendait;
les plus grands dirigeaient tout : ils allaient de
l'un à l'autre, pendant les récréations. On se parlait tout bas, on discutait sur l'objet à offrir; les
uns tenaient pour une splendide tabatière, d'autres
pour un couvert d'argent; moi seul ne tenais pour
rien, car moi seul ne pouvais joindre mon nom à
celui de mes camarades. Et quand le jour fiévreusement attendu arrivait, jour de joie et de bonheur
pour tous ces enfants, reconnaissants, au fond, des
soins qu'on leur prodigue, alors même qu'ils ne
savent pas en profiter, jour d'amnistie, de bruit,

d'expansion, de congé; quand nous étions tous
réunis auprès de notre vieux maître, que tous jouis-
saient de sa surprise et de son bon sourire, qu'on
faisait briller aux regards la splendide tabatière ou
les fines ciselures du beau couvert; quand les mains,
obéissant au mouvement des cœurs, se heurtaient
frémissantes et faisaient retentir la salle d'applaudissements frénétiques, oui, quand tous applau-
dissaient joyeux, je n'applaudissais que timidement. Il me semblait que si j'obéissais, moi aussi,
au mouvement qui enlevait mes camarades, quelqu'un allait se tourner vers moi, pour me dire :
« Pourquoi donc applaudis-tu? En as-tu le droit? »
Et quand le vieux maître, ému de ces témoignages
si vrais, si expressifs de la reconnaissance d'enfants,
ouvrait la bouche et nous adressait quelques paroles de remerciement et d'affection, je les écoutais
sans oser en prendre ma part. De quoi pouvait-on
me remercier, moi qui ne pouvais rien offrir? Et
pourtant mon cœur n'était point étranger à ce
sentiment si naturel et si pur de la reconnaissance;
je sentais vivement tout ce qu'on faisait pour ma
mère et pour moi; j'aurais voulu le prouver; mais la
pauvreté rend timide, et c'est cette timidité qu'on
flétrit trop souvent du nom d'ingratitude et d'insensibilité. J'ai toujours baisé la main qui s'est tendue
vers moi, et je ne rougirai jamais de reconnaître
qu'il fut un temps où des âmes généreuses aidèrent
la mère et l'enfant à porter le fardeau de leur pauvreté. Je ne me souviens pas, non plus, que le sen-

timent de cette pauvreté et du dénûment dans lequel nous tombâmes, en certains jours, ait jamais soulevé en moi ces instincts mauvais qui portent à maudire le riche et à convoiter son or. Il m'arrivait souvent, comme à tout autre enfant, de désirer l'objet qui frappait mes regards, parfois même d'oublier notre situation et de le demander naïvement à ma mère, mais c'était tout. J'estimais heureux mes camarades quand, au lendemain d'une fête, ils arrivaient les mains pleines de bonbons et de gros sous; mais leur bonheur ne m'attristait pas, et il ne m'est jamais arrivé de leur souhaiter du mal. Comment l'aurais-je fait, lorsque tous me voulaient du bien et me le témoignaient chaque jour, sans me demander, en retour, autre chose que de partager leurs jeux et de rire avec eux?

DIX ANS !

Dix ans ! oui, j'avais atteint ma dixième année,
lorsqu'un jour, ma mère m'annonça, avec une émotion mal dissimulée, qu'un grand changement allait
se produire dans notre existence. Elle ne prononça
pas tout d'abord le mot de séparation, et c'était
cependant d'une séparation qu'il s'agissait ; mot
douloureux, qui évoque devant mon imagination les
quinze plus belles années de ma vie, passées au
milieu d'étrangers, loin de celle qui était pour moi
une famille, années laborieuses dont j'oublierais bien
vite les privations et les souffrances, si elles ne
m'avaient privé des joies les plus douces pour un
cœur d'enfant, celles du foyer domestique....

Ma mère ne prononça donc pas, tout d'abord, le
mot de séparation : il s'agissait d'un essai. On lui
avait parlé d'une autre maîtrise où les enfants
étaient nourris, logés, élevés, en un mot, sans qu'il
en coutât rien aux parents : elle vit là un puissant
secours pour mon éducation, et l'essai fut
décidé.

On était en janvier 18.... Par une froide matinée,
nous sonnions, ma mère et moi, à la porte du
directeur de la maîtrise de Sᵗ-X. Une femme vint
nous ouvrir, nous fit entrer dans un petit parloir
ou antichambre très-simplement meublée, où nous

attendîmes quelques minutes. « Monsieur achève de déjeuner, nous dit-elle, il va venir. »

Nous restions silencieux, ma mère et moi; une même pensée que nous n'osions nous communiquer oppressait nos cœurs : l'idée de la séparation s'imposait à nous nécessaire, mais dure et cruelle. Cette idée, jointe au silence glacial et à la sévérité des quatre murs dans lesquels nous nous trouvions, faisait passer de temps à autre un frisson dans tout mon être. Des pas se firent entendre, le directeur parut : taille ordinaire; tête dénudée, dont quelques mèches de cheveux, ramenées avec soin sur le crâne, ne parvenaient point à cacher la calvitie; regard scrutateur, qui s'allumait promptement et qui me fit incontinent baisser les yeux; grande bouche grimaçant un sourire et qui s'ouvrit pour faire entendre un « Bonjour madame, » prononcé sur un ton mielleux et traînard qui ne m'inspira aucune confiance. Ce fut aussi l'impression de ma mère, elle me l'avoua plus tard. « Bonjour, madame, répéta le directeur du même ton. Vous nous amenez sans doute votre enfant? — Oui, monsieur, répondit ma mère : on m'a dit qu'il y avait des places d'enfants de chœur ici, mon fils a de la voix, et je me permets de venir le présenter. — Ah! bien, bien! nous allons le faire essayer. Asseyez-vous, madame, et vous, jeune enfant, suivez-moi. » J'aurais bien voulu ne pas le suivre : quelque chose me disait qu'on m'introduisait dans un guêpier. Ma mère commandait, il fallait obéir. Je suivis le directeur. Un petit escalier nous amena promptement dans l'intérieur de la maison, et nous nous trouvâmes de suite au milieu d'un corridor long, étroit et obscur, où l'air raréfié exhalait une odeur indéfinissable; nous passâmes successivement devant plusieurs salles, dont je ne pus deviner la destination, parce que des verres peints m'empê- chaient de voir à l'intérieur, et nous arrivâmes enfin devant une pièce que je reconnus promptement pour la classe de musique. Elle était facile à décou- vrir : les huit ou neuf *soprani* qui s'y trouvaient sans surveillance, attendant l'arrivée du maître de chapelle, faisaient un vacarme effroyable, les uns perchés sur les bancs et les tables, d'autres luttant sur le parquet, trois ou quatre frappant, à poings fermés, sur un piano, tous criant, hurlant, gesticulant. Mon arrivée, ou plutôt celle du directeur, fut un coup de foudre. Immobile et muet comme la statue du commandeur, il s'arrêta sur le seuil de la porte; son regard, ce regard qui me plaisait si peu, jeta un éclair qui terrifia la bruyante assemblée; les poings levés restèrent suspendus, le piano cessa de retentir, les deux lutteurs devinrent cramoisis, et l'un des acrobates fut si saisi, qu'il resta à cali- fourchon sur l'une des tables, sans oser descendre. « C'est ainsi qu'on se conduit ! Toute la classe privée de dessert pour jeudi et en retenue ! » Les visages s'assombrirent, et dans plus d'un œil, je vis un éclair de rage répondant, à la dérobée, à celui du directeur. L'ordre rétabli, le directeur s'adressa à l'un des trois ou quatre pianistes dont son arrivée avait arrêté l'inspiration : « Essayez ce nouveau, » dit-il. Fier de cette marque de confiance, celui-ci écarta ceux qui l'entouraient, et, jetant sur moi un regard de protection, qui, cette fois, ne me troubla nullement : « Savez-vous vos notes? fit-il. — Oui. — Eh bien! montez la gamme. » J'obéis et montai la gamme successivement en *ut* et en *sol*. Les notes étaient pleines, sonores, pures : l'impression fut favorable. Le directeur grimaça, une fois encore, son sourire · « Ce n'est pas mal, vous avez de la voix ; attendez le maître de chapelle, il vous examinera lui-même, et je viendrai vous rechercher. » Il sortit et je demeurai seul au milieu de la troupe, qui ne tarda pas, délivrée de l'œil du maître, à recommencer cris et tapage. Etait-ce l'impression première, l'appréhension qui saisit toujours lorsqu'on se trouve en présence de l'inconnu? je ne sais, mais ces visages nouveaux ne me plaisaient pas. Je ne reconnaissais pas dans ces cris la gaieté franche de mes camarades de là-bas ; il y avait de l'effronterie sur ces figures narquoises, et je ne lisais aucune sympathie dans tous ces regards qui m'inspectaient curieusement des pieds à la tête. On ne me laissa pas longtemps tranquille : le cercle se resserra insensiblement autour de moi, et toutes ces grenouilles, sautant à l'envi sur le paisible soliveau que la fortune leur envoyait, se mirent à coasser à qui mieux mieux. « A-t-il l'air campagnard, hein ! — J'parie qu'il arrive tout droit de son village. — Tu ne vois donc pas qu'il a mis tout exprès son habit des

13

dimanches ! » Bientôt ce fut de la part de tous ces garnements qui n'étaient jamais sortis de Paris et n'eussent pu distinguer un grain de blé d'un haricot, un feu roulant d'interpellations aussi spirituelles et aussi amicales que les précédentes. Je ne bronchais pas sur mon escabeau ; mais le sang me montait au visage, mes mains tourmentaient fiévreusement mon képi et une scène allait commencer, quand la porte s'ouvrit pour livrer passage au maître de chapelle.

C'était un homme déjà vieux. Il laissait carrière libre à ses cheveux, qui se dressaient à qui mieux mieux sur sa tête. De petits yeux vifs, mais clignotants et fatigués, fuyant la lumière ; des traits ridés, un peu rudes, laissant deviner cependant un fond réel de bienveillance et de bonté. Qu'on me pardonne l'expression envers un homme que je devais estimer et aimer : c'était le bourru bienfaisant. Le pianiste me présenta à lui ; ma figure lui plut. « Bon, bon ! dit-il. Sais-tu solfier, mon garçon ? — Un peu, monsieur. — Bon, bon ! nous allons voir. Apporte mon solfége d'Italie, » dit-il à mon introducteur. Le solfége fut apporté et ouvert, ô bonheur ! sur une leçon que j'avais déjà lue. Je la chantai donc sans hésitation, et le vieux maître fut content : « Bon, bon ! répétait-il, bonne voix, lit pas mal, tout ira. » Le directeur, devinant l'arrivée du maître de chapelle, sans doute au silence qui s'était fait dans la salle de musique, revint, s'entretint quelques instants, à voix basse, avec lui et m'invita de nouveau à le suivre. Nous

rejoignîmes ma mère, qui attendait anxieuse, dans
la petite pièce, le résultat de mon examen. « Madame,
lui dit le directeur, le maître de chapelle a examiné
votre fils : il lui trouve de la voix et quelques notions
de solfége suffisantes pour occuper une place d'enfant
de chœur. Nous pourrons donc l'admettre ici, où il sera
très-bien sous tous les rapports. » Alors, il entama
l'éloge de la maison, en fit connaître le règlement à ma
mère, eut grand soin de remarquer qu'on avait du
dessert deux fois par semaine, au principal repas,
etc..... Ma mère souriait déjà de bonheur ; mais le
discours du directeur n'était pas terminé : « Voilà,
continua la voix insinuante, le règlement de la
maison. Il me reste maintenant à vous exposer une
dernière considération : il est d'usage que les enfants
qui entrent à la maîtrise, paient un droit d'entrée
de deux cents francs. — Oh ! monsieur, deux cents
francs ! — Rassurez-vous, madame, reprit la voix
mielleuse : nous comprenons très-bien que vous ne
puissiez disposer, aujourd'hui, de cette somme...
Vous ne l'avez peut-être pas... mais nous ne serons
pas exigeants, nous vous donnerons du temps pour
payer, et ainsi, petit à petit.. — Impossible, monsieur,
impossible ; non, continua-t-elle tristement, je ne
veux pas contracter une telle dette, je ne pourrais
jamais la payer... » Il y avait des larmes dans ses
yeux et dans sa voix. Deux cents francs ! Que de
journées, que de nuits consacrées à un travail
opiniâtre représentait cette somme ! Pour moi,
c'était une fortune !...... Le visage anguleux et

mat de l'homme qui se trouvait devant nous prit
alors une expression de compassion et d'intérêt qui
m'eût ému sans l'étrange répulsion qu'il m'inspirait :
« Ne pleurez pas, ne pleurez pas, nous nous enten-
drons.... Voyons ! deux cents francs peuvent se
trouver..... Vous avez des parents, des amis. — Personne, monsieur, répondit la pauvre femme — Des
protecteurs alors, ceux qui vous ont envoyé ici. —
Un pauvre jeune homme qui soutient sa mère et
auquel nous n'oserions même pas emprunter dix
francs.» Les traits du directeur trahirent un instant
le dépit ; mais il se remit promptement, car il fallait
me recevoir, puisque le maître de chapelle m'avait
admis. « Eh bien ! dit-il, mettons cent cinquante
francs, c'est tout ce que je puis faire ! » Ma mère se
leva, me prit par la main, et, s'inclinant devant cet
homme : « Je vous remercie de votre bonté, monsieur,
dit-elle, et je suis fâchée de vous avoir dérangé. C'est
demander l'impossible à une pauvre femme sans
ressource.» Nous sortions, ma mère triste et presque
découragée, moi heureux de me voir échappé de
cette prison, dont je pressentais instinctivement les
horreurs. Ce n'était pas ce que voulait le directeur ;
il fit deux pas et se plaça devant la porte : « Vous
renoncez trop vite, dit-il, à une position avantageuse
pour votre enfant. Il y a moyen de s'entendre....
Voyons, voyons ! vous pouvez bien faire quelque chose.
Nous vous accorderons toutes les facilités possibles.»
Ma mère avait la patience que donne la pauvreté ;
elle répondit donc avec la même tristesse calme et

résignée : « Je vous l'ai dit, monsieur, je ne puis absolument rien donner. Je suis sans ressource, une partie
du linge que nous avions apporté du pays est au mont-
de-piété : comment pourrais-je trouver la somme que
vous me demandez ? — Enfin nous verrons, nous verrons. Amenez toujours votre enfant ; il est gentil, nous
parviendrons à nous entendre... Vous ferez quelque
chose... Eh bien ! quel jour l'amenerez-vous ? » Ma
mère réfléchit un instant, proposa un jour qui fut
agréé, et, avant de nous congédier, le directeur
m'embrassa. Le contact de cette figure froide et
dissimulée me fit courir un frisson par tout le corps.
Le vit-il ? Je n'en sais rien. Toujours est-il que cet
homme ne m'aima jamais, et ne me donna, pendant
les cinq années que je passai près de lui, aucune
marque de sympathie. Nous sortîmes : j'éprouvai
un sensible soulagement à pouvoir respirer librement, sans avoir à redouter le regard soupçonneux
sous lequel je venais de me trouver pendant une
heure.

Ma mère s'occupa immédiatement de mon trousseau : il ne pouvait être ni grand ni riche, mais
toutes les pièces passèrent, une à une, sous les yeux
de la vigilante mère. Un point ici, là une pièce, pour
que le tout fût propre et sans tache. En peu de
jours, je me trouvai équipé et capable d'entreprendre
une longue campagne. Restait à me séparer de
mes anciens maîtres et de mes camarades : cette
séparation me coûta beaucoup. J'avais reçu là,
dans cette pauvre maîtrise, au milieu de ces enfants

la plupart fils d'ouvriers et privés, comme moi, des biens de la fortune, tant de marques d'affection et de dévouement, que mon cœur se serrait à la pensée de les quitter, et que j'aurais consenti, de grand cœur, à manger encore du pain sec, pour demeurer parmi eux. Il le fallait : je me soumis aux ordres de ma mère ou plutôt à l'arrêt de la pauvreté. Le temps pressait, nous nous mîmes en chemin. Ma mère, désireuse de faire les choses « convenablement, » avait pu, grâce à son économie, acheter deux beaux poulets, destinés, l'un au professeur, l'autre au maître de chapelle. Une fois encore, nous frappâmes à cette porte dont, deux années auparavant, j'avais franchi, pour la première fois, le seuil en tremblant. Aujourd'hui, je ne tremblais pas, mais je pleurais. C'était toujours la même concierge : elle se trouvait bien là, elle ne changeait pas, elle. Nous traversâmes la cour : c'était là que, dans un coin, mes camarades avaient surpris le secret de ma pauvreté et qu'ils m'avaient forcé de partager leur pain. Nous nous retrouvâmes bientôt dans la salle aux fenêtres grillées, un peu sombre, d'aspect austère, mais dans laquelle, après tout, le travail ne semblait pas trop pénible, ni l'hiver trop froid. On y chantait, on y riait, on y était heureux. Le Monsieur aux longs cheveux, à l'égard duquel mes préventions avaient depuis longtemps cessé, descendit encore une fois de sa chaire, pour recevoir mes adieux. Il fut touché de l'attention de ma mère, et d'autant plus qu'il connaissait bien notre position : l'impossibilité de refuser put seule le décider à accepter le modeste présent. Il m'embrassa à plusieurs reprises, me fit promettre de revenir voir mes anciens camarades, dit à ma mère que j'étais un bon enfant et que je réussirais certainement, puis donna cinq minutes de récréation, pour permettre à tous mes amis de me faire leurs adieux. Ils m'entourèrent, curieux d'abord : « Ou vas-tu, ou vas-tu? » — puis bientôt, tout tristes : « Pourquoi t'en vas-tu, pourquoi? — Maman le veut! » A ce mot, les têtes se baissaient et, malgré l'insouciance de notre âge, nous sentions déjà l'amertume qui accompagne toute séparation. « L'arbre a des racines et l'homme des jambes, » a dit le poëte : le mot est vrai, nous sommes des voyageurs, hélas! et même des exilés. A peine assis sur la pierre du chemin, les membres fatigués, la tête alourdie et le cœur triste, il faut se lever, reprendre le voyage un instant interrompu, marcher encore, marcher toujours..... oui, jusqu'au terme suprême, jusqu'au séjour heureux où il y aura place pour tous, où l'ami retrouvera l'ami, le frère sa sœur, l'orphelin son père........ Ce n'était pas la première fois que mon cœur se serrait, et je devais connaître encore des froissements plus douloureux. Toutefois l'impression des premières épreuves est demeurée plus sensible. Comment oublier, par exemple, l'accueil que me fit mon vieux maître de chapelle? « La, j'en étais sûr, dit tout d'abord le brave homme ; je me donne du mal, je les forme, et, au moment où ils valent quelque chose, ils m'échappent!... Tu avais pourtant l'air de valoir mieux que les autres, ajouta-t-il mélancoliquement, et tu les imites! — Pardonnez-nous, monsieur, interrompit ma mère : nous ne le faisons pas sans peine, mais vous connaissez notre position. L'enfant grandit chaque jour. Je ne le lui reproche pas, j'en suis même bien heureuse, pauvre enfant! Mais enfin, au lieu de me rapporter quelque chose, il me coûte davantage. Vous comprenez, monsieur G. que ce sera un grand soulagement pour moi, puisqu'on le nourrira, sans qu'il m'en coûte rien. — C'est vrai, c'est vrai, pauvre mère, murmurait le vieux maître, comme s'il se repentait de la sortie qu'il venait de faire... Allons! continua-t-il, sois toujours un honnête garçon ; si tu le veux, tu deviendras quelque chose en musique. »

Une dernière séparation s'imposait à moi, la plus difficile et la plus douloureuse : il fallait quitter ma mère, c'est-à-dire toute ma famille. Ce sacrifice fut assurément le plus dur qui m'eût été demandé jusque-là. Pain sec, froid, dénûment, isolement, j'avais tout accepté sans y penser beaucoup et, léger après mon repas de pommes de terre ou de haricots, je jouais avec autant de bonheur que ceux de mes camarades dont l'ordinaire était somptueux auprès du mien. Mais, vivre loin de ma mère, seul, complétement seul au milieu d'étrangers qui me semblaient si différents des chers amis avec lesquels j'avais jusque-là vécu, ne plus la voir qu'à de longs intervalles et seulement pour quelques instants, travailler, souffrir, pleurer tout seul, oh! que cela me semblait dur! Et nul ne pouvait m'épargner cette séparation; car je n'avais plus de père pour me donner le pain que mes forces ne me permettaient pas de gagner autrement qu'en chantant......

Le jour fixé arriva : c'était le 11 février 18... jour froid, nébuleux et triste comme nos pensées. La diligente main de ma mère avait pourvu à tout. Elle prit deux paquets assez lourds, m'en donna un petit à moi-même. « Voyons! nous n'oublions rien, disait-elle, pour tromper son émotion et me garder quelques minutes encore dans la pauvre chambre..... Allons!..... » J'embrassai d'un long regard d'adieu ces murs qui m'avaient abrité pendant plusieurs années, muets témoins de mes joies et de mes douleurs d'enfant. Nous partîmes, et la route me parut bien courte. Elle s'opéra silencieusement et tristement. Ma mère avait-elle le pressentiment des épreuves nouvelles qui nous attendaient tous deux dans ce changement de vie? Je ne sais, mais on l'eût dit à ses recommandations dernières et aux chauds baisers qu'elle me prodigua, quand la voix doucereuse du directeur l'invita à me laisser seul dans l'affreuse prison. Jamais je ne l'avais vue si triste sous ses vêtements de veuve! Elle me prit dans ses bras, me serra affectueusement sur son cœur : « C'est mon seul bien, monsieur, dit-elle à l'homme témoin de cette scène d'adieu, oh! prenez-en soin, je vous en conjure! » Alors elle fit sur elle-même un violent effort, se déroba à mes caresses et, refou-

13.

lant ses sanglots, elle franchit le seuil de la porte.
Mais là, son courage abandonna la pauvre mère :
elle m'entendait pleurer, et, incapable désormais
de se contenir, elle aussi donna un libre cours à
sa douleur.

MON NOUVEAU SÉJOUR.

Les jours qui suivirent cette séparation furent tristes, bien tristes. Ma timidité naturelle, rendue plus craintive encore par l'espèce de quarantaine à laquelle on me soumit, dès mon entrée dans cette maison, me fit chercher la solitude. Je suivais les autres du dortoir à la salle d'étude, de la salle d'étude au réfectoire, du réfectoire à la salle de musique : j'obéissais machinalement, passivement, parce que je ne me sentais pas la force d'apporter une résistance au règlement qui s'emparait de moi ; mais l'âme était absente. Rien ne pouvait l'empêcher de percer les sombres murailles, de franchir l'espace et de revoir, dans des songes pleins de douceur, les champs paternels, le village, la liberté, le bonheur. Mes premiers compagnons, par leur gaieté, leur amitié franche et bonne, m'avaient fait oublier les pertes et les malheurs passés, — il faut si peu de chose pour amener le sourire sur les lèvres de l'enfant et effacer de son imagination le souvenir des jours mauvais ! Loin d'eux, le mal du pays me reprenait avec une force, une violence d'autant plus grande, que mon âge me permettait mieux d'apprécier la valeur des biens à jamais perdus. En vain les douze ou quinze tyrans au milieu desquels je venais de m'abattre comme une

proie ardemment attendue, essayaient, par leurs
persécutions redoublées, de triompher de ma résistance passive : ni menaces ni coups ne pouvaient
me rendre à cette réalité pour laquelle je n'étais pas
fait. Triste et presque découragé, je me tins à l'écart,
travaillant, chantant, mangeant avec les autres,
mais sans courage et sans joie. Ils ne me le par-
donnèrent pas, et bientôt s'engagea entre eux et moi,
une lutte qui devait durer cinq années, et dans
laquelle je reçus continuellement, sans jamais
rendre. Puisse Dieu leur pardonner comme je leur
pardonne du fond du cœur ! L'éducation première,
les mauvais exemples et une foule d'autres causes
que je ne veux point examiner, expliquent les instincts brutaux que je trouvai dans la plupart de ces
enfants. Ma première impression fut une surprise
douloureuse, à laquelle succéda bientôt une aversion
profonde, que la crainte seule m'empêcha de témoigner. Il y avait des enfants vraiment méchants
dans le milieu étrange qui me recevait : je ne tardai
pas à les connaître, et voici à quelle occasion.

Nous avions comme professeur un bon et brave
jeune homme de la Savoie. Contraint par des
malheurs de famille d'interrompre ses études théo-
logiques, et forcé de travailler pour soutenir les
siens, qu'un incendie réduisait à l'indigence, il vint
à Paris. Nature honnête, énergique, il ne pactisait
pas avec le mal et, partout où il le voyait, la
répression ne se faisait pas attendre. Mes condisciples ne purent supporter longtemps cette surveil-

lance ferme, à laquelle ils n'étaient point habitués :
ils résolurent de lasser le professeur et de lui rendre l'existence absolument intolérable. Une véritable conspiration fut organisée par quelques meneurs : le gros de la classe, les naïfs se laissèrent
entraîner, sans songer que sur eux surtout retom-
berait l'orage. Quelques tentatives de soulèvement
furent faites en pleine classe; elles échouèrent
devant l'énergie du professeur. Impuissants dans
la maison, les rebelles résolurent d'agir au dehors
et de se venger d'une manière éclatante. Le projet
était simple : on devait, à la promenade, abandonner le professeur en pleine rue et aller..... où on
voudrait. On me fit des avances, je refusai de
m'engager. On me menaça, je refusai encore. Alors
on me traita de lâche, d'espion, de *bonnet à poil,*
(les autres, les braves par excellence, ceux qui
frappaient parce qu'on ne pouvait leur rendre,
s'intitulaient *zouaves*) et, résumant enfin l'exaspération commune et toutes les flétrissures que je
méritais dans un seul mot, le coryphée de la bande
attacha à mon nom une épithète que j'entends
encore retentir à mes oreilles, et qui fut le plus
cruel supplice de ma vie d'enfant, il m'appela
hypocrite. Désormais je n'eus plus d'autre nom :
partout, au dehors comme au dedans, l'odieuse
appellation m'était infligée; mes voisins de classe
ou de dortoir me la répétaient avec une persévérance infernale et, dans mes songes d'enfant, je
voyais des bouches railleuses qui grimaçaient ce

nom; je l'entendais murmurer à mes oreilles. Ce
fut sous ce nom que les nouveaux apprirent à me
connaître et à me montrer au doigt..... oui, et cela
parce que je me refusais à une manifestation contre un homme qui, sans me faire aucune faveur,
m'avait adressé parfois quelques paroles sympa-
thiques, en voyant mon isolement et ma tristesse!
Je ne cédai pas, quoique plus jeune que ceux qui
voulaient m'entraîner. Quelque chose me disait qu'il
était mal d'agir ainsi, et la seule vue de l'honnête
et loyale figure du maître suffisait pour me donner
courage et me faire persévérer dans ma résolution.
« Lâche, espion, hypocrite ! » J'aurais pu les dénoncer, ils m'en donnaient le droit par leur méchanceté;
mais je ne m'y sentais point obligé et ne le fis pas.
Je n'en fus pas moins pour tous et à tout jamais
l'*Hypocrite.*

Le dimanche fixé pour l'exécution du complot
arriva. Nous sortîmes, à l'issue des Vêpres, et la
promenade fut dirigée vers la Seine. Le professeur
ne se doutait de rien. A un moment, il ordonna de
prendre à gauche, afin d'arriver plus vite sur les
quais. La scène commença. Ceux qui se trouvaient
en tête firent la sourde oreille et continuèrent de
marcher en droite ligne. Surpris, le maître, qui se
trouvait à quelques pas, se rapproche : la bande
accélère le pas, change de côté, montrant bien quel
était son dessein. Vainement le professeur multi-
plie les signes et les avertissements, les révoltés ne
l'entendent pas et poursuivent leur chemin, riant et

s'excitant mutuellement à ne pas céder au Savoyard
(c'est ainsi qu'ils désignaient le maître). Il n'y avait
pas à lutter, celui-ci le comprit aussitôt. Courir
après les drôles, tirer les oreilles à l'un, fouetter
l'autre, eût été le plus simple et le meilleur parti,
sans la foule qui encombrait les rues; mais il n'y
fallait pas songer. Blessé au cœur par ce procédé,
plus encore qu'irrité, certain d'ailleurs que les enfants ne couraient aucun danger et qu'ils n'oseraient
soutenir longtemps leur rôle, le professeur se retourna. J'étais seul auprès de lui. Sa figure prit une
expression de bienveillance, presque de reconnaissance. «Venez, mon enfant, me dit-il, laissons-les.»
Et nous partîmes. Cette tactique troublait le plan de
la troupe; on comptait sur une lutte et non sur une
retraite qui supprimait la promenade et faisait présager une retenue. D'autre part, si osés que fussent
les jeunes révolutionnaires, ils ne pouvaient avoir
la pensée de se promener seuls et de rentrer sans
le maître. Je les vis bientôt se retourner, à leur tour,
et nous suivre. Ils allaient vite, très-vite : la peur
les prenait. Quand nous fûmes à deux ou trois
cents mètres de la maison, quelques-uns d'entre eux
se glissèrent le long des maisons et se joignirent à
moi. Ils tremblaient. « Tu diras que j'étais avec toi,»
murmurait l'un à mes oreilles; l'autre prenait mon
bras... Je laissais faire; j'aurais volontiers demandé
leur grâce, car je ne conservais aucune rancune
des maux qu'ils m'avaient faits. Le professeur ne
l'entendait pas ainsi. On rentra; un pensum général

fut imposé, et on le fit sans broncher. J'étais seul
excepté de la punition, je devais le payer cher. Le
soir même, mes voisins de dortoir trouvèrent le
moyen de me gratifier de quelques coups de pied
que je reçus sans mot dire, et, le lendemain, la
grande vengeance commença contre l'Hypocrite, le
Savoyard, cette seconde qualification m'appar-
tenant désormais aussi bien que la première. —
Ce fut d'abord une sorte de conspiration du silence.
Paria de cette petite société que je n'avais même
pas la liberté de fuir, je me vis, à un moment,
seul, complétement seul. Quelques meneurs dirigeaient tout, les autres obéissaient, par peur ou en-
traînement. M'arrivait-il de demander un rensei-
gnement à mon voisin de classe, — silence; — de
réclamer, à table, un de ces légers services qu'on se
rend d'ordinaire entre enfants, — silence; — de me
proposer pour faire nombre à un jeu, — silence. —
Puis, comme les enfants n'ont pas assez de force de
volonté pour s'imposer longtemps la même manière
de faire, fût-ce dans le mal, il y eut changement
de front. Au silence obstiné, à l'isolement systématique, à la quarantaine enfin, succédèrent des attaques violentes, directes et incessantes. Les injures
les plus grossières, les appellations les plus sottes,
genre de persécution auquel l'enfant est si sensible,
me furent infligées. La première, celle qui me fut
donnée à la suite du complot que je viens de rapporter, me faisait mal au cœur, et produisait sur
moi l'impression du froid de l'acier pénétrant dans

la chair vive. Mes tyrans le savaient bien ; aussi me la prodiguaient-ils partout, en classe, au réfectoire, en promenade, au dortoir. Un de mes voisins me demandait-il une chose que je n'avais pas et que je ne pouvais, par conséquent, lui prêter : «Hypocrite,» faisait-il d'un ton de voix méchant. — Une petite dispute survenait-elle au milieu d'un jeu auquel on m'avait convié par nécessité : «Hypocrite,» criaient mes adversaires, grands ou petits. — Ce mot me fermait la bouche, que j'eusse tort ou raison. Contre ces assauts répétés, qui se renouvelaient chaque jour, on ne me reconnaissait qu'un droit, celui de me taire; on ne me laissait qu'une ressource, la patience. Et encore silence et patience ne triomphaient pas toujours de l'exaspération de mes bourreaux, et ne faisaient parfois que les irriter davantage.

Malgré tout cependant, malgré ce système de persécutions acharnées, les deux premières années de mon séjour dans cette maison furent moins dures que les trois suivantes. Je sentais vivement le mal qu'on me faisait, et le mépris avec lequel on me reléguait à l'écart m'impressionnait plus douloureusement encore; mais j'oubliais vite aussi, et les moindres distractions ramenaient la joie sur mon front. Quel bonheur, par exemple, quand vint le jour de la première sortie! Ma mère travaillant encore dans un atelier de couture et gardant, par conséquent, ce qu'elle appelait « son petit chez-soi, » il me fut possible d'y aller, de revoir les rues tant

de fois parcourues avec mes anciens camarades et
où tout me rappelait de si chers souvenirs. Je les
revis eux aussi, mes bons amis; je pus les embrasser, jouir de leur surprise à la vue du nouveau costume qui me transfigurait et me donnait un air tout
collégien, sans me rendre toutefois plus fier.
Sachant ce qui m'attendait au retour dans les murs
de la sombre prison, je faisais provision de bonheur,
je renouvelais mes impressions passées, j'aspirais
à pleins poumons cet air de joie, de liberté et
d'expansion, afin de m'en former une sorte de trésor
dans lequel je pusse puiser, quand je me trouverais
seul ou qu'on me ferait souffrir. Mon violon, mon
instrument bien-aimé, devint alors et plus que jamais ce *dimidium animæ meæ* dont tout être
humain a besoin. L'homme qui vit dans une entière
solitude est une bête ou un ange, a-t-il été dit :
ange, j'aspirais à le devenir, bête, j'espère ne
déchoir jamais jusque-là, je ne le voulais point en
ce temps de ma vie. Aussi, quand la journée avait
été plus dure, les coups de pied plus nombreux, les
injures plus répétées et plus cruelles, je me retirais,
à l'heure de la récréation, dans la salle de musique,
je tirais de son étui mon cher instrument, et, seul,
tout seul, après l'avoir longuement contemplé, admiré sa couleur, caressé son manche poli, je redisais, en m'accompagnant doucement, tout doucement, pour qu'ils n'entendissent pas, les chants
appris dans la pauvre chambre. Mon imagination
d'enfant me transportait bientôt dans l'humble in-

térieur témoin de mes premiers essais; ma mère était là, je la voyais, je voyais son bon sourire affectueux récompensant une difficulté vaincue, j'entendais sa voix aimée s'unissant aux sons de mon instrument et murmurant encore la complainte qu'elle m'avait apprise. Alors, alors, j'étais heureux, et le présent seul me semblait un rêve. Douces heures! délicieux loisirs! joies pures! Mon violon à la main, le regard tourné vers le point invisible où je plaçais ma mère, l'âme émue au souvenir du passé, je chantais, et mes yeux se mouillaient de larmes à ces chants de ma petite enfance......

J'ai parlé de notre vieux maître de chapelle : mon impression première, heureuse on s'en souvient, se confirma promptement. Sous des dehors rudes et incultes, il cachait un cœur excellent. Mais, avant tout, il fallait marcher droit avec lui! Les plus hardis de la bande tremblaient quand, la messe du dimanche apprise, il ordonnait de prendre le terrible solfége d'Italie. Terrible, oui, car les leçons n'en étaient pas toujours faciles. Il fallait lire, et *allegretto*, sans autre accompagnement que le son du violon, des pages affreusement hérissées de dièses, de bémols, de triples et de quadruples croches. Nos voix, nos bras, nos têtes, notre corps entier, qui battait la mesure, tout marchait à la fois, et de quel train! Si une fausse note se faisait entendre, elle n'échappait jamais à la fine oreille du vieux maître! Quel orage alors! Il interrompait tout, frappait du pied à défoncer le plancher,

mettait son violon sur son genou, brandissait son
archet avec fureur, menaçait de nous le casser à
tous sur le dos, bien qu'il se contentât de le casser
ordinairement sur la table, et enfin prenait sa tabatière. Nous respirions : la tabatière était l'arc-en-
ciel annonçant la fin de l'orage. A partir de ce
moment, et dès que la bienheureuse boîte s'ouvrait,
la voix perdait son éclat retentissant : semblable
au mugissement de la vague qui s'éloigne du rivage
et calme peu à peu sa fureur, elle ne faisait plus
entendre que des grondements sourds et intermit-
tents : « Anes bâtés..... pas pouvoir lire une mé-
chante page que nous lisions à revers, nous, de
notre temps..... Bons à rien..... ganaches.....
Qu'est-ce que tu veux toi? continuait-il, s'adressant
tout à coup à l'un de nous, *soprano* doué d'une
voix superbe, mais qui se montra toujours incapable de lire couramment une page de musique, incapacité qui lui attirait fréquemment les vigoureuses apostrophes du vieux maître, qu'est-ce que tu
veux? Propre à rien, oui, propre à rien. Ton père
ferait bien mieux de t'acheter une voiture et de
t'envoyer vendre des choux et des pommes de
terre; tu ne seras jamais bon à autre chose, propre
à rien..... Tais-toi, exclamait-il, en voyant l'autre
ouvrir la bouche, tais-toi, ou je te brise mon archet
sur le dos!..... » Nous écoutions, nous, tremblants
que notre tour n'arrivât! Enfin, quand le vocabu-
laire du vieux maître était épuisé, il se mouchait
avec fureur, comme pour se dédommager de n'avoir

plus rien à dire, prenait coup sur coup trois ou quatre prises formidables, dont il laissait ordinairement tomber les trois quarts, et la leçon recommençait, toujours accidentée par de petites scènes semblables à celle que je viens d'esquisser.

Tel était le vieux maître à la leçon, tel il se montrait à l'exécution, n'épargnant d'ailleurs pas plus ses chantres et ses organistes, que je l'entendis maintes fois qualifier d'un « ganaches! » très-expressif. Hors de là, excellent homme et toujours prêt à nous témoigner intérêt et affection. J'avais besoin parfois de cordes à violon, et, comme il ne m'était pas possible de sortir pour en acheter, j'allais le trouver après la classe : « Monsieur, lui disais-je timidement, voudriez-vous être assez bon pour me céder une chanterelle? — Oui, oui, mon garçon, tiens! prends. » et il m'en donnait trois. Avais-je l'audace de lui en offrir le prix ! « Bon, bon ! me disait-il, va te promener ! » Ma foi, j'y allais, mais bien touché, je vous assure, par cette bonté du vieux maître. Je ne sais s'il avait deviné l'hostilité systématique dont j'étais l'objet de la part de mes condisciples, mais jamais il ne fit tomber sur moi quelqu'une des algarades quotidiennes dont il se montrait si prodigue à l'égard des autres.

Rien ne me distinguait de la plupart de mes condisciples ; j'avais même, dans les commencements, une certaine difficulté à déchiffrer si rapidement le terrible solfége et les messes des grands maîtres; mais il voyait ma bonne volonté et ne me rudoyait pas. Je lui en ai toujours gardé le plus reconnaissant souvenir. Quand venait le jour de sa fête, il recevait nos compliments et le petit présent à l'achat duquel je ne pouvais pas plus contribuer, hélas! que par le passé, nous remerciait en quelques mots partant du cœur, puis nous proposait un jour pour la promenade, la grande promenade de sa fête. Au jour fixé, nous nous réunissions, joyeux, et, conduits par lui, nous partions, soit par le chemin de fer proprement dit, soit par le chemin de fer américain, soit enfin, ce que nous préférions de beaucoup, par le bateau à vapeur. Arrivés à St-Cloud, nous déjeunions gaiement, puis nous nous dispersions dans le parc, ce qui permettait à quelques-uns, aux grands, de se donner le plaisir, longtemps rêvé comme le *nec plus ultrà* du bonheur, la jouissance essentiellement virile de fumer. Le soleil couchant nous trouvait assis dans quelque gai restaurant situé sur le bord de la Seine, attaquant avec le formidable appétit du jeune âge la gibelotte traditionnelle et le non moins traditionnel lapin sauté. On mangeait beaucoup, on buvait un peu, on causait, on riait surtout, et, quand le cornet du chemin de fer américain invitait à reprendre sans tarder la route de Paris, on se levait en soupirant, et on disait : « Quel beau jour! Comme il a passé vite! » Oui, les beaux jours, les bons jours passent vite. Ils passèrent vite pour moi surtout. Les petites distractions dont je viens de parler m'aidaient à supporter ma nouvelle existence; mais elles duraient peu, et il

semble que la Providence ne me les ait tout d'abord
accordées que pour me donner le temps d'apprendre à souffrir. Bientôt, en effet, ma mère profita de
la liberté que lui laissait mon entrée dans un inter-
nat, pour prendre une place, et, désormais, il n'y eut
plus de sortie pour moi ; désormais, les jours où
mes condisciples plus heureux se rendaient au milieu des leurs, je dus rester seul dans ces longs corridors déserts, seul avec les tristes souvenirs d'hier,
avec les appréhensions du lendemain. Comme cet
isolement absolu me semblait dur, et quel découra-
gement quand je vis les mois s'ajouter aux mois,
sans que rien modifiât ma triste situation. Hélas !
elle devait se prolonger de longues années, et, pendant de longues années, j'étais destiné à être le
souffre-douleur de ceux au milieu desquels le sort
m'avait jeté, sans qu'il me fût donné de retremper
mon âme dans les joies innocentes dont je sentais
un si vif besoin !

MA PREMIÈRE COMMUNION.

Il est peu d'hommes qui, au milieu des agitations et des épreuves de la vie, n'aiment à jeter un regard sur leur passé d'enfant et, dans ce passé, à s'arrêter de préférence sur quelques jours privilégiés où tout, innocence du cœur, inexpérience de la vie, tendresse des parents, soleil de mai, fête de la nature, contribuait à les rendre heureux. Il en est un surtout qu'on ne revoit jamais dans ses rêves sans de douces et profondes émotions, celui de la première communion. Ne vous est-il point arrivé, comme à moi, de rencontrer, par une belle matinée de mai, ces longues rangées d'enfants vêtus de blanc, se rendant à l'église, entourés de leurs parents, lisant dans tous les yeux des vœux pour leur bonheur, portant dans leurs mains ces cierges, symboles de leur foi naïve et forte, respirant dans tout leur être un parfum d'innocence qui attire et inspire en même temps le respect? Fête du cœur que la nature se plaît à embellir, premiers pas de l'enfance dans cette vie chrétienne qui, sans se parer de charmes trompeurs, se révèle à lui pleine de joies pures, les seules vraies de la terre; mystérieuse union pour laquelle Dieu prévient le monde et s'empare des âmes dans un temps où rien encore n'a pu les déflorer et où elles s'offrent à lui fraîches et pures comme la brise du matin ! Qui n'aspire avec bonheur le parfum de ce jour trois fois béni où l'âme s'épanouissait joyeuse ! Qui donc, ayant oublié, au milieu du bruit, au choc des passions et des séductions de la terre, le don qu'il avait fait de lui-même en ce jour, ne se sent subitement incliné à revenir sur ses pas et à recommencer, cette fois dans la plénitude de sa raison et avec la conscience du néant des choses d'ici-bas, cette offrande de son être ?......

Ce grand jour se leva pour moi aussi et, comme tous les enfants, je le vis s'approcher avec cette impatience qu'ils mettent d'ordinaire à désirer tout ce qu'on leur promet. Je le regardais, et c'était ainsi qu'on cherchait à me le faire envisager, comme le terme de l'enfance et comme une initiation solennelle à l'adolescence, objet de mon ambition et de mes vœux les plus ardents.

C'est dans ces dispositions que je me préparai à ma première communion. Cette préparation ne m'a pas laissé les impressions suaves et salutaires qu'elle laisse d'ordinaire à ceux qui sont entourés de soins délicats et auxquels rien n'a manqué pour qu'ils comprissent la grandeur de l'acte auquel on les conviait. Dieu me garde d'en faire retomber la responsabilité sur les prêtres chargés de nous diriger dans cette circonstance solennelle ! Ils firent ce que leur prescrivait leur conscience, c'est dire qu'il firent ce qu'ils purent. On n'a pas droit de demander à deux prêtres, chargés de préparer six ou sept cents enfants, ces soins maternels

14

et cette surveillance de tous les instants, si fruc-
tueuse cependant pour ceux qui en sont l'objet. Perdu
dans la foule, l'enfant pauvre apprend à peu près,
n'écoute qu'avec la mobilité naturelle à son âge et
comprend peu. Sa mère n'est pas là, attentive
pour lui, écoutant et comprenant pour lui, toujours
prête à recommencer et à compléter l'œuvre nécessairement incomplète du catéchiste. Que reste-t-il
pour faire impression sur sa jeune âme et donner
à ces jours un caractère qui le frappe et en fasse
des jours à jamais mémorables dans son existence? Ce que j'appellerai les grandes lignes, et
c'est beaucoup. A la voix du prêtre devenant plus
grave, à l'annonce des grandes vérités de la foi que
des images choisies lui rendent sensibles, aux
réunions plus fréquentes, à cette revue sérieuse de
toute sa petite existence à laquelle on le convie, lui
pauvre enfant, qui, hier encore, se doutait à peine
qu'il eût un passé, tant l'avenir seul lui semblait
véritablement la vie, à tout cet ensemble qui frappe
vivement son imagination, l'enfant, tout enfant
pressent, en quelque manière, la gravité de l'acte
qui se prépare pour lui. L'enfer surtout l'effraye;
les flammes, les cris désespérés des damnés — con-
séquences fatales d'une première communion mal
faite, — ce ne sont pas là des abstractions! Dans le
jugement où nul ne pourra dissimuler ce qu'il est,
il voit la punition de l'enfant qui a menti, par peur,
au tribunal où on l'invitait à ouvrir son âme; et le
ciel, le ciel enfin, peuplé d'anges aux blanches ailes,

lui apparaît comme l'heureux séjour rempli des réalités qui laissent bien loin derrière elles ses rêves
les plus enchanteurs. Ajoutez comme couronne-
ment l'auguste cérémonie elle-même, l'autel paré de
fleurs, étincelant de lumières, l'or et la pourpre, la
voix émue du prêtre, ces cantiques tant de fois redits,
mais empruntant à tout l'ensemble du saint jour je
ne sais quel charme nouveau, le bonheur des parents
qui sont là, les larmes de quelques anges privilégiés
au cœur desquels le Dieu de l'Eucharistie se rend
plus sensible, tout, jusqu'à ces habits de fête qu'on nom-
mera longtemps les habits de la première communion et qui resteront comme les souvenirs et les témoins du grand jour, tout, dis-je, parle au cœur de
l'enfant pauvre, comme à celui de l'enfant riche,
dans cette préparation immédiate et dans l'accomplissement de l'acte auguste. C'est là, du moins, ce
qui me frappa, ce furent là les moyens dont Dieu
se servit pour graver dans mon âme l'ineffaçable souvenir de ma première communion. Je me vois encore dans cette vaste nef, vêtu de ma petite
aube brodée et de ma belle ceinture bleue, tout
d'abord tremblant, agité, inquiet, recourant à mon
confesseur pour des vétilles qui me semblaient des
péchés mortels; — puis, m'avançant enfin, recueilli
et souriant, à cette table où les anges m'accompa-
gnaient et y recevant mon Sauveur et mon Dieu
avec cette simplicité d'une âme qui se donne sans
compter à Celui qui se donne lui-même à elle. Près
de moi, je vois encore un enfant, un de ces anges

terrestres dont le front rayonne d'innocence et qui
portent leurs âmes sur leurs visages ! Lui aussi
venait de recevoir son Dieu, et, à genoux, tout entier
à l'hôte divin qui remplissait son cœur, inattentif à
ce qui se passait près de lui, des larmes de bonheur
coulaient de ses yeux... A cette vue, je me sentis
troublé : il me sembla que, ne pleurant point, je
ne faisais pas pour remercier mon Dieu tout ce que
me commandait un aussi éclatant bienfait, et, désireux de ne point l'aimer moins qu'un autre, je voulus pleurer à mon tour ! Pauvre enfant ignorant, je
ne savais pas alors que Dieu se contente des larmes du cœur.

J'ai eu le bonheur de suivre dans la vie ce com-
pagnon du plus grand acte de ma vie. Vingt années
écoulées, son front conserve encore ce pur reflet
d'une âme vierge, et, quand je le vois, quand je l'entends, quand j'aspire le suave parfum qui s'échappe
de ce bel et gracieux ensemble auquel la forte em-
preinte de la virilité n'ôtera jamais la fraîcheur et
les attraits de l'adolescence, je me surprends murmurant cette parole si vraie : « Oui, je le soutiens
et je ne crains pas d'être démenti par l'expérience,
un enfant qui n'est pas mal né et qui a conservé jusqu'à vingt ans son innocence, est à cet âge le plus
généreux, le meilleur, le plus aimant et le plus aimable de tous les hommes ! »

Tel fut pour moi ce jour qui ne s'oublie pas : il
eût pu être plus heureux, et cependant je ne me plains
pas. Je me souviens seulement que mon isolement

me fut, ce jour-là, plus sensible que de coutume.
C'était le soir, à cette heure où l'enfant privilégié
s'assied à la table de famille, objet de l'affection et
des attentions de tous, où il lit son bonheur dans
tous les yeux : je ne connus pas cette joie, moi,
pauvre orphelin, et, seul peut-être des communiants
du jour, j'achevai au milieu d'enfants indifférents,
cette fête qui ne pouvait être complète pour moi ;
mais Dieu ne permit pas que j'en ressentisse quelque amertume, et ce fut sans envie que je goûtai la
part qui m'avait été faite. Ne suffisait-elle pas à un
cœur droit ?

A partir de ma première communion, ma vie suivit son cours lent et régulier, sans incident notable.
Je continuais à vivre au milieu des condisciples que
je n'aimais pas et qui me soumirent, longtemps
encore, à la persécution dont j'ai parlé. L'odieux
surnom était toujours ma plus cruelle souffrance,
et ils ne me l'épargnaient pas. A l'âge de douze ou
treize ans, plus robuste que la plupart des
chétifs avortons qui m'insultaient, je m'entendais
souvent interpeller de la sorte par quelque enfant
de dix ou onze ans. Comment ne me révoltais-je pas?
Il est facile de le comprendre. Au temps où j'arrivai dans ce milieu, j'étais trop faible pour lutter
contre la coalition, et je gardai ce sentiment de ma
faiblesse qui me livrait sans résistance à ceux qui
m'attaquaient, je le gardai à un âge où j'aurais pu
mettre en pièces la plupart de mes bourreaux. Je
devins craintif et timide à l'excès. Je m'habituai à

14.

souffrir, mais à souffrir passivement, sans oser réagir, même en moi-même.

J'entendais tout et je ne disais rien; car pour moi, plus de sortie. Ma mère, placée dans une bonne maison, y restait et gagnait davantage qu'au temps où elle travaillait à la couture. Il le fallait bien; chaque année, les vêtements devenaient trop courts et les souliers trop étroits. Pauvre mère, elle aussi souffrait et ne se plaignait pas! Toujours au travail et pour moi, je ne la voyais plus qu'à de rares intervalles et toujours pressée. «Maman, lui-disais-je parfois, oubliant sa position, demain il y a une sortie. — Que veux-tu! mon pauvre enfant, répondait-elle, je ne puis pas te recevoir, je n'ai plus de chambre, et je ne suis pas chez moi.» Et je restais, attendant les vacances. Les vacances vinrent, et, cette fois, je restai encore. Le coup me fut sensible: je les voyais partir tous, joyeux, faisant mille projets et se promettant le bonheur qu'on peut se promettre au jeune âge, et moi, je restais seul dans cette sombre maison que le soleil lui-même semblait n'éclairer qu'à regret. C'en était donc fait, plus de famille, plus de parents, plus d'amis; mais la solitude, l'abandon au milieu d'étrangers indifférents, hostiles et méprisants. Oh! comme j'ai souffert et qu'elle fut douloureuse cette rencontre de la jeunesse et d'un désenchantement prématuré dans mon cœur de quatorze ans! Abandonné à moi-même, je m'abandonnai aussi peu à peu à ce mal ou à ce bien qu'on nomme la mélancolie, et je devins rêveur. A peine entré dans l'adolescence, j'aimais à m'isoler sous les plus sombres allées de marronniers des Tuileries et à laisser errer mon imagination à travers le passé où j'avais été heureux..... ou bien encore, accoudé à une fenêtre, je suivais du regard les nuages légers que le vent chassait au loin, et ma pensée, empruntant leurs ailes, volait avec eux jusqu'à la petite maison aux blanches murailles où j'avais vécu ma douce enfance.

> Quand reverrrai-je, hélas! de mon petit village
> Fumer la cheminée, et en quelle saison
> Reverrai-je le clos de ma pauvre maison,
> Qui m'est une province et beaucoup davantage?
> Plus me plaît le séjour qu'ont bâti mes aïeux
> Que des palais romains le front audacieux,
> Plus que le marbre dur me plaît...

Parfois aussi, quelque romance populaire me venait aux lèvres, et seul, à demi-voix, je murmurais :

> D'où viens-tu, beau nuage...
> Viens-tu de cette plage
> Que je pleure souvent.....

Mon violon était devenu muet. Le premier feu passé, j'avais, avec la mobilité naturelle à l'enfance, laissé de côté l'instrument jusque-là si aimé? Nul ne m'encourageait, nul ne m'enseignait le fruit à retirer des dons que le ciel m'avait départis. Pourquoi jouer? l'avenir était si vague devant moi! Et pour qui? Autrefois, dans la pauvre chambre, ma mère était là, qui m'écoutait, m'applaudissait et m'en-

courageait. Ici rien, rien... nulle sympathie, nulle
direction.....

Cependant, après comme avant ma première
communion, cette vie si triste et si pénible ne fut
pas sans quelque consolation. Je rencontrai çà et là,
parmi mes condisciples, des camarades qui eurent
le courage de braver la répulsion que j'inspirais et
de me tendre une main amie. Puisse Dieu les en
récompenser comme je le lui demande! L'un d'eux,
entre autres, mauvaise tête et qui avait souvent
maille à partir avec le maître de chapelle ou le
professeur, mais bon cœur, ne vit pas mon isolement sans ressentir une sorte de pitié. Ce fut le
violon qui nous rapprocha, cher instrument! Lui
aussi raclait un peu. Quand je vis qu'il ne s'unissait pas à mes ennemis, qu'il ne me disait jamais
d'injure et que sa figure exprimait, au contraire, en
ma faveur, une sorte de sympathie muette, j'osai
faire un pas et lui proposai de jouer avec moi quelques duos. Il accepta. Nos relations devinrent
promptement fréquentes : j'avais un ami. Désormais il fallut, bon gré, mal gré, partager les fruits
ou les gâteaux qu'on lui apportait quelquefois,
sortir même avec lui et aller m'asseoir à la table
de sa famille. Cela me coûta beaucoup; car j'étais
devenu d'une timidité presque sauvage. Lui fit tant
et si bien qu'il m'entraîna. Quand vinrent les vacances et qu'il me vit rester presque seul dans la
maison, son cœur se serra : il aurait voulu m'emmener et me fit même des ouvertures à ce sujet.

Je ne me croyais pas le droit de m'imposer à une famille qui me connaissait à peine et dans laquelle les enfants étaient nombreux. « Nous nous reverrons assez, lui dis-je, puisqu'il faut que tu reviennes ici, le dimanche; adieu! » Nous nous revîmes, en effet, et lui, s'oubliant pour ne songer qu'à l'isolement et au dénûment dans lequel je me trouvais, ne venait jamais sans m'apporter quelque chose, et, il me fallait accepter, malgré ma résistance. Sa généreuse amitié ne se lassa pas, et, tant que nous vécûmes de la même vie, je reçus de lui ces témoignages d'une affection qui fut toujours vraie, désintéressée et constante. Mais vinrent les années et avec elles, l'inévitable séparation. La vie n'est qu'une séparation continue. Il alla d'un côté, j'allai d'un autre : nous ne nous sommes pas revus. Cependant je n'oubliai jamais ce qu'il avait fait pour moi dans les jours mauvais, et si la Providence me permet de le rencontrer, je mettrai avec bonheur ma main dans sa main, prêt à me montrer pour lui ce qu'il fut pour moi.

Je reçus quelques témoignages d'amitié semblables d'un autre de mes condisciples. Sa mère rencontra la mienne dans le petit parloir, et la similitude des conditions les rapprocha bientôt. Les mères causant ensemble, les enfants ne pouvaient pas ne pas se parler : ma situation s'améliora d'autant. Nous sortions quelquefois ensemble, et sa mère, gagnant assez d'argent, nous recevait et nous faisait faire un dîner qui me semblait bien bon, com-

paré à notre maigre ordinaire. Enfin le maître de
chapelle lui-même, un nouveau, contribuait, de son
côté, à semer de quelques distractions ma vie, ordinairement triste ! Il m'avait pris en affection. Je lui
rendais d'ailleurs quelques services. Institué son
bibliothécaire, je m'étais promptement initié à
tous les détails de mes nouvelles fonctions, et les
dix ou douze mille pages de musique confiées à
mes soins, me devinrent aussi familières que les
feuilles de ma grammaire. Qu'il y eût, aux jours de
fête, cent ou cent cinquante musiciens, tous avaient
les parties des différents morceaux à exécuter, et je
me trompais rarement en distribuant l'énorme
paquet de musique sous lequel pliaient mes bras de
douze ans. Devenu, en outre, assez fort en musique,
je lisais facilement, à première vue, ce qui m'était
présenté, et, comme ma voix avait également acquis
toute son extension, j'affrontais, avec bonheur,
disait-on, les dangers et les émotions des solos
dans une grande église. Aussi, le soir de ces
jours solennels, quand j'avais lutté victorieusement contre chœur et orchestre, le maître
de chapelle ne voulait pas que je dinasse à la
maîtrise : il m'emmenait avec lui et, certes, il ne
me laissait pas mourir de faim ! D'autres fois, à la
suite d'un solo peut-être mieux exécuté que les
autres, il me mettait dans la main une petite pièce
de dix sous, et cela me rendait joyeux. Telles étaient
mes joies, les rayons de soleil qui doraient parfois
mon existence, ordinairement si sombre ! Elles

m'eussent suffi, et, sans les persécutions, sans le manque absolu de famille, cette vie ne m'offrait rien de plus dur qu'aux autres enfants. Mon cœur battait si délicieusement quand on me disait en souriant : « Bien, c'est bien ! » J'étais si heureux quand, ma cage s'ouvrant, je pouvais m'ébattre quelques instants au milieu des champs en fleur, ou encore, ou surtout ! plonger, avec une nouvelle et indéfinissable émotion, mes regards charmés dans les abîmes qu'ouvrait devant moi........ Mais ceci demande un chapitre à part.

LA MER !

Ce mot avait toujours exercé sur mon imagination d'enfant un effet magique : la mer ! Qui de nous,
au jeune âge, n'a rêvé l'aventureuse existence du
marin ! Qui, lisant les merveilleuses aventures de
Robinson, ne s'est promis de courir un jour le Pacifique et de se fixer sur quelqu'une de ces myriades
d'îles, oasis enchantées où coulent des sources limpides, où se voient les oiseaux au plumage brillant,
où la Providence fait surgir, sous chaque pas du
naufragé, une nouvelle merveille, où les sauvages,
s'il y en a, deviennent compagnons et serviteurs
d'une fidélité à toute épreuve.....

On a tort, peut-être, de mettre ces livres entre les
mains des enfants. L'enfant croit ce qu'il lit, et plus
le récit est attachant, intéressant, palpitant, merveilleux, plus sa foi dans ces aventures imaginaires
devient robuste. Essayez de l'éclairer, quand il vient
de parcourir le livre enchanteur, il s'étonne, il s'afflige et finalement refuse son assentiment au langage de la raison, pour le garder inébranlablement à
la fiction qui lui fournira, longtemps encore, la
matière des rêves les plus heureux, mais aussi
peut-être les plus dangereux. Pour moi, je me souviens encore de l'impression ineffaçable produite
sur mon imagination par la lecture de Robinson

Crusoé, par certaines pages surtout. C'était le soir, un de ces soirs d'hiver où il fait si bon lire, quand l'étude est chaude et le livre palpitant d'intérêt. Je l'avais dans mon pupitre : il me fallait choisir entre *lui* et une thème qui me semblait d'une longueur, oh ! d'une longueur démesurée ! Je luttai quelques instants ; mais vraiment il eût fallu de l'héroïsme pour donner victoire au thème ! Robinson l'emporta donc. Les premières pages étaient déjà dévorées : j'avais assisté au naufrage, à l'installation qui suit, à cette lutte héroïque d'un homme contre les difficultés de tout genre : je travaillais, j'espérais, je triomphais avec lui.... lorsque soudain les restes de l'horrible repas des cannibales frappèrent *nos* regards. Je ne suis pas bien sûr que mes cheveux ne se dressèrent pas sur ma tête ; car c'était pour la première fois que je voyais des hommes se dévorer entre eux.... Je ne lisais plus, je dévorais. La descente des sauvages, le feu, les trois prisonniers, la fuite de Vendredi, l'apparition de Robinson, le combat, la victoire, je voyais tout, je prenais part à tout ! Je fendais le crâne d'un Caraïbe ; c'était mon pied que Vendredi mettait sur sa tête en signe de soumission, moi qui lui souriais, qui le recevais dans ma grotte... J'étais ému, effrayé, saisi tout entier, et il fallut que mon voisin me donnât un vigoureux coup de poing pour me rappeler qne je n'étais pas Robinson, mais un gros garçon de douze ans, qui n'avait pas fait son devoir et que la cloche appelait au réfectoire. Je suivis mes

15

camarades, mais sans que mon esprit quittât les lieux où il venait d'être transporté. Je m'imaginais à chaque instant voir surgir d'un coin de ces longs corridors tout noirs, quelque sauvage demi-nu, armé de son sabre de bois et prêt à me fendre la tête. Je sentais des ossements sous mes pieds, et, quand nous montâmes au dortoir, ce fut avec un frisson d'épouvante que je regardai consciencieusement sous mon lit pour y découvrir l'anthropophage qui pouvait s'y trouver caché...... Et le grand boa de Robinson suisse, qui broyait le pauvre âne et l'avalait tout entier, après l'avoir couvert de sa bave gluante, que de fois ne s'est-il pas enroulé autour de mon corps et ne m'a-t-il pas présenté sa gueule hideuse !.....

Je brûlais donc de voir la mer. Tous ceux qui l'avaient vue me disaient : « C'est beau, la mer ! » Et quand je leur demandais : « Mais comment est-ce fait la mer ? » ils me répondaient encore : « C'est beau ! Des flots bleus sous un ciel bleu, et puis, dans le lointain, toujours des flots bleus, se confondant avec le ciel bleu ! Parfois, un point qui brille, une voile blanche qui miroite à l'horizon. Est-ce un navire qui rentre au port ? Est-ce l'alcyon qui rase de ses ailes les flots tranquilles ?... Et quand l'objet grossit, quand il devient navire, frégate à la proue tranchante, coquette goëlette ou puissant navire aux mâts élancés, comme le cœur bat ! Il s'avance, sous le souffle des vents qui enflent ses voiles ; il fend majestueusement les flots, qui lui livrent passage ; il s'approche et, guidé par la main expérimentée du pilote, se glisse au milieu des écueils, qui ne l'arrêtent pas. Le voilà! Les voiles tombent une à une; il entre au port. De la jetée, on aperçoit les matelots qui ôtent leurs chapeaux goudronnés et entonnent d'une voix rauque leur cantique à Notre-Dame de Bon-Secours dont la statue domine le port et la mer...» Oh! comme cela doit être beau! me disais-je. Si je pouvais voir! Jugez de ma joie quand, au mois d'août de l'année 18.., le maître de chapelle nous annonça que nous allions partir pour Boulogne. J'étais fou de bonheur! Revoir les champs, les bois, les prairies, c'était beaucoup; mais voir la mer! Partirait-on? Le projet se réaliserait-il? Ne nous trompait-on point? Mon imagination inquiète créait mille obstacles chimériques, dont aucun, très-heureusement, ne se réalisa. Comme mon cœur battit quand nous montâmes en chemin de fer! Je n'avais plus peur, cette fois, de ces caisses roulantes et du monstre qui respirait si bruyamment en dévorant l'espace; je me sentais même porté à les aimer et à leur être reconnaissant, quand je les voyais si prompts et si obéissants à me transporter, en quelques heures, loin de ce Paris que je n'aimai jamais. Avec quel bonheur je revis les champs couverts de moissons et les prairies où les agneaux bondissaient effrayés, à notre passage! Tout fuyait rapidement, si rapidement que mes yeux ravis avaient à peine le temps de voir. Mes pensées étaient pour la campagne; mais il me fallut, bon gré, mal gré, faire

connaissance avec toute une famille anglaise que
le hasard avait placée près de nous : un grand
Anglais, sec, raide, comme tous les Anglais; son
épouse, plus sèche encore, couvant de son regard
sans expression trois charmants enfants aux
cheveux blonds, dont une gracieuse jeune fille, très-
peu anglaise, si j'en crois mes souvenirs, car elle
ne demandait qu'à gazouiller et à rire. Nous assis-
tâmes d'abord au déjeuner de rigueur : le précieux
panier fut ouvert; la mère en tira des assiettes, des
serviettes et tous les ustensiles indispensables pour
un déjeuner d'Anglais. On se serait cru en plein
buffet. Le déjeuner fut long; mais tout déjeuner
a une fin, même entre fils d'Albion, et celui de nos
compagnons s'acheva. Le maître de chapelle, liant
par nature, ouvrit alors le feu, et causa tant et si bien
qu'il obtint réponse. La jeune personne adorait la
musique, ils se comprirent de suite. Le maître de
chapelle m'invita à chanter : je m'exécutai simplement, en bon gros garçon que j'étais. Ma voix plut à
nos compagnons, et si bien, qu'on alla jusqu'à m'offrir
des bonbons de chocolat, que j'acceptai, malgré la
vigoureuse haine qu'en bon Français, je portais
alors à John-Bull. Encouragée par mon exemple,
la jeune fille chanta à son tour : je ne compris rien
à ses paroles; mais sa voix me plut, elle était douce
et fraîche. Plus douce et plus fraîche encore me
parut la brise qui venait du large. Nous approchions,
et mes compagnons m'indiquaient du doigt une
grande ligne blanche, tachetée de petits points noirs,

qui se perdait dans la brume. C'était la mer, la mer,
objet de mes rêves! Oh! quelle délicieuse sensation
réjouissait tout mon être, et avec quelle volupté
j'aspirais pour la première fois cet air chargé
d'exhalaisons marines! Maintenant le train marchait
trop lentement à mon gré; j'aurais voulu qu'il
volât et me déposât, en un instant, sur cette plage
où le flot venait mourir. Je comptais les minutes,
car le soleil s'inclinait vers l'horizon. Heureusement
c'était un magnifique soleil d'août, dans toute la
splendeur de son éclat et de ses rayons : il me
réservait, dans cette première représentation que
la Providence me donnait des beautés de la nature,
le spectacle le plus grandiose auquel j'eusse encore
assisté de ma vie. En ce moment, le train de Paris
nous croisa avec la rapidité de l'éclair et un bruit
effroyable. Nous allions donc entrer en gare, et, de
fait, quelques minutes après, le sifflet de notre machine lançait de vigoureux avertissements, le train
modérait sa marche, se glissait sur la voie, devenue
plus large, au milieu d'autres trains, qui allaient et
venaient; finalement s'arrêtait sous un de ces vastes
hangars qui se ressemblent tous, qu'ils soient à
Boulogne, à Paris ou à Londres. Une voix cria à plusieurs reprises : « Boulogne, Boulogne! » Nous nous
élançâmes comme des fous hors du wagon, pendant
que nos Anglais faisaient, sans se presser, un scrupu-
leux inventaire de leurs bagages et s'assuraient que
pas un parapluie ne manquait à l'appel. Mais nous
ne connaissions pas la ville, et force nous fut de

subir la trop prudente direction de nos guides. Je
trépignais d'impatience. Cependant un bruissement
sourd et saccadé arrivait à mes oreilles et m'agitait d'une émotion que je n'avais point encore
connue : c'était la grande voix de la mer, dont les
vagues venaient mourir tranquillement sur la grève,
ou se brisaient avec violence contre les rochers.
Nous l'aperçûmes enfin, au détour d'une rue qui
aboutissait à la jetée. Dussé-je vivre cent années,
jamais je n'oublierai l'émotion qui s'empara de moi
en ce moment et me cloua immobile sur le sol. Le
regard perdu à travers cette immensité, l'âme
saisie par un sentiment indéfinissable, le cœur ému,
je contemplais, j'adorais, oui, moi, enfant ignorant,
j'adorais... Alors, pour la première fois, le sentiment
de l'infini s'empara de moi : mon âme, volant avec
mes yeux sur la crête écumeuse des vagues, se perdait dans l'horizon lointain. Plus puissante que le
corps, elle dépassait cet horizon pour aller chercher,
au delà de l'immensité que je voyais, d'autres immen-
sités se confondant, elles aussi, avec le ciel, et, plus
avide, à mesure que l'infini se révélait à elle,
s'élevait toujours et plongeait plus avant, jusqu'à
ce que, traduisant enfin ce saisissement, mes lèvres
murmurèrent un mot : « Dieu ! » Oui, Dieu était là, je
le voyais, je le sentais. Ces îlots, ces mers me
parlaient de lui, de sa puissance et de sa grandeur.
Mise en présence de cette création, la seule peut-être
à laquelle la main de l'homme n'ait pas touché,
ma jeune âme, sensible, comme toute âme humaine,

au sublime langage des œuvres divines, répondait
et en nommait l'auteur. Car l'âme de l'homme est
une lyre qui, sous l'impulsion des millions d'êtres
célébrant la puissance de celui qui les fit, vibre
pour chanter, elle aussi, la même puissance et
joindre sa note à l'universel concert. Elle est un
écho qui reçoit, pour les redire avec intelligence et
amour, les chants de reconnaissance et de bonheur
de tous les êtres crées.... Accords sublimes! Magnifique privilége que celui de la créature intelligente!
Hélas! quelques-uns le rejettent ou le dédaignent!
En eux la lyre s'est brisée, l'écho s'est fermé. Des
hauteurs ou elle planait naguère, l'âme, violemment
rabaissée vers la terre, victime de l'orgueil ou des
sens, replie les ailes d'or sur lesquelles elle sillon-
nait l'azur des cieux et, faisant à la nouvelle idole
qu'elle s'est créée le sacrifice d'elle-même, de ses
aspirations puissantes, de sa grandeur, du noble
fardeau de l'infini qu'elle s'était, jusque-là, sentie
assez forte pour porter, elle rampe sur cette terre
qui n'est plus pour elle qu'une création du hasard;
tonjours avide de bonheur et de jouissances,
elle les demande à tous les êtres qui passent, elle
cherche dans la satisfaction des sens ce que lui
donnaient la contemplation et la possession de
Dieu, elle veut combler l'abîme qu'il a laissé en se
retirant, et pour cela, elle va, oui, elle va jusqu'à le
remplir de boue!.... Comment peut-il y avoir des
athées? me suis-je demandé souvent, en présence de
l'immensité des flots. Est-il un homme qui demeure

vraiment insensible aux grandes voix de la terre et
des cieux proclamant leur auteur?... Non, je ne le
crois pas encore. Si l'homme restait toujours en présence des œuvres divines, il ne pourrait pas ne pas
croire. La nature parle trop clairement et l'homme
comprend trop bien pour qu'il en advienne autrement.
L'homme ne croit pas parce qu'il s'éloigne des œuvres
de Dieu pour se rapprocher des siennes. Enfermé
dans les grandes villes, il n'aperçoit plus le ciel
qu'à travers les nuages de fumée de ses machines;
plus de montagnes, plus de vallées, plus d'eaux
vives, plus de fraîcheur, plus de calme; mais des
rues, des pavés, de la boue, des palais qui exaltent
son orgueil, de l'argent qui lui procure de grossières
jouissances; plus d'autre pensée que celle du temps;
plus d'autre horizon que celui de la fortune.... Oui,
rien ne lui parle de Dieu, et il ne connaît plus Dieu;
tout lui parle de lui-même, et il s'adore lui-même.

La mer me parla le langage qu'elle parle à tous.
Cette étendue sans limites visibles répondait pleinement à l'idée vague que je m'en étais faite, et je
ne me lassais pas de la contempler. Aussi est-ce
sur la grève que je passais toutes les heures de
liberté qu'on nous accordait. Courir de rocher en
rocher, admirer les évolutions des navires qui
entraient au port ou en sortaient, suivre de l'œil le
vol capricieux du cormoran qui plongeait subitement
pour reparaître bientôt, tenant, dans son large bec,
la proie saisie, me jouer à mon tour dans les flots,
quand les vents se taisaient et qu'un chaud soleil

m'invitait au plaisir du bain, aspirer à pleins poumons cet air que ne viciait la fumée d'aucune cheminée, étaient mes joies, mes passe-temps les plus
aimés. Quelquefois, les instances de deux ou trois
camarades, jointes à celles de quelques lycéens
boulonais avec lesquels nous nous étions liés, m'arrachaient à la plage, et, revenu tout à coup aux passions de mes premières années, on me voyait,

> à les suivre empressé,
> Pour monter sur un âne; appelant mon audace,
> Apprenti cavalier, *trottiner* sur leur trace.

Armés d'un vigoureux bâton, destiné à rappeler
à nos paisibles montures que nous n'avions pas,
comme elles, un attachement invétéré pour le pas,
nous allions droit devant nous, le long des falaises,
courant, chantant, riant, tombant et riant plus
fort, nous arrêtant à la ferme isolée pour y boire
une tasse de lait écumant, jouissant gaiement et
franchement de l'air, du soleil, de la mer, de la verdure des prés, sans songer au lendemain qui devait
nous ravir ces biens d'un jour. Nous revenions,
nous dînions, avec quel appétit ! nous allions jeter
un regard sur la mer, et nous nous couchions, prêts
à recommencer le jour suivant, si la musique nous
le permettait. Mais, je l'ai dit, nos plus chères prédi-
lections étaient pour la mer et pour ceux qui la sillonnent. Aussi nous voyait-on fréquemment sur la jetée,
regardant, questionnant, admirant, nous pressant
autour de quelque vieux marin échoué là et se con-

15.

solant de ne pouvoir plus courir de bordées en nous racontant celles qu'il avait courues. Guidés par lui, nous visitions, avec un intérêt que rien ne lassait, les lourds caboteurs qui amenaient du charbon ou du bois à Boulogne. Je me souviens particulièrement de la visite que nous fîmes à un petit côtier en partance pour une tournée dans la Manche. Il y avait à bord deux matelots, qui nous accueillirent avec cordialité et s'empressèrent de nous montrer le bâtiment depuis la cale jusqu'au pont. On se fût cru dans un petit salon, tant les divers objets, depuis les canons des armes à feu, symétriquement rangées, jusqu'à la vaisselle du cuisinier, luisaient, brillaient, étincelaient. Tout en visitant, on causait, et les braves gens nous racontaient leur rude existence. Ils ne se plaignaient pas ; car le marin aime son métier, lui, et pourvu que la mer lui donne sa subsistance, celle de sa femme et de ses enfants, il lui voue une sorte de tendresse dont j'aimais à entendre la simple et touchante expression. — Nous devions, ce jour-là même, faire en mer une petite promenade ; mais l'officier du port qui nous avait offert un canot, ne put se mettre à notre disposition, ce qui nous rendait tout tristes. Nous racontâmes la chose aux matelots : aussitôt les braves gens de nous offrir leurs canots et de vouloir eux-mêmes nous conduire au fort. La mer était magnifique, le ciel bleu et le fort peu éloigné : le maître accepte au nom de tous et nous descendons, sans plus tarder, dans le grand canot, qui pouvait facilement contenir vingt personnes. Un des

matelots prit le gouvernail, un autre les rames, et
nous commençâmes à glisser sur les flots tranquilles. Je ne me tenais pas de joie : c'était la première fois que j'allais sur l'eau, sur la mer. Quand
nous fûmes à quelques centaines de mètres du rivage
et que le balancement se fit sentir, je me crus tout
de bon en pleine mer. J'aidais, il est vrai, quelque
peu à l'illusion, en tournant obstinément le dos à la
côte. Un petit incident y ramena mes yeux : je vis
nos deux guides ôter leurs bonnets de laine, comme
s'ils saluaient quelqu'un. Etonné, j'ouvrais la bouche, lorsqu'un de mes camarades me montra, de la
main, une statue de la sainte Vierge élevée sur une
haute falaise à pic dominant toute la rade. A notre
tour, nous nous découvrîmes avec respect, pendant
que le plus âgé des deux matelots disait à notre
guide : « On a besoin de croire à quelque chose,
voyez-vous, monsieur, quand on se trouve là-bas
et que le vent pousse droit à la côte, sans qu'on
puisse fuir ! » Cette parole me fit du bien.

Doucement bercés par la vague, poussés par la
brise qui venait de terre, nous avancions lentement
vers le fort dont la masse grisâtre émergeait, à un
kilomètre, du sein des flots qui l'entouraient. Autour
de nous, une centaine de barques, leurs blanches
voiles déployées miroitant au soleil comme
l'aile du cormoran, sillonnaient la baie tranquille,
cherchant les endroits poissonneux, pendant qu'un
joli brick, profitant de la marée, sortait du port,
déployait tour à tour ses voiles, nous dépassait et

enfin disparaissait bientôt à nos yeux ravis, léger comme l'hirondelle, dont il portait le nom. Que nous eussions volontiers consenti à le suivre aux rivages lointains vers lesquels il voguait peut-être! Nous nous le disions et bien d'autres choses encore, lorsqu'un incident tout à fait imprévu ramena brusquement nos pensées vers la terre, à laquelle nous ne songions plus depuis une heure. Un de nos camarades, Parisien pur sang, payait son tribut à la mer. Il fallut virer de bord et au plus vite, ce que nous fîmes en soupirant et en nous promettant bien de faire un triage sévère à notre prochain voyage, et de n'accepter dans la barque que des cœurs vraiment marins. Nous nous rapprochâmes lentement du rivage, et, un même sentiment agitant nos âmes, comme au retour d'un long voyage, nous commençâmes à chanter, de nos voix d'enfants :

> Vers les rives de France
> Voguons en chantant,
> Oui, voguons doucement ;
> Pour nous les vents sont si doux !

Et nous chantions encore quand le canot, longeant le quai, vint se ranger au pied de l'escalier. Nous serrâmes successivement la main à nos braves matelots, et, quelques instances que nous pûmes faire, ils ne voulurent jamais accepter la modeste rétribution que nous leur offrîmes.

Le moment du départ arriva, trop promptement, hélas! pour nous tous, et il fallut s'enfermer de nouveau dans les murs étroits de la sombre maison. Mais nous rapportions, moi surtout, un trésor de souvenirs et d'impressions qui devaient nous aider puissamment à tromper les ennuis d'une réclusion dont nous ne connaissions pas le terme. Désormais, et plus que jamais, la mer, ses vastes horizons, la vie du marin et ses dangers, furent les objets préférés de mes conversations, de mes lectures et de mes rêves. Souvent même, la pensée d'embrasser, à mon tour, cette existence aventureuse faisait battre mon cœur et emportait mon imagination bien loin des réalités présentes, pour lesquelles moins que jamais je me sentais fait. Mais je n'y songeai pas longtemps d'une manière sérieuse, car la première fois que j'en parlai devant ma mère, je vis son front s'obscurcir et son visage s'attrister. Pour elle, la mer n'était qu'un tombeau d'où on ne revenait pas : en parler, y songer, c'était lui faire entrevoir, comme possible, une séparation plus douloureuse encore que les précédentes, c'était briser son cœur, et je l'aimais trop pour en avoir un instant la pensée. Mais, tout en renonçant à me faire marin, je ne renonçai point à la passion de la mer et j'accueillis toujours comme des faveurs particulières de la Providence les occasions qui me furent données de la revoir. Le spectacle de son immensité ne me lassait pas. Je me rappelle encore avec bonheur de longues heures passées, seul à seul avec l'Océan, sur les côtes sauvages de la vieille Armorique. Assis sur un rocher, le regard fixe, loin des hommes, dont rien, pas même

la cabane du pêcheur, pas même la voile blan-
chissant à l'horizon ne me rappelait l'existence, je
regardais les flots venant du large, s'amassant,
grossissant et puis enfin venant se briser et projeter
jusqu'à mes pieds l'écume de léurs eaux. Comme
je me sentais petit à la vue de ces vagues mons-
trueuses dont aucune force humaine n'eût pu arrêter
l'élan et qui m'eussent infailliblement brisé contre
les rochers, sans les digues puissantes que Dieu
opposait à leur fureur! Mais je restais peu sous
l'influence de cette pensée; le sentiment de ma
supériorité me relevait bientôt, et, cherchant à travers la grandeur de cette création l'intelligence
qui en réglait l'harmonie, je la saluais avec
l'inexprimable satisfaction de l'âme qui voit et du
cœur qui sent.

VIE DE MA MÈRE.

« Les fêtes, a dit Bernardin de Saint-Pierre dans son gracieux langage, sont dans la navigation de la vie, ce que sont les îles au milieu de l'Océan, des lieux de rafraîchissement et de repos. » Ce repos, ce rafraîchissement nécessaire à l'homme comme à l'enfant, ne me fut pas toujours refusé, on vient de le voir. Aussi, malgré les privations, l'isolement, le manque d'air et de soleil, les épreuves de tout genre au milieu desquelles s'écoulèrent cinq des plus belles années de ma vie, celles qui m'amenèrent peu à peu à l'adolescence, mon corps avait pris un développement étonnant. Je tenais de ma mère une constitution robuste, qui résistait victorieusement à toutes les influences malsaines d'une vie claustrale. Comme elle était fière de son enfant et quel triomphe pour son cœur de mère quand elle me vit plus grand qu'elle ! « Tiens-toi droit, mon enfant, répétait-elle souvent, tiens-toi droit. Te voilà grand comme ton pauvre père ! Il était si beau, tu lui ressembles ! » Dieu sait au prix de quels labeurs incessants cette croissance était achetée ! Ma mère ne reculait devant aucun sacrifice, aucune dépense, pour que je ne manquasse de rien ! Elle m'apportait rarement quelques-unes de ces friandises dont les mères de Paris sont si malheureusement prodigues envers leurs enfants; mais ma tunique était toujours la plus propre et je ne portais point de souliers troués !

A mon entrée à la maîtrise, on m'avait prêté un lit, mais en laissant entendre à ma mère que c'était à la condition qu'elle paierait les fameux 150 fr. dont j'ai parlé. Ma mère avait secoué la tête et, de fait, jamais elle n'eut cette somme entre les mains. Quand le directeur vit qu'il ne pouvait rien espérer de ce côté, il signifia durement à ma mère que les choses ne continueraient point ainsi et qu'elle eût à me procurer un lit; sans quoi, je ne resterais pas l'élève de la maison. Le coup était rude et la difficulté grande. Ma mère n'avait qu'un lit, le sien; car la couchette qui me servait à moi-même, quand je vivais près d'elle, fut vendue à mon entrée à la maîtrise, pour subvenir aux frais du trousseau. Elle n'hésita pas et, un soir, je me trouvai, avec une surprise extrême, le mieux couché du dortoir : « Je n'ai pas voulu qu'on te renvoyât, me dit-elle, la première fois que je la vis; moi, je coucherai bien par terre. » Elle disait cela simplement, comme elle l'avait fait : il lui semblait si naturel de se dépouiller pour son enfant !

Les jours difficiles reparaissaient souvent. Malgré l'économie la plus stricte, les privations les plus dures, la gêne se faisait sentir encore. C'était un habit à payer pour moi, une paire de chaussures à acheter... Alors la pauvre mère se résignait à un grand sacrifice : elle ouvrait avec précaution la malle de sapin que nous avions apportée du pays, et qui renfermait tout ce que nous possédions, notre fortune, le linge de la famille. Il y avait là trois ou quatre paires de draps qui venaient de mon grand-père, les chemises de mon père, des serviettes et enfin la belle nappe, celle qui servait autrefois aux grandes solennités, et qui n'a pas encore servi depuis lors. Ma mère avait une sorte de culte pour ce linge : c'était tout ce qui restait de notre aisance passée, et elle voulait me remettre intact, un jour, ce qu'elle regardait comme un dépôt sacré. Mais la nécessité commandait : alors, après avoir longuement contemplé ces cher objets, qui lui rappelaient tant de souvenirs, elle les prenait un à un (sans toucher à la nappe, oh! non : nous y tenions trop !), se plaisait, une dernière fois, à en admirer la blancheur éblouissante, les pliait soigneusement, en faisait un lourd paquet et enfin se dirigeait, en soupirant, vers le mont-de-piété. « Conservez-le bien, monsieur, disait-elle à l'employé; car je viendrai le dégager ! » Et elle le faisait, dès que l'ouvrage reprenait un peu, dès qu'elle pouvait disposer de quelque argent... Et tout cela pour moi, toujours pour moi !...

Parfois, cette nature énergique pliait sous le poids d'un travail excessif. Le corps, accablé de fatigue et insuffisamment soutenu par une nourriture chétive, refusait son concours à l'âme, toujours vaillante, et, de nécessité, il fallait s'étendre, pour quelques jours, sur le pauvre grabat. Je la vois encore, couchée sur un mauvais matelat, dans un réduit de l'une des plus pauvres maisons de la rue d'Argenteuil! C'était au fond d'une cour complétement obscure, même en plein jour ; l'escalier qui y conduisait n'était même pas éclairé ; et je me rappelle toujours le frisson dont je fus saisi, quand je glissai, pour la première fois, sur ces marches humides, l'impression poignante que je ressentis, quand une voix aimée, mais faible, si faible, prononça ces paroles : « C'est toi, mon enfant! Oh! que je suis heureuse de te voir et de t'embrasser! » Je distinguais à peine ses traits, à la lueur incertaine de la chandelle ; mais cette voix naguère vibrante, aujourd'hui presque éteinte, me faisait deviner ce que je ne voyais pas. Pauvre mère! Deux jours, trois au plus, voilà ce qu'elle accordait à son corps brisé! Puis, bien que toujours faible, elle se levait. « Il faut que je travaille, disait-elle, il le faut. Est-ce que ce pauvre enfant n'a pas besoin de moi, lui qui est seul au monde? Qui donc l'habillerait et l'aimerait, sans moi? » Cœur généreux, âme si belle, si bonne!... Que de fois, en la contemplant avec un saint respect et une tendresse que je me sentais incapable de faire passer dans mes actes ou dans mes caresses, j'ai remercié Dieu de me l'avoir donnée! Oui, je me le suis bien souvent affirmé et je ne crains pas qu'aucun enfant me démente, la plus belle chose que Dieu ait faite, ici-bas, est le cœur d'une mère. Heureux ceux qui l'ont connu, possédé,

et trois fois malheureux celui auquel cet incomparable bien a été refusé ! J'ai dit que ma mère m'apportait rarement quelques-unes de ces friandises dont
les enfants sont ordinairement si avides, et qu'elle me
répétait souvent : « J'aime mieux te voir un bel habit
et du linge propre. » Toutefois, elle ne résistait pas
toujours à la tentation ; car, au fond, la bonne mère
souffrait de me voir sevré de ce qu'elle appelait
« toutes les douceurs. » C'était à l'automne surtout
qu'elle eût voulu pouvoir disposer de quelque argent
pour m'acheter des fruits. Elle jetait des regards
d'envie sur ces belles prunes et ces belles poires
qu'elle voyait exposées partout. Elle se souvenait
du temps où ses enfants s'en rassasiaient dans
son jardin, et alors, n'y pouvant tenir, elle se laissait aller à une « folie. » Poires, prunes, raisin,
noix s'entassaient dans le vieux cabas que je lui ai
vu si longtemps ; puis, oubliant tout ce que ces
fruits lui coûtaient, elle s'en venait joyeuse : « Comme
il va être content, mon pauvre enfant ! » Et je l'étais,
en effet. Je la remerciais, je l'embrassais, et elle,
heureuse, souriait et me regardait manger avec
bonheur. « D'où viennent donc tous ces beaux fruits,
maman, est-ce du pays ? — Oui, mon enfant, mange,
ils viennent du pays ! » Ce mot, *le pays*, me faisait
trouver les poires ou le raisin plus succulents
encore. J'en formais une réserve, dont bénéficiaient
quelques-uns de mes compagnons, et, quand je les
invitais à y puiser avec moi, je ne manquais pas de
relever le prix de l'invitation en leur disant, à mon

tour : « Il viennent du pays ! » Encore une fois, c'était
là « une folie : » ma mère n'osait se la permettre
qu'une fois l'année. Je commençais d'ailleurs à
mieux comprendre tout ce que notre position avait
de difficile, et je ne demandais presque jamais
d'argent pour mes menus plaisirs. Au contraire,
quand une circonstance extraordinaire me rendait
possesseur d'une petite somme, je me hâtais de la
remettre à ma mère. Elle ne m'eût pas refusé
cependant ce qu'elle m'offrait souvent d'elle-même.
J'eus une nouvelle preuve de cette tendre sollicitude
dans un accident qui m'arriva vers l'âge de quatorze
ans. Un jour, en jouant aux Tuileries, je tombai si
malheureusement que je me fis une profonde entaille
au genou. Habitué à laisser faire la nature, ce
grand médecin des pauvres, je continuai à marcher pendant deux jours : la plaie s'envenima, je
dus me mettre au lit. On prévint ma mère ; elle
accourut aussitôt. Pauvre mère, avec quelle ardeur
inquiète elle m'interrogea et visita ma plaie ; quelle
sollicitude et que de marques de tendresse elle me
prodigua ! Elle courut elle-même chercher un
médecin, et, quand elle fut rassurée sur l'issue du
mal, quand elle sut que des soins attentifs et le repos
me guériraient, elle se chargea de tout. Chaque
matin, je la voyais arriver, vive et affectueuse. Elle
visitait ma jambe, la pansait, faisait mon lit et
voulait que je déjeunasse devant elle. Le déjeuner,
elle l'apportait elle-même. Elle savait que notre
ordinaire était plus que simple, et quand elle me vit

malade, elle oublia toute autre considération pour
m'adoucir, autant qu'elle le pouvait, les ennuis et les
fatigues du lit. Aussi, pendant six semaines, m'ap-
porta-t-elle constamment ce petit déjeuner, préparé
par elle, et qui me semblait exquis, quand je le com-
parais à ma nourriture habituelle. Jamais je ne
l'entendis exprimer la moindre plainte sur le sur-
croît de fatigue et de dépense qu'elle s'imposait
ainsi. Dieu sait combien elle mangea de livres de
pain sec pour suffire à ce petit déjeuner! Elle
même ne me l'aurait point avoué, et je dus au
hasard d'apprendre qu'elle se nourrissait ordinairement de pommes de terre frites, achetées dans la
rue, au moment où, la petite clientèle de la marchande servie, ce qui restait, se trouvant refroidi,
s'obtenait à meilleur marché. Ainsi vivait ma
mère; mais rien ne me faisait défaut, à moi.

Je me suis promis à moi-même de ne pas faire
de ces pages, écrites simplement et au cours de mes
souvenirs, un réquisitoire contre ceux qu'un sort
plus heureux a fait naître riches. Je l'ai dit déjà et
je me plais à le redire, jamais, même aux jours les
plus difficiles de notre pauvre existence, je n'ai
prêté l'oreille aux inspirations haineuses qui trou-
vent si facilement écho dans le cœur de ceux qui
souffrent. Je respecte, j'honore l'homme placé au-
dessus de moi, parce qu'il s'honore souvent lui-
même dans l'emploi de sa fortune, parce que l'iné-
galité des conditions rentre dans l'ordre providen-
tiel, contre lequel on luttera vainement. Cependant

une comparaison s'impose à ma pensée, et je ne puis pas ne pas la faire. Oui, quelle différence entre la grande dame et la femme du peuple ! Ordinairement, la première met son enfant au monde, et tout est fini pour elle. Une nourrice le reçoit, une nourrice, brave femme souvent, mais qui ne peut avoir pour l'enfant ce que la nature met au cœur d'une mère. La mère voit son enfant une ou deux demi-heures par jour ; s'il crie, elle renvoye la nourrice, car les vagissements de ce pauvre petit être qui ne comprend pas la fatiguent et troublent les visiteurs choisis qui affluent dans ses salons. Parfois il y aura place pour lui dans la riche voiture ; mais alors même, il ne reposera pas sur le sein de sa mère. La nourrice le porte, l'allaite et, par une juste compensation, jouit la première, jouit seule des sourires et des naïves caresses par lesquels il récompense l'amour dont il est l'objet.

Et cependant, il est un petit être que sa mère aime, un petit être lavé, peigné, parfumé, enrubanné sous ses yeux, quelquefois par elle ; un petit être qu'elle prend dans ses bras, qu'elle presse sur son cœur, qu'elle embrasse e qu'elle veut faire embrasser à tous ; un petit être qui a pour serviteurs tous les serviteurs de la maison, y compris l'enfant, quand son âge lui en impose le rôle ; un petit être qui peut s'asseoir sur les fauteuils de velours et de soie, les salir, sans avoir à redouter la correction qui attend l'enfant coupable du même délit. Regardez, regardez dans ce coin de la chambre somptueuse occupée par la grande dame, dans ce coin qui semble réservé tout exprès pour un berceau, mais où le berceau, relégué dans la chambrette de la bonne, n'a jamais trouvé place ; admirez cette ravissante alcôve pour laquelle on a prodigué velours, soie, dentelle ; baissez-vous légèrement, voyez, voyez ce petit être frais, luisant, rose, mollement étendu et dormant d'un heureux sommeil ! Une chambrière attend son réveil, prête à lui offrir un charmant déjeuner, que le cuisinier prudent prépare toujours lui-même. Au salon, ce privilégié a sa place, et c'est lui qu'on doit admirer, caresser, embrasser, sous peine de déplaire à... la mère. Va-t-elle au bois, c'est lui qu'on aperçoit à la portière de l'élégant dorsay, lui... mais l'enfant le véritable enfant de cette femme ?

> Pauvre enfant...............................
> Dans le cœur maternel, il peut avoir son tour,
> Lorsque les petits chiens ne seront plus de mode.

Une bonne française, anglaise allemande, succède à la nourrice, et cet enfant, qui déjà ne doit point à sa mère la vigueur de ses petites jambes et l'incarnat de ses joues, ne lui devra pas non plus le premier éveil de son intelligence. A cet âge, trois ou quatre ans, on supportera davantage sa présence au salon, surtout si quelques-unes des reparties charmantes, des questions naïves, des paroles heureuses qui viennent si facilement aux lèvres de l'enfant, le mettent à même de lutter avantageusement contre les gentillesses de *l'autre* et font présager qu'un jour il aura ce que le monde, dans son estime, place immédiatement après la fortune, je veux dire l'esprit. Bientôt le collège l'enlèvera tout à fait à sa famille, puis les grandes écoles, puis l'armée, puis le mariage, et, dans ces différentes phases de son existence, l'enfant ne sentira pas plus l'influence maternelle qu'il ne l'a sentie dans sa petite enfance. Toujours, toujours le monde se sera dressé entre sa mère et lui ! Mais, par une juste punition, au jour où la vieillesse et les infirmités s'appesantiront sur la femme mondaine, au jour où il lui serait si doux de se voir entourée de jeunes visages et de se sentir aimée, le monde, toujours le monde, se dressera entre elle et son fils. Il ne se souviendra pas d'avoir vu le visage de sa mère penché sur son berceau, et son cœur ne lui fera pas un devoir de veiller près du lit où la retiendront les maladies et les années !

Ah ! si la femme du monde savait de quelles joies elle se prive en n'élevant pas elle-même ses enfants !... Si elle connaissait quelqu'une des jouissances intimes qu'éprouve la vraie mère près du berceau dont elle garde le soin pour elle seule, ou encore le bonheur qu'elle ressent lorsque l'enfant, en possession de sa raison, la comprend et répond à son amour !...

L'AVENIR.

Il me reste peu de chose à ajouter pour épuiser les souvenirs de mon enfance. Les années fuyant rapidement, pas assez rapidement encore, au gré de mes désirs, m'avaient amené à l'adolescence, objet de mes vœux les plus ardents.

« Oh ! me disais-je souvent à moi-même, quinze ans, quand j'aurai quinze ans !... » J'eus quinze ans et je dis encore : « Vingt ans ! oui, vingt ans, voilà le terme, le vrai terme ! que ne ferai-je pas à vingt ans !.... » Et toujours ainsi. Quel enfant, quel jeune homme rêve autrement que je ne rêvais ?..... Ma mère songeait, elle aussi, mais plus pratiquement, à mon avenir. On m'avait fait mordre au grec et au latin : en deux ou trois ans, j'étais parvenu à pouvoir affronter, tant bien que mal, la cinquième.

Commencements nécessairement incomplets, car la musique absorbait la meilleure partie du temps. Tels, cependant, ils offraient une base pour mon éducation.

La Providence arrangea les choses de manière à me la faire continuer. Parmi les paroissiennes les plus assidues de l'église, se trouvait une dame respectable à laquelle je devais vouer bientôt une vénération et une reconnaissance qui dureront autant que ma vie. Elle entendit souvent l'enfant

16

de chœur, estima qu'il chantait bien et finalement
s'intéressa à lui. Elle n'était pas très-riche, l'entretien d'une famille nombreuse ne lui permettait pas
de disposer en faveur des pauvres des fruits de son
travail. Mais son cœur généreux, toujours ouvert
à l'infortune s'émut plus particulièrement en ma
faveur; elle résolut de venir en aide à ma mère, qui
luttait seule depuis si longtemps. Elle me parla,
m'invita à la venir voir, et, après avoir mûrement
examiné la question, se chargea d'aplanir les
voies pour la continuation de mes études. On
m'obtint une demi-bourse dans une excellente maison d'éducation, et il fut résolu que je quitterais la
maîtrise. Cette résolution décida de ma vie entière :
on me consulta et je répondis oui, toujours oui,
sans bien connaître ce à quoi je m'engageais. On
m'eût encore gardé si j'avais voulu : ma voix muait,
à la vérité, mais j'étais capable de rendre d'autres
services, et mes heureuses dispositions pour la
musique répondaient pour moi. Timide, inexpéri-
menté, je me laissai conduire dans une voie qui
me réservait bien des épreuves et bien des amer-
tumes nouvelles. Ma mère le voulait. Oublieuse
d'elle-même, forte encore et plus courageuse que
jamais, elle refusa de chercher un adoucissement
à ses fatigues par un emploi quelconque de mes
forces, et elle envisagea sans effroi ces longues
années de travail et de privation qu'elle s'imposait
ainsi librement à elle-même. « Dieu l'a voulu ! » me
dis-je souvent à moi-même; — non pas que je croie

à la fatalité ; non. J'accepte, au contraire, la part de responsabilité qui me revient dans ma situation, et je ne me plains pas d'avoir, comme tant d'autres, à gagner mon pain à la sueur de mon front. Mais il m'est permis d'éprouver et d'exprimer un regret, le regret de n'avoir jamais rencontré la direction intelligente et sympathique à la fois dont je sentais un si vif besoin. Peu communicatif et timide, en raison du système d'oppression sous lequel je dus trop longtemps courber la tête, je m'étais habitué à subir et je ne savais pas vouloir. Lorsqu'on me demanda : « Voulez-vous aller là ? » je ne savais pas si je voulais y aller, et quand bien même mes aspirations propres et mes désirs m'eussent incliné de quelque autre côté, je me serais tu... Je n'accuse personne, et mon cœur, pénétré de reconnaissance pour ceux qui m'ont tendu la main, ne renferme de haine pour personne. Ma vie a ses difficultés et ses labeurs, quelle vie n'en a pas ? Si nombreux sont ceux qui se jettent dans la mêlée et cherchent une place au soleil ! La victoire appartient aux forts et aux vaillants : j'espère qu'un jour elle couronnera mes vœux. J'ai pour me soutenir la vue de ma mère, de celle qui me voua sa vie entière, et, comprenant aujourd'hui tout ce qu'il y a eu d'abnégation et de dévouement dans cette lutte obscure d'une pauvre femme du peuple contre des difficultés et des épreuves sans nombre, je me suis dit que le repos de ses vieux jours était mon premier, mon plus saint devoir, et, avec l'aide de Dieu, je le remplirai.

AU LECTEUR.

Ce petit livre ne ressemble point aux livres ordinaires, romans ou histoires véritables. Dans ces
récits, en effet, après une longue suite d'aventures
plus ou moins imaginaires, après des péripéties
sans nombre — obstacles renversés, dangers con-
jurés, travaux herculéens réalisés, — le héros, sorti
vainqueur des luttes au milieu desquelles l'auteur
l'avait habilement jeté, apparaît au lecteur consolé
ceint d'une couronne plus facile à décerner qu'à
conquérir : celle de la vertu triomphante. Ici, rien
de semblable. Un enfant pauvre, en tout semblable
à ceux que la Providence fait naître dans la grande
masse des travailleurs, raconte simplement les événements peu dramatiques d'une enfance qui eût pu
être plus heureuse. Emu au souvenir des labeurs
obscurs et des sacrifices de sa mère, comme à celui
de ses propres épreuves et de ses rares joies, il
redit, sans le secours de l'imagination, le cours de
cette existence de deux humbles créatures, dans
l'espoir que ce récit consolera peut-être une autre
veuve et son enfant souffrant dans quelque mansarde solitaire.

Le dénoûment fait défaut, et si le lecteur
bienveillant qui a suivi jusqu'à la fin l'histoire
de l'orphelin persiste à en demander la cause, qu'il

sache que l'histoire vivante elle-même n'en a point eu encore. Un jour peut-être, en traversant les rues et les places de la grande ville, il rencontrera sur son chemin une femme en deuil et un adolescent au front mélancolique : il les reconnaîtra. Les privations et les souffrances, plus encore que les années, ont ridé les joues de la mère, ralenti ses pas, et ces mêmes années, en développant le corps de l'enfant, n'ont pas, non plus, ramené sur ses lèvres le sourire de sa petite enfance. Il les reconnaîtra et ne refusera pas dans son cœur un sentiment de sympathie à ceux qui ont souffert.

S'il est jeune encore, si Dieu ne lui a refusé aucun des biens dont la privation fut sensible à l'enfant pauvre, s'il possède un père, une sœur, un foyer, qu'il en jouisse, mais avec reconnaissance et sans oublier que celui-là peut tout ôter qui a tout donné. Qu'il apprenne aussi, ce que beaucoup ignorent, qu'à côté de l'enfant riche et heureux auquel tout sourit, d'autres enfants souffrent, travaillent et même ont faim parfois, oui, et sans que leur mère désespérée puisse leur procurer un morceau de pain. Cette pensée touchera son cœur, naturellement bon et désireux de consoler, à son tour, quelqu'une des innombrables misères qu'il ne connaissait pas et qu'il soupçonne aujourd'hui ; il suivra le noble exemple donné par d'autres et versera dans le sein du pauvre son aumône, rendue plus précieuse par une parole affectueuse. Si ce livre aidait, ne fût-ce qu'une fois, à procurer ce résultat, la mère et l'en-

16.

fant s'estimeraient heureux, et leur bonheur présent en serait augmenté d'autant. Je dis leur bonheur! Et pourquoi retirerais-je le mot? Assurément ils ont perdu bien des illusions, et l'avenir est entre les mains de Dieu; mais la mère s'appuie avec confiance sur le bras de l'enfant, devenu plus robuste, et tous deux s'avancent ainsi, soutenus par une force mystérieuse qui ne les abandonna jamais.

« Il est dans le ciel une puissance divine, compagne assidue de la religion et de la vertu : elle nous aide à supporter la vie, s'embarque avec nous pour nous montrer le port dans les tempêtes, également douce et secourable aux voyageurs célèbres, aux passagers inconnus. Quoique ses yeux soient couverts d'un bandeau, ses regards pénètrent l'avenir; quelquefois elle tient des fleurs naissantes dans sa main, quelquefois une coupe pleine d'une liqueur enchanteresse; rien n'approche du charme de sa voix, de la grâce de son sourire; plus on avance vers le tombeau, plus elle se montre pure et brillante aux mortels consolés; la foi et la charité lui disent : « Ma sœur! » et elle se nomme l'Espérance! » (1)

J'espère ! — « Il n'y a que deux futurs que l'homme puisse prononcer sans crainte de se tromper : Je souffrirai et je mourrai; » mais qu'il est consolant, n'est-ce pas? de pouvoir y joindre ce présent : J'espère!

(1) Chateaubriand.

TABLE DES MATIÈRES

EXTRAIT DU CATALOGUE

DE LA

LIBRAIRIE DE L'ŒUVRE DE SAINT-MICHEL

Actes de la captivité et de la mort de cinq Pères de la Cie de Jésus, par le R. P. A. DE PONLEVOY, in-12. . . . . 2 fr.

Amazone chrétienne ou les Aventures de Madame de Saint-Balmon en Lorraine, par J. M. DE VERNON, in-12. . . . . 2 fr. 50

Anneau du meurtrier, par G. DU JARDINET, in-12 . . . . 2 fr.

Ateliers de Paris, par PIERRE LELIÈVRE, 2 in-12. . . . . 2 fr.

Banque du diable, par E. DE MARGERIE, in-12. . . . . 2 fr.

Berthilde, par Gabrielle D'ARVOR, in-12 . . . . . 2 fr.

Bible populaire illustrée (Petite), revue, par M. l'abbé BOURQUARD, in-12 cartonné. . . 1 fr. 25

Capitaine Gueule d'Acier, par Ch. BUET, in-12. 2 fr.

Caravane française de 1873 en Terre-Sainte et au Liban, in-12 . . . . 2 fr. 50

Catacombes, par dom Maurus WOLTER, in-12. 2 fr.

Catéchisme Romain, par le vénérable César DE BUS, 4 in-12. . . . . 12 fr.

Catholicisme (Le) **justifié devant le dix-neuvième siècle** par la raison, l'histoire et l'expérience contemporaine. TRAITÉ DE L'ORDRE SURNATUREL, in-8. . . . . 7 fr. 50

Du Pape, par J. DE MAISTRE, in-12. . . . . 2 fr.

Économie sociale devant le Christianisme. Conf. de Notre-Dame (1866), par le R. P. FÉLIX, in-12. . . . . 1 fr.

Massacres de septembre, par Mortimer, in-12............................... 2 fr. 50

Meilleurs proverbes français, in-12....... 80 c.

Mémoires du cardinal Consalvi, par Crétineau-Jolly, 2 in-8°, grav.................. 12 fr.

Moines en Gaule, par M. de Montalembert, in-12............................... 1 fr.

Morale chrétienne expliquée par un père à ses enfants, in-12.......................... 2 fr.

Nouvelles causeries, par Mⁱˡˡᵉ J. Gouraud, in-12............................... 1 fr.

Œuvres de charité à Paris, par la même, in-12............................... 1 fr.

Paix et la Trêve de Dieu (La), par E. Semichon, 2 vol. in-12.......................... 4 fr.

Paul et Cécile, par Charles Dubois, in-12.... 2 fr.

Paul et Jeanne, par *le même,* in-12......... 2 fr.

Pèlerinage d'Assise, par M. E. Lafond, in-12............................... 2 fr.

Philosophie du ruisseau, par Le Prévost, in-12............................... 1 fr.

Piété éclairée, par le R. P. Cotel, de la Cⁱᵉ de Jésus................................ 3 fr.

Pupille du docteur, par G. d'Éthampes, in-12............................... 2 fr.

Radegonde (Sᵗᵉ), par M. Th. de Bussière, in-12 .... 1 fr.

Rameur de Galères, *épisode de la vie de saint Vincent de Paul,* in-12.................. 2 fr.

Récréations dramatiques, par Mᵐᵉ de Gaulle, in-12. Prix.................................. 1 fr. 50

Romains chez eux, par M. Er. Toytot, in-12. 1 fr.

Saint Columba, par de Montalembert, in-12............................... 1 fr. 50

Scènes de la vie chrétienne (Nouvelles), par E. DE MARGERIE, in-12................... 2 fr.

Souvenirs religieux et militaires de Crimée, par le R. P. DE DAMAS, in-12............. 2 fr.

Souvenirs de guerre et de captivité : France et Prusse, par le même, in-12............... 2 fr.

Témoin du meurtre, par R. DE NAVERY..... 2 fr.

Vies des saintes et des bienheureuses, pour tous les jours de l'année, par DE PLANCY, 2 in-12. 4 fr.

Vraies perles (Les), par H. LESGUILLON, in-12. 2 fr.

NOUVEAUTÉS

Ouvrages édités par l'Œuvre de Saint-Michel.

Ivanhoe, de WALTER SCOTT, à l'usage des Bibliothèques populaires, par M. L. A. Jumin, 1 volume in-12................................... 2 fr.

Landry, par RAOUL DE NAVERY, 1 vol. in-12. 2 fr.

Proscrit de Corinthe (Le), par M. GUILMOT, 1 vol. in-12................................... 2 fr.

Hôtellerie du Prêtre-Jean (L'), par M. CHARLES BUET, 1 vol. in-12....................... 2 fr.

Madeleine Miller, par RAOUL DE NAVERY, 1 vol. in-12................................... 2 fr.

Mémoires d'un Enfant pauvre, par M. LÉON NOBLE, 1 vol. in-12............................. »

Mouette du Rocher, par Mlle LE BOURGEOIS, in-12....................... »

391.— Paris-Auteuil. Imprimerie des Apprentis catholiques. — ROUSSEL Rue La Fontaine, 40.